Der Ruf des Fuchses

Aloha Shifters: Juwelen des Herzens

von Anna Lowe

Inhaltsverzeichnis

Weitere Titel in dieser Serie

Aloha Shifters - Juwelen des Herzens

Der Ruf des Drachen (Buch 1)

Der Ruf des Wolfes (Buch 2)

Der Ruf des Bären (Buch 3)

Der Ruf des Tigers (Buch 4)

Die Verlockung des Drachen (Buch 5)

Der Ruf des Fuchses (Buch 6)

www.annalowebooks.com

Kapitel 1

Jake hob seine Faust und klopfte gegen das massive Tor am Ende der privaten Einfahrt. Dann trat er zurück und verschränkte die Arme vor der Brust. Während er wartete, studierte er das ins Holz geschnitzte, verwirbelte Muster genauer. Zunächst dachte er, es handele sich um eine scharfzahnige Eidechse. Aber dann entdeckte er die Flügel.

Er schützte seine Augen vor der tropischen Sonne und schaute noch einmal genauer hin. Ein Drache?

Er hatte Gerüchte über die Jungs der OD-X Spezialeinheit gehört – Gerüchte, dass ihre beeindruckenden Leistungen und unglaubliche Kraft von einer nicht ganz menschlichen Seite stammten. Er hatte diesen Unsinn nie geglaubt, denn er wusste selbst aus erster Hand, wozu der menschliche Körper in der Lage war, wenn man in den Überlebensmodus überging.

Er starrte in die Augen des geschnitzten Drachen. Helden, daran konnte er glauben. Übernatürliche Helden? Nein. An solchen Quatsch hatte er noch nie geglaubt.

Aber für einen winzigen Moment war er sich nicht mehr ganz so sicher. Natürlich war es heutzutage schwierig, sich über irgendetwas sicher zu sein. Sein Blick huschte über das dichte Laub, das die ruhige Einfahrt umgab, und seine Hände griffen instinktiv nach der Waffe, die er nicht länger trug. Dann fluchte er und rollte ein paarmal mit den Schultern. Verdammt, er war bereits seit zwei Monaten wieder in den Staaten. Dies war kein Kriegsgebiet. Warum waren seine Nerven dann stets in höchster Alarmbereitschaft?

Möglicherweise, weil dieses massive Holztor geradezu schrie: *Privat! Gefahr!* und *Betreten verboten!* Oder vielleicht, weil er es gewohnt war, Mauern zu überwinden und über Zäune zu klettern, anstatt darauf zu warten, hereingelassen zu werden.

Er klopfte noch dreimal und rief: „Hallo?"

Nichts. Keinerlei Reaktion. Absolute Stille.

Dann raschelte etwas im Gebüsch. Ein Kaliko-Kätzchen schlich auf der Kante des Tores entlang und schnurrte ihn an. Jake lachte leise. So viel zu den Gerüchten über Männer, die verschwanden und wilde Tiere an ihrer Stelle zurückließen.

„Hey, kleines Kerlchen." Er streckte die Hand aus.

Das Kätzchen schnüffelte in der Luft herum und schnippte mit dem dreifarbigen Schwanz.

„Lass mich raten. Du bist der Sicherheitschef", witzelte Jake. „Kein Wunder, dass sie Hilfe brauchen."

Das Fellknäuel gab ein klagendes Miauen von sich, was Jake dazu veranlasste, es zu streicheln. Es hatte dichtes, gesundes Fell, ganz im Gegensatz zu einigen der bedauernswerten Streuner, denen Jake in verschiedenen kriegsgeplagten Teilen der Welt Essensreste zugeworfen hatte.

„Glaubst du, dass ich hier richtig bin?", fragte er.

Das Kätzchen schloss die Augen und schnurrte unter Jakes Berührung, als er das Tor anblinzelte. Es gab tatsächlich auch kein Schild mit der Aufschrift *Koa Point Estate*, aber dieser Ort entsprach der Beschreibung seines Freundes Boone Hawthorne. Natürlich war es immer schwer zu sagen, wann Boone Witze machte und wann der Typ ernst zu nehmen war. Vielleicht hatte Boone ihn damit verarscht, dass er auf einem Anwesen am Meer wohnte.

Ein surrendes Geräusch kam von oben und Jake sprang, sofort einsatzbereit, mit ausgebreiteten Armen und geballten Fäusten in die Hocke. Das Kätzchen huschte erschrocken ins Gebüsch.

„Verdammt noch mal." Es war nur eine Sicherheitskamera und keine Gruppe versteckter Aufständischer, die ihre Waffen gegen ihn gerichtet hatten. Es gab überhaupt keinen Grund, dass sein Herzschlag so in die Höhe schnellte und der Schweiß auf seiner Stirn ausbrach.

„Hallo?", knurrte eine grimmige Stimme. „Wer ist da?"

Jake starrte auf die Gegensprechanlage, die hinter riesigen Blättern versteckt war. „McBride, melde mich zum Dienst."

Das Knurren wandelte sich zu einem freundlichen Gackern, das nur zu Boone Hawthorne gehören konnte. „Jake! Du hast uns gefunden."

„Aber sicher doch."

„Na dann komm' rein." Ein Klicken ertönte und das Tor öffnete sich langsam zur Seite. „Ich komme dir entgegen."

Jake rückte seinen Rucksack zurecht und trat vor. Er fragte sich, was er erwarten sollte. Das Kätzchen tauchte wieder auf und schmiegte sich um seine Beine, was ihn langsamer werden ließ.

„Du wohnst auch hier?", fragte Jake. Eine Sekunde später trat er hinter der dichten Hecke hervor und pfiff. „Wow. So ein Glückskätzchen."

Die Katze blinzelte unschuldig und mit großen Augen zu ihm auf. Sie war offensichtlich in seliger Unkenntnis darüber, wie der Großteil der Weltbevölkerung lebte.

Hinter einer Reihe von Bäumen befand sich eine manikürte Rasenfläche, die immer wieder durch Beete exotischer Blumen unterbrochen wurde. Die ebene Auffahrt schlängelte sich um alte Bäume herum, durch deren Laub eine Meeresbrise zu flüstern schien. Nichts von alledem ähnelte der Art, wie er in Colorado aufgewachsen war. Und ganz sicher auch nicht dem, was er in den vier aufeinanderfolgenden Auslandseinsätzen gesehen hatte, die ihn in so viele vergessene Ecken der Welt geführt hatten.

„Jake!" Ein Mann mit sandfarbenem Haar tauchte vor ihm auf – barfuß, mit nacktem Oberkörper, gekleidet in nichts als in einem bunten Wickeltuch.

Ja, das war definitiv Boone Hawthorne. In der Vergangenheit hatte Jake den Mann nur in seinem Tarnanzug gesehen, aber selbst dann hatte Boones sonnige Surferseite immer durchgeschienen. Was zum Teufel hatte er auf einem so noblen Anwesen wie diesem zu suchen?

„Heilige Scheiße, Boone. Hast du ein paar Millionen geerbt oder eine Bank ausgeraubt?"

Boone grinste und zog Jake in eine rückenschmetternde Männerumarmung. „Keine Erbschaft, keine Überfälle. Die anderen Jungs und ich haben einfach nur den spitzenmäßigsten Verwalterjob an Land gezogen, den es auf den Inseln gibt."

Ausnahmsweise machte Boone mal keine Witze. Die Garage, die Jake hinter der nächsten Ecke entdeckte, bot Platz für mindestens ein Dutzend Autos, und vor einer der Garagenbuchten war ein glänzend roter Ferrari geparkt.

Als das Kätzchen am Saum von Boones Wickeltuch zupfte, hob Boone es hoch und kuschelte sich mit dem Kinn an sie. „Wie ich sehe, hat sich Keiki bereits vorgestellt." Dann blieb er stehen und schlug Jake erneut auf die Schulter. „Ich kann gar nicht glauben, dass du hier bist. Es ist echt schön, dich zu sehen, Mann."

„Ich freue mich auch, dich zu sehen." Jake grinste.

Es war fast achtzehn Monate her, seit er Boone das letzte Mal gesehen hatte. Das war irgendwann nach den drei Missionen gewesen, in denen ihre Einheiten zusammengearbeitet hatten. Aber es fühlte sich sofort wie in alten Zeiten an. Vor allem fühlte es sich gut an, jemanden zu sehen, dem man nichts erklären musste. Zum Beispiel, warum man das Kochgeschirr sauber halten musste oder warum er seine Sachen immer straff und ordentlich zusammenlegte. Warum er manchmal in kalten Schweiß gebadet aufwachte.

„Die anderen Jungs werden sich auch freuen, dich zu sehen", sagte Boone.

„Eure ganze Einheit ist hier?"

„Ja. Ich, Hunter und Cruz –, wenn er nicht gerade irgendwo mit seiner Gefährtin unterwegs ist…" Boone stotterte leicht und fuhr dann fort. „… Lebensgefährtin. Ich meinte seine Freundin. Kai und Silas sind auch hier."

Jake folgte ihm und versuchte, alles aufzunehmen. Wogende Palmen. Ein Streifen aquamarinblauen Wassers vor einem Sandabschnitt, der wie ein Privatstrand aussah. Boone hatte keine Witze gemacht, als er es *spitzenmäßig* nannte. Und wow, die ganze Einheit war immer noch zusammen. Jake selbst stand zwar noch mit mehreren Kumpels aus seiner Einheit in Kontakt, aber sie waren alle getrennte Wege gegangen. Was in Ordnung gewesen wäre, wenn er gewusst hätte, dass sie alle ihrer eigenen Definition von Glück nachjagten–, aber nein. Junger war bei einem Kletterunfall ums Leben gekommen. Chalsmith starb bei einem Autounfall, beide innerhalb der letzten paar Wochen. Es schmerzte Jake, an all die Risiken zu denken, die sie in Kriegsgebieten auf sich genommen hatten, nur um dann zu sterben, wenn sie nach Hause kamen. Hoover, ein weiteres Mitglied seiner Einheit, hatte sogar etwas darüber gemurmelt, sich erneut zu verpflichten, um ein sichereres Leben zu führen.

Jake hingegen hatte die Armee entschlossen hinter sich gelassen, nachdem seine ehrenhafte Entlassung erfolgt war. Er war nach Hause geflogen, hatte seiner Mutter das Verdienstkreuz gegeben und die Fühler nach Jobs ausgestreckt. Und ausgerechnet Boone Hawthorne – der Typ, von dem alle am ehesten erwartet hätten, dass er zu einem Strandgammler wird – war der Erste gewesen, der sich gemeldet hatte.

„Es tut mir leid, von deinen Jungs zu hören", murmelte Boone, als hätte er Jakes Gedanken gelesen.

„Ja. Danke." Jake räusperte sich. „Und danke, dass du mir von dem Job erzählt hast."

„Dein Timing war perfekt." Boone gestikulierte um sich. „Wir waren auf der Suche nach ein paar zusätzlichen Sicherheitsleuten, als du geschrieben hast. Und wir waren uns alle einig, dass du perfekt für den Job wärst. Wir dachten, Maui würde dir auch gefallen."

Maui hatte großartig geklungen und die Arbeit als Sicherheitsmann war für ihn in Ordnung. Er hatte ohnehin Schwierigkeiten damit gehabt, den extrem wachsamen Teil seines Geistes abzuschalten. Vielleicht würden ihm ein paar Monate in diesem Job helfen, ruhiger zu werden. Und wer wusste es schon? Vielleicht würde es ihm sogar gelingen, die Frau zu vergessen, die ihm einfach nicht aus dem Kopf gehen wollte.

Ihr seid füreinander bestimmt, sagte eine kleine Stimme in seinem Hinterkopf. *Sie ist dein Schicksal.*

Er trat gegen den Rasen. Es war vor fast achtzehn Monaten passiert, aber sein Verstand beharrte darauf, die Erinnerungen immer wieder und wieder abzuspielen.

Erinnerungen an die coolste, abgeklärteste Frau, die er jemals getroffen hatte. Eine mit rötlichbraunem Haar, durchdringenden, braunorangen Augen und dünnen, sachlichen Lippen. Zierlich passte nicht zu einer Frau mit so viel Temperament und die in ihre Arme gestochenen Tätowierungen verstärkten die Wirkung nur noch. Alle Männer, mit denen sie zusammengearbeitet hatte, vermieden es, *einen Meter sechzig* zu sagen, und bezeichneten sie stattdessen als *einen Kopf kürzer als zwei Meter.* Ella zeigte ihre weibliche Seite nur selten, aber als sie allein gewesen waren, hatte sie sich ihm für eine heiße, unvergessliche Nacht völlig hingegeben.

Ein schwarzer Vogel mit einer gelben Maske stürzte über seinen Kopf hinweg und *puff!* Die Erinnerungen an Ella verschwanden zusammen mit dem banditenähnlichen Vogel. Jake blinzelte zum Himmel.

Boone deutete zum Ozean und sagte etwas, aber Jake versäumte das meiste. „Dort drüben ... Privatstrand ... Hubschrauberlandeplatz... "

Jake schüttelte den Kopf und redete sich ein, er wäre nicht verliebt. Dass eine glühend heiße Nacht nicht *für immer* bedeutete. Es war wahrscheinlich eines dieser seltsamen Dinge, die ihm der Krieg in den Kopf gesetzt hatte. Jetzt, da er ein freier Mann und nicht mehr an die Befehle von irgendjemandem gebunden war, würde er über Ella hinwegkommen und erneut das nette, einfache Leben eines Junggesellen führen. So wie diese Zeile in einem Gedicht, dass er der Kapitän seines eigenen Schicksals sei. Keine Komplikationen, niemand, der ihn an sich bindet.

„Das ist unser Gemeinschaftshaus", sagte Boone, als sie sich einem mit Stroh bedeckten Gebäude mit offenen Seiten näherten, in dem mehrere Männer standen. „Du erinnerst dich noch an Hunter, oder?"

Jake griff nach Hunters ausgestreckter Hand und schüttelte sie herzlich. Wie könnte er diesen riesigen Holzfällertypen je vergessen? „Schön, dich zu sehen."

Sie begrüßten sich warm, bis etwas Oranges zwischen ihnen aufblitzte und Hunter zum Lachen brachte.

„Aber hallo, Keiki", murmelte er dem Kätzchen zu, das sich glücklich schnurrend an seine Schulter schmiegte.

„Da habt ihr aber einen richtigen Tiger." Jake lachte leise.

„Ha. Das wäre sie gern", lachte Boone.

Jemand kicherte. Hunter hob eine buschige Augenbraue und sogar das Kätzchen schien zu zwinkern.

Jake sah sich um. War das ein Insiderwitz?

„Hi." Eine freundliche Blondine mit einem warmen Lächeln kam näher. „Ich bin Nina. Es freut mich sehr, dich kennenzulernen."

Jake bewegte die Lippen und war ein wenig sprachlos, als Boone einen Arm um die Taille der Frau schlang – eine sehr runde, gewölbte Taille. Offensichtlich hatte Boone eine nette Frau gefunden und war der stolze, werdende Vater eines Kindes, das nicht allzu weit von seiner Geburt entfernt zu sein schien. Ein weiterer Beweis dafür, dass das Leben nie stillstand, auch wenn es sich in der Zeit, in der er abwesend gewesen war, manchmal so angefühlt hatte.

„Die Zwillinge wirst du auch bald kennenlernen." Boone grinste von einem Ohr zum anderen.

„Herzlichen Glückwunsch", schaffte es Jake, zu sagen, der immer noch überrascht war. Ausgerechnet Boone…

„Kai kennst du ja schon. Und das hier ist Tessa", fuhr Boone fort.

„Hi", sagte ein auffälliger Rotschopf.

Jake schüttelte ihr die Hand und Kai klopfte ihm kräftig auf die Schulter. Er grinste ebenso. Jake auch. So viele bekannte Gesichter und allen ging es offensichtlich gut. Sie hatten sich niedergelassen und steckten, so wie es aussah, in glücklichen Partnerschaften.

„Also, wen kennst du noch? Oh – Cruz." Boone deutete auf eine dichte Baumgruppe auf der anderen Seite des Grundstücks. „Er schleicht irgendwo dort draußen herum – oder er ist mit Jody surfen gegangen."

Jakes Augenbrauen schossen in die Höhe. Cruz war ein mürrischer Typ, der gern alleingelassen wurde, und *Herumschleichen* war das passende Wort für ihn. Aber surfen? Auf gar keinen Fall.

„Silas und Cassandra kommen nächste Woche aus New York zurück", schloss Boone und sah sich um. „Ich schätze, das sind alle." Hunter knurrte – ein echtes Knurren – und Boone beeilte sich, hinzuzufügen: „Und Dawn! Du wirst sie heute Abend kennenlernen."

Irgendwie schlug Jakes Puls schneller. Wenn alle Männer der OD-X Einheit hier waren, war Ella es vielleicht auch.

Aber nein. Er hatte gehört, dass Ella in Arizona lebte, und das war auch gut so. Er versuchte, sie zu vergessen und nicht noch Öl in ein bereits schwelendes Feuer zu gießen.

„Also, was hast du so gemacht?", fragte Boone.

Jakes Gedanken wurden leer. Die vergangenen Wochen erschienen ihm stumpf und verschwommen und sein einziger wirklicher Wunsch – eine ihn antreibende Besessenheit? – war es gewesen, Ella zu finden. Was er nicht vorhatte zu tun. Er und sie hatten sich darauf geeinigt, die Dinge bei dieser einen Nacht zu belassen. Warum? Aus vielen Gründen und er war es leid, es seinem Herzen erklären zu müssen. Also hatte er auf der Suche nach einem anständigen Job bei verschiedenen Kumpels auf der Couch gepennt. Er wollte etwas Ähnliches tun wie als Heranwachsender, als er auf der Familienranch in Colorado mitgearbeitet hatte. Leider kam die nicht mehr infrage, seit sein älterer Bruder das Anwesen geerbt und genügend Arbeiter eingestellt hatte.

„Ich bin mir nicht wirklich sicher." Jake starrte auf seine Füße.

„Ja", murmelte Kai. „Daran kann ich mich auch noch erinnern."

Eine Minute lang starrte ein jeder Mann schweigend in die Ferne, jeder verloren in seinen eigenen Gedanken. Erst als sich die Frauen leise näherten, hellten sich ihre Mienen wieder auf und das Gespräch ging weiter.

„Das Gute ist, dass es nachlässt", sagte Kai, als Tessa seine Schulter berührte.

Jake schwankte von einem Fuß auf den anderen, bereit, das Thema zu wechseln. Er sah sich um und zählte sie in Gedanken durch. Diese Männer – und Frauen – waren eine beeindruckende Kraft für sich. Warum brauchten sie einen zusätzlichen Mann, um den Ort im Auge zu behalten?

„Was könnt ihr mir über den Job sagen?"

Boone lachte. „Direkt an die Arbeit, was? Wir wussten, dass du perfekt wärst."

Kai nickte zustimmend. „Es ist ziemlich einfach. Sicherheit gewährleisten und ein Auge auf das Anwesen und das angrenzende Grundstück behalten. Fast langweilig im Vergleich zu dem, was du gewohnt bist."

„Langweilig klingt gut", scherzte Jake. „Wem gehört das Anwesen?"

„Sagen wir einfach, einem sehr privaten Mann." Boone tauschte wissende Blicke mit Kai aus. Hunter verbarg ein kleines Lächeln, während sich Tessa schnell zur Küche umdrehte. Jake fragte sich, was so witzig daran war. Oder bildete er es sich nur ein?

„Genau. Ein sehr privater Mann, der mit Geschäften überall auf der Welt beschäftigt ist", fügte Kai hinzu. „Was bedeutet, dass das Leben hier die meiste Zeit ziemlich ruhig sein kann. Aber er hat auch Feinde, also…" Seine Stimme wurde zu einem bedrohlichen Knurren und dann verstummte er.

Die Meeresbrise erhob sich leicht. Boones Gesicht wurde ernst – todernst –, als er Nina näher an seine Seite zog. Kai sträubte sich und ein Hauch von Vorahnung hing in der Luft.

Jake sah sich um. Er hatte das schon einmal erlebt – diesen Wink auf etwas Andersartiges und Gefährliches an dieser Gruppe von Männern. Kai, Boone und Hunter waren alle groß, stämmig und unglaublich intensiv. So intensiv, dass sie mit ihrem nachdenklichen Wesen und der unterschwelligen Ausstrahlung von Macht selbst die kampferprobtesten Soldaten einschüchterten. Alles an ihnen deutete auf ein riesiges, verborgenes Geheimnis hin. Was das sein könnte, wusste Jake nicht. Aber er wusste, dass seine Freunde äußerst zuverlässige, ehrenhafte Soldaten waren, legendär dafür, auch die unmöglichsten Aufgaben zu bewältigen. Er hatte den Beweis dafür aus erster Hand gesehen.

Einen Augenblick später griff Kai das ins Stocken geratene Gespräch wieder auf. „Deshalb ist es wichtig, sich nicht von einem falschen Gefühl der Sicherheit einlullen zu lassen."

Jake hätte fast laut gelacht. „Kein Problem. Wie ist der Dienstplan?"

„Acht Stunden-Rotationen, die du mit uns teilst – außer Boone, der steckt zu sehr im Babyland, um nützlich zu sein. Aber andererseits, wann war Boone jemals nützlich?" Kai lachte.

„Ja, ja." Boone stieß einen gelangweilten Seufzer aus. „Ich schätze, es zählt wohl nicht, dass ich damals in Nangarhar deinen jämmerlichen Arsch gerettet habe."

Kai winkte mit der Hand ab, so als wäre es nichts gewesen, und fuhr fort. „Also du und wir, außer Big Daddy hier, schieben alle Patrouillendienst. Oh, und noch ein weiterer Neuzugang."

Jake neigte den Kopf. Neuzugang?

Kai lachte leise. „Ich weiß genau, was du jetzt denkst. Wir wissen, wie wichtig Vertrauen ist. Deshalb haben wir dich eingestellt – und nur noch eine weitere Person. Du solltest dich geehrt fühlen, Mann."

„Du bist der perfekte Mann für den Job – und sie auch. Auch wenn sie gar kein Mann ist."

Boone grinste.

Jake erstarrte. Sie?

Zügige Schritte ertönten hinter ihm und Alarmglocken gingen in Jakes Kopf los. Sein Herz klopfte wie in einem dieser *Oh Scheiße*-Momente, die er im Kampf erlebt hatte – oder genauer gesagt in dem Bruchteil einer Sekunde, bevor ein Sprengsatz explodierte und die Kacke am Dampfen war.

„Perfektes Timing", rief Tessa. „Das Mittagessen ist fertig und du kannst auch gleich Jake kennenlernen."

Die gleichmäßigen Schritte kamen abrupt zum Stehen. „Wen kennenlernen?"

„Ach, komm schon. Du kennst Jake doch, oder?" Boone klopfte Jake auf die Schulter und zeigte auf den Neuankömmling.

Jake drehte sich langsam um und war völlig sprachlos. Das hier passierte doch nicht wirklich. Es war doch nicht möglich.

Aber wenn ihn seine Ausbildung zum Soldaten eine Sache gelehrt hatte, dann, dass *nicht möglich* sich zu den am wenigsten erwarteten Zeiten von hinten an einen Mann heranschleichen kann.

„Ella", sagte er und achtete darauf, seine Stimme gleichmäßig zu halten. Aber seine Wangen wurden heiß und sein Blut geriet in Wallungen.

„Jake", antwortete Ella in einem ebenso gleichmäßigen Tonfall. Ihre betörenden Augen – braun mit einem äußeren Ring aus dunklem Orange – erstrahlten wie winziges Feuerwerk. Sie glühten praktisch, um genau zu sein. Aber das Gesicht darum blieb steinhart und ihre Haltung starr.

Jake streckte die Hand aus und sie schüttelte sie, steif wie eine Marionette.

Ein Ansturm hitziger Bilder schoss ihm durch den Kopf. Davon, wie sie die harte Schale ablegte und ihn küsste. Wie sich ihre Finger über seine Kleidung bewegten und sie ihn aus fünfzehn Pfund Kampfausrüstung schälte, bis sie ihn bis auf die Haut ausgezogen hatte. Wie sie ihn das Gleiche mit sich tun ließ und...

Nur für heute Nacht, hatte sie beharrt.

Nur für heute Nacht, hatte er bereitwillig zugestimmt.

Die erste Runde war heiß und hektisch gewesen. Sie hatten endlich die Lust entfesselt, die sich während einer schwelenden Woche zwischen ihnen aufgebaut hatte – in der Zeit, seit sich ihre Einheiten zu einer gemeinsamen Mission zusammengetan hatten. Die zweite Runde war langsam und süß gewesen und hatte in Jake ein seltsames Gefühl des Friedens ausgelöst. Das dritte und vierte Mal waren irgendwie verschwommen, aber er erinnerte sich klar und deutlich an das Danach. Ella hatte ihn angestarrt. So als wäre sie von einer monumentalen Wahrheit überwältigt worden und er hatte das Gefühl gehabt, dass etwas, das außerhalb seiner Kontrolle lag, in Bewegung gesetzt worden war.

Unmittelbar nach dieser Nacht hatten sich die Wege ihrer Einheiten getrennt. Bei den beiden Malen, an denen sie sich danach noch einmal wiedergesehen hatten, hatte Jake das Herz stets bis zum Hals geschlagen. Auch Ellas Gesicht hatte für einen kurzen Moment gestrahlt, bevor sie die starre Maske wieder aufgelegt und ihn ignoriert hatte.

Was in Ordnung war. Perfekt. Er wollte auch nicht mehr.

Warum hielt er dann also den Atem an? Warum machte sie sich noch immer in seinen Träumen breit?

„Schön, dich zu sehen", sagte er und sah sie an.

Gott, sie war etwas Besonderes. So borstig und zäh wie immer. Der Art nach zu urteilen, wie sie ihn anstarrte, vielleicht sogar noch mehr. Ihr stand *Leg dich nicht mit mir an* quer über das Gesicht geschrieben – es war praktisch in die geschwungene Tätowierung geritzt, die sich um ihren Unterarm schlang – und sie hatte den gleichen festen, harten Körperbau wie immer. Dasselbe kupferblonde Haar, obwohl sie es nicht wie sonst zu einem Dutt gebunden hatte. Sie trug es jetzt in einem lockeren Pferdeschwanz, der immer noch vom Laufen schwankte und ihn in seinen Bann zog. Würden sich die Strähnen noch genauso seidig anfühlen, wie sie es vor so langer Zeit getan hatten? Würden sich die Lichter wie ein Heiligenschein darin verfangen, wenn sie die Beine über ihm spreizte und ihn noch einmal wie ein Cowgirl ritt?

„Schön, dich zu sehen", sagte Ella in knappen, kühlen Silben.

Sie blieben eine Sekunde lang so stehen, hielten sich an den Händen und starrten sich in die Augen. Das leise Kratzen der Palmwedel verstummte, genau wie das entfernte Geräusch des Ozeans, der sich über Felsen brach. Nichts außer Ella schien von Bedeutung zu sein –, bis sie ihre Hand wegriss, zurücktrat und blinzelte.

„Du erinnerst dich doch an Jake, oder?", fragte Boone.

Ella nickte knapp. „Oh ja, ich erinnere mich."

Kapitel 2

Ella brachte das Zittern ihrer Hände unter Kontrolle, als sie in den Küchenbereich des Gemeinschaftshauses ging. Äußerlich wirkte sie völlig gefasst, aber innerlich...

Er ist es! Er ist es! Ihre innere Füchsin überschlug sich und schrie.

Ihre Wangen wurden heiß und sie biss sich auf die Lippe, als weggeschlossene Emotionen über sie hereinstürzten. Die Qual darüber, Jake nach ihrer gemeinsamen Nacht zu verlassen, war nie wirklich verschwunden; sie hatte sie nur hinter einer geistigen Mauer versteckt. Ihrem Schicksalsgefährten den Rücken zuzukehren, war das Schwerste gewesen, was sie jemals getan hatte. Härter als das Ranger-Training. Schwerer als der härteste Auftrag, den sie als Sondereinsatzkraft für Silas' Elite-Gestaltwandler-Einheit erledigt hatte. Härter als...

Sie schlug ihre Fäuste ein paarmal gegen ihre Hüfte. Sie hatte getan, was sie tun musste, und das aus gutem Grund. Die eigentliche Frage war, was Jake hier wollte. Boone hatte erwähnt, dass er jemanden gefunden hatte, der mit der Patrouille von Koa Point helfen sollte. Aber sie hatte keine Ahnung gehabt, dass *er* es war.

Jake McBride. Ein Meter fünfundachtzig solider, stämmiger Vom-Cowboy-zum-Soldaten-Typ mit schokoladenbraunem Haar und ehrlichen blauen Augen. Augen, die ihr in die Seele sehen konnten und sie immer dazu brachten, bei jedem Lächeln einen Salto machen zu wollen. Sein Lächeln, das die winzig kleine Narbe an seiner Oberlippe in die Breite zog.

Sie stellte eine Tasse unter die Kaffeemaschine und drückte den Knopf für einen doppelten Espresso. Dampf zischte, als sie die Augen schloss.

Es konnte einfach nicht wahr sein. Sie war dem Hilferuf ihrer Gestaltwandler-Freunde gefolgt und für ein paar Wochen nach Maui gekommen, bis eine dauerhafte Sicherheitstruppe eingestellt werden konnte. Die Gestaltwandler von Koa Point wollten mehr Zeit mit ihren Gefährtinnen verbringen, aber die allgegenwärtige Gefahr eines feindlichen Übergriffs hing wie eine dunkle Wolke über dem Rudel. Drax, ihr erbitterter Feind, war vor Kurzem eliminiert worden. Aber Moira, eine rachsüchtige Drachendame, war immer noch auf freiem Fuß – so wie auch der Urstein noch immer vermisst wurde, der letzte einer Reihe von Edelsteinen mit magischen Kräften.

Boone wandte sich an Jake. „Wie ich schon sagte, hast du zum perfekten Zeitpunkt geschrieben. Wir brauchen wirklich jemanden, den wir kennen und dem wir vertrauen."

Ella tat ihr Bestes, um nicht vor sich hin zu murmeln. Erwartete Boone tatsächlich, dass sie an der Seite des einen Mannes arbeiten würde, den sie meiden musste?

„Und auch verdammtes Glück", fuhr Boone fort, „weil ich diese E-Mail-Adresse eigentlich nicht mehr prüfe. Ich weiß nicht genau, warum ich es dieses Mal getan habe."

„Vielleicht war es Schicksal", zwitscherte Nina, fröhlich wie immer.

Ella starrte in ihre Kaffeetasse. Wenn das stimmte, hatte das Schicksal vor, sie zu quälen. Warum sonst sollte es ihr einen Menschen bescheren, den zu lieben sie sich nicht erlauben durfte? Sie hatte es ertragen müssen, Jake nach ihrer gemeinsamen Nacht noch mehrfach zu sehen – nach der einen Nacht, die ihr über ihn hinweghelfen sollte – und nun hatte das Schicksal ihn zu ihr zurückgeführt.

Natürlich bringt das Schicksal ihn zu uns, heulte ihre Füchsin. *Er ist unser Gefährte!*

Der Kaffee war heiß, aber sie nippte trotzdem daran. *Wir dürfen ihn nicht lieben.*

Wie sollen wir ihn denn nicht lieben? forderte ihre Füchsin.

Sie unterdrückte einen Seufzer. Jakes strahlend blaue Augen und das zurückhaltende Lächeln hatten es ihr von Anfang an angetan. Der sofortige, unaufdringliche Respekt. Die Art, wie sich Jake im Handumdrehen von einem kompromisslosen Soldaten zu einem pflichtbewussten, guten Bürger wandeln konnte. Wie, wenn er sich hinhockte, um kleine Kinder zu beruhigen. Seine Fähigkeit, über die schlimmsten Mahlzeiten, die durchgelegensten Betten und das miserabelste Wetter zu scherzen. Die Art, wie er in die Ferne starrte, wenn er von Zuhause sprach.

Er hatte nie etwas von ihr gefordert, sondern immer nur gegeben. Dinge, die wirklich zählten, wie Respekt. Zeit. Raum.

„Ihr beide seid perfekt für den Job geeignet", sagte Boone.

Wir sind perfekt, seufzte ihre Füchsin.

Sie waren perfekt – in jeder Hinsicht bis auf eine. Er war ein Mensch. Sie war eine Gestaltwandlerin. Eine Füchsin, die gern durch die Morgen- und Abenddämmerung streifte und in der Brise schnüffelte. Was würde Jake davon halten?

Ella schaute die glücklichen Paare im Raum an und versuchte, nicht die Stirn zu runzeln. Männliche Gestaltwandler hatten es leicht. Es spielte keine Rolle, ob ihre vorbestimmte Gefährtin ein Mensch oder eine Gestaltwandlerin war, denn ein Paarungsbiss würde sie für immer aneinander binden. Ihre Partner würden die Fähigkeit sich zu verwandeln bekommen und das war schon alles. Glücklich bis ans Ende ihrer Tage.

Der Stoffwechsel des durchschnittlichen, menschlichen Mannes widersetzte sich dagegen der durch einen Paarungsbiss ausgelösten Veränderung. Je stärker der Mann, desto härter bekämpfte sein Körper die Veränderung, so als wäre es eine Krankheit. Es war wahrscheinlicher, dass dieser Prozess einen solchen Mann eher töten würde – oder ihn den Verstand verlieren ließe –, als ihn zu verändern.

Ella tastete nach der Silberkette an ihrem Hals und zuckte zusammen, als eine Erinnerung vor ihrem inneren Auge aufstieg. Eine Männerstimme, tief und entschlossen.

Ich kann es schaffen. Ich weiß, dass ich es überstehen werde. Liebe wird mir dabei helfen.

Ella schüttelte den Kopf. Sie wünschte sich, sie könnte in der Zeit zurückreisen und diesen Mann warnen – Brian, der Mann, den ihre Mutter geliebt hatte. Ellas leiblicher Vater war ebenfalls ein Wüstenfuchs gewesen. Er hatte sich mit ihrer Mutter eingelassen, als sie beide noch zu jung waren. Dann war er abgehauen, bevor er jemals herausfand, dass Ella auf dem Weg war. Ihre Mutter hatte sie allein großgezogen. Alles war in Ordnung gewesen, aber das Leben war noch besser geworden, als Brian auftauchte. Der süßeste, liebenswürdigste Mensch, der Ella wie sein eigenes Kind angenommen hatte.

Unsere Liebe wird es überwinden, hatte ihre Mutter wieder und wieder gemurmelt, als sie ein nasses Tuch an seine fiebernde Stirn gedrückt hatte. Und die kleine Ella hatte ängstlich und machtlos zugesehen, ohne helfen zu können.

Mach dir keine Sorgen, meine Süße, hatte Brian gesagt. *Das Schicksal hat deine Mutter und mich zu Gefährten gemacht. Es wird uns helfen, es durchzustehen.*

Ella starrte in die Ferne. Das Schicksal hielt seinen Teil der Abmachung nicht immer ein und die Liebe überwand auch nicht alles. Brian war einen schmerzhaften Tod gestorben und ihre Mutter war nicht lange danach ihrer Trauer erlegen. Sie hatte Ella allein zurückgelassen.

Sie berührte ihre silberne Halskette – ein Geschenk von Brian an ihre Mutter, vor sehr langer Zeit. Jake zu lieben bedeutete, Jake zu widerstehen. So war es für sie beide besser.

Was soll ein menschlicher Wachmann nützen? protestierte sie und sandte die Worte in die Köpfe ihrer Freunde, wie es alle sich nahestehenden Gestaltwandler tun konnten.

Jake ist das Nächstbeste, sagte Kai sofort. *Der Mann hat die besten Augen und Ohren, die ich je an einem Menschen gesehen habe. Du weißt, wie fähig er ist.*

Ihre innere Füchsin wurde bei der unbeabsichtigten Anspielung ganz warm. Oh ja, sie wusste ganz genau, wie *fähig* Jake war.

Und bis wir mehr Gestaltwandler finden können, denen wir vertrauen, wird er eine große Hilfe dabei sein, die Gegend zu patrouillieren, sagte Kai.

Sie richtete ihren Blick zu der Seite hinüber, wo Jake im Schatten des Gemeinschaftshauses stand. Der durchschnittliche Betrachter würde nur einen mächtigen Krieger oder einen stattlichen Ranch-Arbeiter sehen. Aber Ella blickte genauso dahinter, wie auch Jake immer einen Röntgenblick für ihr wahres Ich gehabt hatte. In seiner Seele steckte mehr als nur ein

Elitesoldat. Eine leidenschaftliche, feurige Seele, die genauso sorgfältig verborgen war wie ihre eigene.

Ich will ihn, winselte ihre Füchsin. *Brauche ihn.*

Wäre es Nacht gewesen, hätte sie sich in ihre Fuchsgestalt verwandelt, ihre schlanke Schnauze gehoben und ihren Kummer dem Mond zu gejault. Aber es war helllichter Tag auf Hawaii und nicht Mitternacht in der Wüste. Und wenn ihr Jake wirklich wichtig war, würde sie ihn beschützen – was bedeutete, sich von ihm fernzuhalten.

„Wir haben eine geräumige Bleibe für dich", sagte Boone zu Jake und zeigte über seine Schulter. „Das Plantagenhaus von Koakea – auf dem Nachbargrundstück."

Ella klappte die Kinnlade hinunter und fast hätte sie Boone mit beiden Händen hektisch abgewunken.

„Koakea?", murmelte Jake.

„Es bedeutet weißer Koa – eine Baumart", erklärte Boone.

„Moment", platzte Ella heraus. *Sie* wohnte auf Koakea. „Das wird nicht funktionieren."

Boone neigte den Kopf. Hunter hob eine buschige Augenbraue. Und Jake sah sie an. Nicht verurteilend, nicht protestierend, sondern so als warte er nur darauf, zu hören, was sie zu sagen hatte.

„Was wird nicht funktionieren?", fragte Boone.

Jake und ich unter demselben Dach, hätte sie fast gesagt. Sie würde am Ende, wie schon zuvor, ihrem Verlangen erliegen und das würde es nur noch schwerer machen, gegen das Schicksal anzukämpfen.

„Ich glaube, er würde sich hier im Gästehaus wohler fühlen", schlug sie vor.

Boone zuckte mit den Schultern. „Du warst diejenige, die gesagt hat, es wäre besser, wenn die Sicherheitskräfte eine gewisse Distanz wahren würden, oder nicht?"

Sie umklammerte ihre Tasse fester und biss sich auf die Zunge. Die meiste Zeit überhörte Boone alles, bis auf die Bedürfnisse seiner Gefährtin oder Dinge über die letzten Vorbereitungen für seine Zwillinge, die nun jeden Tag kommen konnten. Warum musste er sich jetzt daran erinnern, dass sie das gesagt hatte?

„Das Plantagenhaus macht Sinn", stimmte Hunter zu. „Es ist näher an unserer schwachen Seite."

Sie wollte am liebsten mit dem Fuß aufstampfen und schreien. Die anderen kannten sie besser als jeder andere – warum bemerkten sie ihren Hilferuf nicht? Sie, Hunter und Kai waren gemeinsam in einem Waisenhaus aufgewachsen, das von einer Eulengestaltwandlerin namens Georgia Mae geführt worden war. Die beiden waren wie Brüder für sie – *Hānai*-Brüder, wie es die Hawaiianische Tradition nannte.

Brüder, denen sie manchmal unheimlich gern gegen das Schienbein treten wollte.

„Die Plantage stand so lange leer, dass wir schon Probleme mit Hausbesetzern und Bauunternehmen hatten", erklärte Kai Jake. „Je mehr Leute wir also haben, die dort eine Präsenz etablieren, desto besser."

Ella verdrehte die Augen. Sie war diejenige gewesen, die darauf hingewiesen hatte, als sie vor zwei Wochen ihren Dienst angetreten hatte. Zugegebenermaßen hatte sie dies hauptsächlich als Vorwand benutzt, um etwas Abstand zu den anderen zu gewinnen. Die Männer von Koa Point waren wunderbare Kameraden und die Frauen, die sie gefunden hatten, waren jede für sich fantastische, würdige Partnerinnen. Aber es war schwer, ein Einzelkämpfer in einer Gemeinschaft von Gestaltwandlern zu sein, die von Liebe so verblendet waren, dass sie kaum noch geradeausschauen konnten. Es war ein kluger Schachzug, für ihre Sicherheit Hilfe von außen heranzuziehen, und diese Sicherheitskräfte an Koakea unterzubringen, war ebenfalls sinnvoll.

Es sei denn natürlich, es handelte sich um Jake.

Sie verschränkte ihre Arme vor der Brust. „Das Dach ist undicht."

Kai runzelte die Stirn. „Du hast gesagt, es wäre in Ordnung."

„Ich war nur höflich", knurrte sie.

Jakes Augen leuchteten auf, als er die Schlussfolgerung zog, dass sie dort wohnte. Dieser Mann hatte sie schon immer besser lesen können als jeder andere.

Boone schnaubte. „Ha. Ella, höflich."

Sie funkelte ihn an. „Es gibt kein fließendes Wasser."

„Kein Problem." Jake zuckte mit den Schultern.

„Wir haben diese kompostierbare Hightech-Latrine installiert", sagte Boone.

„Du hast gesagt, du hättest schon Schlimmeres gesehen", fügte Kai hinzu. „Solardusche und all so etwas."

Verdammt noch mal. Verstand denn niemand, worum es ging?

Tessa, sie soll gesegnet sein, schien die Erste zu sein, die den Hinweis begriff. „Vielleicht würde sich Jake im Gästehaus wirklich wohler fühlen."

Ella war kein Typ für Umarmungen, aber dafür hätte sie Tessa mit Dankbarkeit überschütten können.

Aber Jake, verdammt, zuckte nur mit den Schultern. „Ich bin mir sicher, ich habe schon Schlimmeres gesehen."

Verdammt, da war er wieder mit seinen gemischten Botschaften. Sein steifer Händedruck hatte angedeutet, dass er es gern vermieden hätte, sie wiederzusehen. Aber die Art, wie seine Kehle wippte, wenn er sie ansah, sagte eher: *Vielleicht sollten wir es noch einmal versuchen.*

„Du hast auf jeden Fall schon Schlimmeres gesehen. Erinnerst du dich an die Nacht, die wir in dieser Schlucht verbracht haben?", sagte Boone.

Ella fuhr sich mit den Händen durch ihr Haar. Das war überhaupt nicht der Punkt.

„Außerdem könnt ihr eure Schichten so besser koordinieren", sagte Hunter und streichelte das Kätzchen unter dem Kinn.

Oh ja, wir könnten Sachen koordinieren, stimmte ihre Füchsin in einem verführerischen Summen zu.

Ella wollte schreien. Sie sollte eher eine Flucht aus diesem Chaos koordinieren.

„Vielleicht hätte Ella gern etwas Privatsphäre", sagte Tessa in einem vorsichtig neutralen Ton.

Ella würde Tessa bei der nächsten Gelegenheit gleich zweimal umarmen.

Aber Boone winkte nur mit der Hand ab. „Ella braucht keine Privatsphäre. Tatsächlich war sie immer diejenige, die darauf beharrt hat, dass Gemeinschaftsunterkünfte in Ordnung wären. "

„Ja", sagte Kai.

„Ja", nickte auch Hunter.

Ella verzog das Gesicht. Diesen beiden würde sie definitiv gegen das Schienbein treten.

„Nun, das war in der Armee. Aber hier führen wir ein Zivilleben. Möchtest du, dass ich euch das Essen koche, dass ihr damals essen musstet?", fragte Tessa.

„Zur Hölle, nein", sagten Boone und Kai gleichzeitig.

„Bloß nicht", sagte Hunter, wie immer höflich.

Nina tätschelte ihren runden Bauch und schoss den ersten beiden einen *Achtet in der Gegenwart der Babys auf eure Wortwahl*-Blick zu.

„Entschuldige, Schatz", sagte Boone. „Aber der Punkt ist, dass wir Tessas Kochkünste mögen. Nein, wir *lieben* Tessas Kochkünste." Er wandte sich mit einem ernsten Nicken an Jake. „Warte nur, bis du ihr Steak probiert hast."

„Oder Honig-Kokosnuss-Pfannkuchen... ", fügte Hunter hinzu und leckte sich die Lippen.

Kais Ausdruck wurde ganz verträumt. „Oder gegrillten *Lau Lau...* "

Tessa streckte ihre Hand wie ein Stoppschild nach vorn. „Der Punkt ist, dass ihr Dinge jetzt anders macht. Vielleicht würde Ella es begrüßen, wenn sie zur Abwechslung mal etwas Privatsphäre hätte. "

„Nee", sagte Boone und die anderen Jungs nickten. „Ella ist Ella. Sie braucht keine Sonderbehandlung. Tatsächlich lehnt sie sie sogar ab. Stimmt doch, oder? "

Ella öffnete den Mund und schloss ihn wieder. Es hatte einen Nachteil, dass sie den Jungs all die Jahre immer wieder ihren Mumm unter Beweis gestellt hatte. Und das war er. Sie sahen sie wirklich als eine von ihnen an. Zum Teufel, sie dachten wahrscheinlich, sie würde im Stehen pinkeln. Und es würde ihnen niemals in den Sinn kommen, dass sie sich Hals über Kopf verlieben könnte.

Gott. Sie war völlig am Arsch.

„Ich komme überall zurecht", warf Jake ein.

Und wie du das tust, sagte ihre Füchsin verträumt.

„Ihr werdet beide im Plantagenhaus wohnen", sagte Kai in einem bestimmenden Ton. In Silas' Abwesenheit war Kai der ranghöchste Gestaltwandler an Koa Point. „Es macht am meisten Sinn. Außerdem brauchen wir das Gästehaus vielleicht für diesen Typ, mit dem Silas zu verhandeln versucht."

Ella runzelte die Stirn. Sie hatte gehört, dass dieser Kerl ein Löwengestaltwandler war. Oder war er ein Tiger? Sie wusste es nicht mehr genau. Irgendein hohes Tier in der Katzengestaltwandlerwelt, mit dem Silas nach jüngsten Anspannungen mit einem abtrünnigen Löwen-Vampir-Trupp unbedingt einen Friedensvertrag schließen wollte. Sie wünschte, Silas wäre anwesend, um es zu erklären, aber er und Cassandra hielten sich in New York auf und versuchten, den letzten der Seelensteine aufzuspüren.

„Nichts ist ein Problem für Jake." Boone klopfte ihm auf den Rücken. „Wir können auf ihn zählen."

„Ich helfe gern", sagte Jake in seiner ruhigen, jungenhaften Art.

Ella war versucht, die ganze traurige Geschichte auszuplaudern. *Ich liebe Jake. Ich brauche Jake. Aber wenn wir uns zu nahekommen, werde ich ihm nicht mehr so widerstehen können wie zuvor. Er ist mein Schicksalsgefährte.*

Aber sie konnte nichts dergleichen sagen. Die Jungs würden wahrscheinlich darüber scherzen, dass sie nur ihre M16 liebte. Die Frauen würden ihr zuzwinkern und sagen, sie solle die Nacht genießen. Jake wusste derweil nichts über Gestaltwandler oder Schicksalsgefährten. Verdammt, wenn sie ihm davon erzählen würde, würde er wahrscheinlich über alle Berge davonlaufen. Oder schlimmer noch, er würde sich selbst als stark genug erklären, um mit allem fertig zu werden, und um der Ehre willen sterben.

Also hielt sie den Mund und gab nach. „Gut."

Aber es war nicht gut und sie wusste es. Irgendwie musste sie einen Ausweg aus diesem Chaos finden.

Kapitel 3

Jake rannte bei seinem mittlerweile regelmäßigen, abendlichen Lauf den Seitenstreifen des Highways entlang. Er genoss den Sonnenuntergang nicht so sehr, sondern dachte vielmehr über die vergangene Woche nach – seine erste auf Maui. Die Arbeit war gut. Die Leute waren gut. Aber Ella – Herrgott, sie löste in seinem Körper immer noch ein tobendes Verlangen aus.

Deshalb rannte er. Er hoffte, dass er sich die Begierde aus dem Leib schwitzen konnte. Nicht, dass es funktioniert hätte. Vielleicht musste er also seinen Plan, sie sich *aus dem Kopf zu schlagen*, noch einmal überdenken und stattdessen etwas anderes versuchen – zum Beispiel *über sie hinwegkommen, indem er der Versuchung nachgab*. Sie und er hätten doch sicherlich innerhalb von ein paar Tagen genug voneinander. Eine solch intensive Chemie konnte nicht ewig anhalten, oder?

Eine tiefe, grummelnde Stimme gackerte in seinem Hinterkopf. *Willst du wetten?*

Ein roter Ferrari schoss auf der Gegenfahrbahn an ihm vorbei und der Fahrer winkte aus dem offenen Verdeck. „Hey, Mann. Mach mal langsamer."

Jake schüttelte den Kopf. Nur Boone würde in seinem Sportwagen das Tempolimit überschreiten und einen Läufer anbrüllen, er solle langsamer rennen.

„Vielleicht solltest du...", begann Jake zu erwidern, verstummte jedoch, als ein Polizeifahrzeug die Verfolgungsjagd aufnahm. Die Blaulichter blitzten und Officer Dawn Meli – Hunters Partnerin – winkte Jake zu, als sie vorbeizog.

Jake grinste. „Schon gut." Nach allem, was er gehört hatte, verpasste Dawn Boone praktisch jede Woche einen neuen Strafzettel.

Er lief weiter und innerhalb von drei Schritten drehten sich seine Gedanken wieder um Ella. Für die Männer in ihrer Einheit war sie vielleicht nur eine von ihnen. Aber für ihn ... für ihn war sie alles, was er sich jemals von einem Armeekameraden wünschen konnte, kombiniert mit allem, was er sich jemals in einer Frau erträumen würde. Alles in einem.

Offensichtlich hatte sein Interesse an Ella nicht nachgelassen – weder in der letzten Woche noch in den letzten anderthalb Jahren, in denen er keine andere Frau angefasst hatte. Es lag nicht an einem Mangel an Angeboten. Was er nicht verstehen konnte, war Ellas Sicht auf die Dinge. Verschwammen ihre Gedanken auch jedes Mal, wenn er und sie sich einander näherten? Spürte sie auch diese sinnliche Energie durch ihren Körper zucken, bis es schwer war, geradeaus zu schauen? Führte sie dieser Nervenkitzel – das Gefühl einer bevorstehenden Sucht – genauso in Versuchung wie ihn?

Ein Lastwagen rumpelte auf der südlichen Fahrspur an ihm vorbei und Jake erhöhte für die letzten zwei Kilometer seines Laufs das Tempo. Er rannte, so schnell er konnte. Normalerweise konnte er immer alles ausblenden, während er trainierte, aber Ella war in seinen Gedanken allgegenwärtig.

Sie hatte ihn in der vergangenen Woche gemieden – ein ungewöhnliches Verhalten für eine Frau, die eher dazu neigt, einem Mann die Hölle heiß zu machen, wenn sie ihn dabei erwischte, ihr Hinterteil anzustarren oder bei der Arbeit zu schwächeln. In den Momenten, in denen sie und er zur gleichen Zeit am gleichen Ort waren, war Ella kühl, distanziert und strickt professionell.

Vielleicht war sie also doch nicht an ihm interessiert.

Aber von Zeit zu Zeit erwischte er sie dabei, wie ihre Augen aufblitzten, bevor sie sich abwandte. Und er wusste es. *Augen lügen nie,* pflegte seine Mutter immer zu sagen, wenn sie ihn oder seine Brüder dabei ertappte, wie sie nichts Gutes im Schilde führten. Und Ellas Augen – die er zwar in diesen Tagen nur äußerst selten zu Gesicht bekam – funkelten jedes Mal, wenn es ihm gelang, ihren Blick auf sich zu ziehen.

Also ja. Ella fühlte genau wie er, und zwar genauso intensiv.

Warum hatte sie dann also ihren Mund geöffnet, als hätte sie sagen wollen, *Hey, ich muss dir etwas sagen,* bevor sie ihn wieder schloss und davoneilte? Warum schaute sie mit einem breiten, entspannten Grinsen auf, während sie Keiki streichelte – nur um dann grimmig zu werden, als hätte sie sich gerade an etwas Schreckliches über ihn erinnert?

„Hey! Vorsicht." Er sprang in Richtung Straßenrand, als ein Auto viel zu nah an ihm vorbeiraste. Er blickte dem Wagen nach, während er weiterfuhr und zurück in die Mitte seiner Fahrspur lenkte, bevor er hinter einer Kurve verschwand.

Noch ein Tourist, dachte er bei sich, der zu sehr damit beschäftigt war, sich den Sonnenuntergang anzusehen, anstatt auf die Straße zu achten.

Er drängte mit vollem Armeinsatz weiter, um sich zu versichern, dass die paar Verletzungen, die er im Laufe der Jahre erlitten hatte, keine bleibenden Spuren hinterlassen hatten. Er dachte auch an den bevorstehenden Abend und an seinen neuen Job.

Bisher lief alles gut – zumindest was die Arbeit betraf. Kai hatte ihm und Ella die Nachtschicht von 22:00 bis 6:00 Uhr übertragen. Er überwachte dabei den Bereich der Plantage, während Ella die Außengrenze des Hauptgrundstücks patrouillierte. Es handelte sich also wirklich nur um einen gewöhnlichen Patrouillendienstplan, wie er sie schon unzählige Male zuvor gearbeitet hatte. Und zum Teufel. Es war auf jeden Fall besser als der Nahe Osten, auch wenn er sich jeden Tag der Versuchung von Ella stellen musste. In gewisser Weise hatte die ganze Routine eine beruhigende Vertrautheit. Mit geschärften Sinnen lautlos durch Schatten und Gestrüpp zu streifen ... anzuhalten, um Geräuschen zu lauschen, die nicht passten ... den Kilometer langen Außenrand der Plantage abzulaufen und sich zu vergewissern, dass alle sicher und beschützt waren.

Das Ungewöhnliche an diesem Job war die Tatsache, dass die Jungs von Koa Point ihre eigenen, sich überschneidenden Patrouillenschichten einlegten. Sie folgten einem Zeitplan, den sie nicht teilen wollten. Das und die Tatsache, dass sie jedes Detail studierten, als befänden sie sich in einem Kriegsgebiet und als könnte die kleinste Unachtsamkeit Leben oder Tod bedeuten. Sie bestanden darauf, auch die winzigste Unregelmäßigkeit zu überprüfen. Deshalb hatte Jake auf die Fußabdrücke hingewiesen, die er in der ersten Nacht gefunden hatte.

„Was ist mit diesen Wolfsspuren hier?", hatte er gefragt.

Hunter hatte sie nach einem kurzen Blick verworfen. „Nur ein großer Hund. Siehst du die Einkerbung zwischen den Zehen? Der ist oft hier in der Gegend unterwegs. Kein Grund zur Sorge."

Jake hatte die Spuren angestarrt. Er hätte schwören können, dass sie von einem Wolf stammten. Es gab noch zwei andere Hundespuren, die Hunter ebenfalls bestätigt hatte. „Aber sag uns sofort Bescheid, wenn du irgendwelche anderen Hundeabdrücke findest. Roger?"

Jake hatte genickt. „Roger."

Etwas seltsam, aber was soll's. Wenn sich Hunter keine Sorgen um große Hunde machte, würde er es auch nicht tun. Und abgesehen von den beiden Teenagern, die nach einem Ort zum Knutschen gesucht hatten, und die er in der ersten Nacht davongejagt hatte – entschuldigt, Kinder –, hatte es nichts Ungewöhnliches gegeben. In vielerlei Hinsicht war es seinem strukturierten Militärleben wohltuend ähnlich. Das kam ihm sehr entgegen. Erhöhte Wachsamkeit war ein Pluspunkt in diesem Job, so dass er sich nicht so oft fehl am Platze fühlte wie in den vergangenen paar Wochen.

„Alles in Ordnung? Wie lebst du dich ein?", hatte Tessa gefragt. „Brauchst du irgendetwas?"

„Ich habe alles, was ich brauche", hatte er geantwortet. Wenn man Ella nicht mitzählte, hatte er tatsächlich alles. Aber er hatte das brennende Bedürfnis, mit Ella zu sprechen – und sei es auch nur einmal –, um die Dinge zu klären.

In Ordnung, möglicherweise hatte er auch das brennende Bedürfnis nach ein paar anderen Dingen.

Abgesehen von Ella war dies einer der ruhigsten Aufträge, die er je gehabt hatte. Jegliche Freizeit, die Jake nicht damit verbrachte, Schlaf nachzuholen oder laufen zu gehen, widmete er der Verfeinerung seiner zivilen Fähigkeiten – Dingen, wie das Sitzen draußen im Freien, ohne ständig die Büsche nach feindlichen Außenposten abzusuchen. Er hatte in einer Ecke seines Zimmers einen Haufen verstaubter alter Puzzles gefunden und damit begonnen, sie draußen auf der Veranda zusammenzufügen. Das Puzzeln beschäftigte ihn, ohne ihn jedoch zu sehr in Anspruch zu nehmen. Sie waren also in gewisser Weise therapeutisch. Die Motive spielten keine große Rolle – es ging ihm um die Befriedigung, wenn die Teile zusammenpassten und sich ordentlich als ein Ganzes zusammenfügten, anstatt ein wildes Durcheinander zu sein. Was wahrscheinlich viel über seinen Gemütszustand aussagte, obwohl er sich dazu entschied, sich nicht weiter damit zu befassen.

Er schaute auf die Uhr, als er die letzte Kurve seines Laufs anging und sich noch mehr anstrengte. Er war jetzt völlig in seinem Element, sprintete drauflos und fühlte sich gut...

Aber seine geschmeidigen Schritte stockten, als er sich umdrehte, um über seine Schulter zu schauen. Sein sechster Sinn hatte Alarm geschlagen.

„Was zum...", murmelte er, als ein Auto in Sichtweise raste.

Er war auf dem Seitenstreifen der Gegenfahrbahn gelaufen, um die entgegenkommenden Autos im Auge zu behalten, während die Fahrzeuge, die von hinten kamen, auf der anderen Straßenseite entlangfuhren. Aber diese weiße Limousine blieb nicht auf ihrer Seite. Sie beschleunigte über die Straße und kam direkt auf ihn zu.

„Hey!", brüllte er und winkte dem Fahrer zu. „Vorsicht!" Aber der Wagen fuhr weiter, so als hätte er vor, ihn plattzumachen.

Dann wurde ihm bewusst, dass der Wagen absichtlich auf ihn zielte. Der Motor dröhnte, die Reifen drehten durch und der Kühlergrill grinste ihn an wie ein hungriger Hai. Er wartete noch eine Sekunde und warf sich dann in den Straßengraben.

Tut tut tut! Der Wagen rauschte nur Zentimeter von seinen Fersen entfernt an ihm vorbei.

Jake krachte ins Gebüsch am Straßenrand und überschlug sich beim Aufprall auf den Boden. Sekundenbruchteile später sprang er auf die Füße und wandte sich der Straße zu.

„Was zum Teufel?", murmelte er, als das Auto aus seiner Sichtweite verschwand. Er lauschte eine ganze Minute lang und bewegte sich bis auf seine sich hebende Brust kaum. Alles, was er wirklich erkannt hatte, war die Silhouette eines großen Mannes mit langem, dünnem Haar. War jemanden fast umzubringen etwas, das dieser Typ für einen Streich hielt?

Langsam beugte sich Jake nach vorn und staubte sich die Beine ab. Er war völlig zerkratzt und blutete aus einigen Schrammen. Obwohl es nichts war, was eine Dusche nicht beheben konnte. Aber der Anblick des Wagens, der direkt auf ihn zugerast kam – der blieb ihm im Gedächtnis.

„Arschloch."

Er kehrte zur Straße zurück und begann von Neuem zu laufen. Dabei hielt er Ausschau und lauschte genau, nur für den Fall, dass dieser Idiot noch einmal vorbeikam. Er war sich ziemlich sicher, dass es dieselbe weiße Limousine gewesen war, die schon zuvor vorbeigefahren war. Aber andererseits sahen diese Mietwagen auch alle gleich aus. Zwei Minuten später erreichte er die Abzweigung zur privaten Auffahrt nach Koa Point und dem Plantagengelände. Er beobachtete die Straße mit Adleraugen. Schließlich joggte er zur Abkühlung den Weg hinunter. Sein Herz hämmerte immer noch und seine Gedanken rasten. Warum sollte jemand so etwas tun?

Als er sich dem Haus näherte, verlangsamte er sein Tempo zum Gehen. Er war immer noch in das versunken, was soeben geschehen war. Doch wie aus dem Nichts stoppte ihn Ellas Stimme. Ganz geschäftlich, ganz militärisch.

„McBride. Treffen heute Abend um 20:00 Uhr."

Er schaute auf und sah sie auf der Veranda des einst prächtigen Plantagenhauses stehen. Das Anwesen war doppelt so breit wie das Haupthaus auf der Ranch seiner Familie, mit einer sich über die ganze Länge erstreckenden Veranda, von der aus man die riesige, scheinbar endlose Aussicht auf den Ozean genießen konnte. Aber das Dach gab stellenweise nach, die Dielen waren am Verrotten und die meisten Zimmer waren ungenutzt.

Er nickte. „20:00 Uhr heute Abend. Irgendeine Idee, worum es geht?"

Als Ella den Kopf schüttelte, wippte ihr Pferdeschwanz und die letzten Sonnenstrahlen fingen sich in ihrem Haar. Gott, wie sehr er das liebte. Ein kleiner Hauch ihrer femininen Seite, der allem trotzte, was sie tat, um hart zu wirken.

„Silas und Cassandra kommen nach Hause. Dafür kommen immer alle zusammen."

Es klang nach guten Nachrichten, aber Ellas Schultern waren angespannt, was ihm den deutlichen Eindruck vermittelte, dass etwas vor sich ging – etwas mehr als nur die Rückkehr ihres Befehlshabers und seiner Verlobten.

Im Laufe der letzten Tage war ihm allmählich klar geworden, wie besorgt alle über die Angelegenheiten waren, um die sich Silas in New York gekümmert hatte. So als ginge es nicht nur ums Geschäft, sondern um etwas viel Wichtigeres. Etwas, das vielleicht mit den Feinden in Verbindung stand, die sie angedeutet hatten, und mit der Notwendigkeit, das Anwesen ständig zu überwachen. Er hatte Boone und Kai gehört, die über Silas' Suche diskutierten – oder hatten sie Untersuchung gesagt? So oder so hatten sie geschwiegen, als er sich näherte. Und es war nicht seine Angelegenheit, danach zu fragen. Aber irgendetwas ging definitiv vor sich.

„Oh." Ella schaute zweimal hin, als sie seine zerkratzen Beine sah. „Was ist passiert?"

„Nichts." Er ging auf seinen Teil des Hauses zu. Ella hatte ihm den Nordflügel zugewiesen, als er eingezogen war, – so weit wie möglich von ihrem Quartier im Südflügel entfernt.

Doch nun zog sie ihn ins Licht und musterte seine blutverschmierten Ellbogen. „Wie meinst du das, es ist nichts passiert?"

„Es ist alles oberflächlich."

Sie sah ihn mit hochgezogener Augenbraue an. „Und es ist passiert, als...?"

Als ein Verrückter versucht hat, mich von der Straße zu drängen, lag ihm bereits auf den Lippen. Aber er sagte nur: „Ich bin irgendwo auf der Strecke gestolpert."

Sie schnaubte. „Ach nein. Jake McBride ist gestolpert. Er war ein Tollpatsch. Hat man dir dafür das Verdienstkreuz verliehen?"

Er kam nicht umhin, Stolz in sich aufsteigen zu spüren. Ella wusste also, dass ihm ein Verdienstkreuz verliehen worden war. Nicht, dass er jemals in der Hoffnung gehandelt hätte, Medaillen zu sammeln – es ging ihm immer nur darum, seine Einheit in Sicherheit zu bringen und den Job zu erledigen.

„Ich schätze, ich habe nicht aufgepasst."

Jetzt lachte sie sogar noch lauter. „Ach richtig. Ja, klar." Sie zeigte auf einen der Stühle auf der Veranda. „Lass mich mal sehen."

„Es ist nichts. Nur ein paar Kratzer."

„Hinsetzen", befahl sie und gab ihm einen kleinen Stoß. „Und erzähl mir, was wirklich passiert ist."

Er ließ sich auf den knarrenden Verandastuhl sinken, während er noch immer protestierte. Sie kniete sich hin, griff nach einer der Servietten, die unter einem Stein auf dem Ve-randatisch lagen, und tupfte sein blutverschmiertes Schienbein ab.

„Ich bin gelaufen ... aua" Er verzog das Gesicht, als sie einen Dorn aus einem offenen Schnitt herauszog. Natürlich war es irgendwie schön, dass sie ihn so umsorgte. Wirklich schön, wenn er ehrlich war.

„Jetzt sei kein Baby. Sitz' still."

Er saß still. Hauptsächlich, weil sie ihm so nah war. Das Licht der untergehenden Sonne schimmerte auf ihrem Haar und verlieh ihm diesen kupfernen Glanz, den er manchmal darauf sah. Er atmete tief ein und genoss ihren leicht blumigen Duft. Ein Duft, der ihn an unberührte Ebenen und kilometerhohe Berge erinnerte. Kurz gesagt, an Zuhause.

Ella legte eine Hand auf sein Knie und erhob sich ein wenig, um seinen Oberschenkel zu untersuchen. Blut rauschte durch seine Adern und ließ die kleinen Schmerzen und Beschwerden verschwinden. Stattdessen ersetzte es sie durch eine warme, süße Hitze.

Und ... verdammt. Es passierte erneut. Diese unsichtbare Kraft ... dieses schwarze Loch, in das er gesaugt wurde, wenn er Ella zu nahekam.

„Jetzt sag schon..." Ella blickte auf und verstummte, als sie ihn dabei erwischte, wie er sie ansah. Und zum Teufel, das Rosa ihrer Wangen verriet sie ebenfalls. Ihre Lippen glänzten und ihre Augen schienen zu strahlen. Was ein Trick des Lichtes sein musste, aber wow. Sie beugte sich vor und Jake brannte vor Erwartung. Ein Kuss. Was er nicht für einen Kuss geben würde.

Sie lehnten sich beide vor und konzentrierten sich ganz und gar auf die Lippen des anderen...

„Verdammt", murmelte Ella und sprang auf die Füße.

Jake blinzelte ein paarmal. Er stand, ohne nachzudenken, auf und der Stuhl quietschte dabei. „Ella. Warte."

Aber sie wartete nicht. Sie machte zwei schwankende Schritte zurück und murmelte vor sich hin.

„Was ist los?", forderte er und war die Spielchen plötzlich leid.

Sie starrte auf ihre Füße. „Ich habe noch dieses Treffen, das Kai um acht angesetzt hat."

Er schüttelte den Kopf. „Was ist mit uns los, meine ich?"

Ihre rechte Wange begann zu zucken und sie starrte mit finsterer Miene auf eine verrottende Diele. „Was meinst du mit uns?"

Er trat einen Schritt näher. „Ich meine uns, *uns*. Diese Nacht. Dieses eine Mal, als wir..."

Ihre Wangen wurden rot und sie blickte nervös überall hin – nur nicht zu ihm. „Das ist nicht passiert."

Sie hätte genauso gut ihr großes Bowiemesser in seinen Bauch rammen und es ein paarmal umdrehen können. „Es ist nicht passiert?"

Ella wirbelte herum, um wegzugehen. Aber er folgte ihr und spürte die Hitze in seinem Gesicht.

„Es ist nicht passiert?" Seine Stimme erhob sich, aber er konnte nicht anders. Er griff nach ihrer Hand. „Diese eine Nacht war eines der einzig guten Dinge, die während dieses ganzen verkorksten Krieges passiert sind. Und du sagst, es ist nicht passiert?"

Ellas Augen blitzten auf, als sie sich mit dem Rücken zur Wand drehte. „Wir haben gesagt, wir würden es bei dieser einen Nacht belassen."

Er folgte ihr, fest entschlossen, sie dieses Mal nicht gehen zu lassen.

„Ich habe es probiert, Ella. Du hast es probiert. Aber es ist immer noch da." Er winkte in den wenigen Zentimetern zwischen ihren Körpern mit der Hand. „Es fühlt sich so an, als würde es von etwas anderem angetrieben werden. Ich habe keine Ahnung, was das ist."

Ihre Augen blitzten vor Emotionen, die er nicht lesen konnte. Ein einziges Wort kam über ihre Lippen. „Schicksal."

Es klang seltsam ominös und passte zu Ellas angeschlagenem Gesichtsausdruck.

„Was auch immer es ist, ich habe es satt, dagegen anzukämpfen. Meinst du denn nicht, wir sollten uns noch eine Chance geben?"

Das Aufblitzen in ihren Augen sagte *ja*, also ging er mit vorsichtigen Schritten auf sie zu, bis Ella fast mit dem Rücken zur Außenwand des Hauses stand. Er ließ ihr jedoch genug Platz, um zu entfliehen, sollte sie dies wollen. Aber sie tat es nicht. Sie starrte ihn nur an. Oder besser gesagt, starrte sie durch ihn *hindurch*, als wollte sie jemand anderem – oder etwas anderem – die Schuld für das geben, was damals geschehen war.

„Sag' etwas. Sag' irgendetwas", knurrte er. „Nur bitte sag' nicht, dass es nie passiert ist. Sag', dass du es bereust, wenn es sein muss... "

Sofort schüttelte sie den Kopf. „Ich habe nie gesagt, dass ich es bereue."

„Was dann? Was hindert uns?"

Ella verzog das Gesicht. „Dinge, die du nicht verstehen kannst."

„Dann erkläre sie mir."

Sie schüttelte erneut den Kopf. „Das kann ich nicht."

Jake neigte den Kopf und musterte sie. Er hatte Ella noch nie zuvor festgefahren und hilflos gesehen. Ella war niemals hilflos. *Das kann ich nicht*, war nicht Teil ihres Vokabulars.

Er beugte sich näher zu ihr, bis seine Lippen nur Zentimeter von ihren entfernt waren.

„Bitte sag' mir eines, Ella", flüsterte er. „Sag' mir, dass du nicht an mir interessiert bist. Sag' mir, dass du mich nicht begehrst."

„Ich begehre dich aber."

Es war lächerlich, was ein paar einfache Worte mit dem Herzen eines Mannes machen konnten, egal wie sehr er versuchte, es zu schützen.

„Warum stößt du mich dann immer wieder weg?“

Sie antwortete nicht, bewegte sich jedoch auch nicht von ihm weg. Tatsächlich klammerte sie sich mit den Händen an sein Hemd und hielt ihn fest. Er schmiegte sich enger an sie und schlang seine Arme um ihre Schultern. Er wurde von der gleichen Anziehungskraft gelenkt, die jedes Mal einsetzte, wenn sie sich nahekamen.

Ella bewegte ihre Lippen, aber es kam kein Ton heraus. Oder vielleicht war er taub geworden, denn er hörte nichts als ein Rauschen in seinen Ohren. Sie schloss ihre Arme um seine Taille und ihre Augen glänzten. Er sah in ihnen einen inneren Kampf, den auch er fühlte.

Küsse sie, drängte ihn eine kleine Stimme in seinem Hinterkopf.

Gott, wie sehr er dies wollte. Unbedingt.

Das Rauschen wurde lauter, so laut wie ein Tsunami, der auf die Küste zuraste.

Sie will es auch, beharrte die Stimme. *Unbedingt.*

Ella zog ihn näher an sich, bis er sie gegen die Wand drückte. Sie tat es, nicht er, so als wollte sie sich ihm hingeben, wusste nur nicht, wie.

Sein Puls begann, wie verrückt zu rasen, und seine Nervenenden sandten alle möglichen Signale auf einmal. Er ertrank in Empfindungen. Der feste Griff ihrer Arme. Die Hitze ihrer Brust. Der Duft von Wüstenrosen in ihrem Haar. Das glühende Bedürfnis, sie zu halten, gemischt mit der Angst, zu weit zu gehen.

Nach und nach verschwanden alle Gedanken, bis auf einer. Alles, was er spürte, waren ihre weichen Lippen, als sie ihn küsste. In der Sekunde, in der sie dies tat, verschwand der Wirbelwind in seiner Seele. Stattdessen verspürte er ein Gefühl des Friedens.

Ella fuhr mit den Fingern durch sein Haar und lenkte ihn genau, wie sie ihn wollte. Sie bewegte ihre Lippen auf seinen, küsste ihn, berührte ihn und atmete kaum. Genau wie er.

Er fing ihre Unterlippe zwischen seinen ein und drückte sie sanft, bevor er sie ihn schmecken ließ.

Es fühlte sich so gut an. So wie sich die Heimkehr nach all der Zeit der Abwesenheit hätte anfühlen sollen. So als bekäme er alles, was er wollte, am selben Tag. Er zog sie näher an sich und küsste sie heftiger. Er verfluchte seine Schwäche für sie, auch wenn er sich so sehr nach mehr sehnte. Keine Frau hatte jemals mit ihm gemacht, was Ella mit einem einzigen Kuss mit ihm anstellen konnte.

„Wir sollten das nicht tun", murmelte sie, ohne sich von ihm zu lösen.

„Stimmt", sagte er zwischen Küssen und neigte den Kopf für einen weiteren. Er ließ seine Hände an ihren Seiten hinabgleiten, als sie ihren Körper gegen seinen drückte.

Eine Minute später zog sich Ella jedoch zurück. Ihre Brust hob und senkte sich schwer. Sie lehnte ihre Stirn an seinen Oberkörper und sprach in sein Hemd.

„Wir dürfen das nicht zulassen", flüsterte Ella, obwohl sie keine Anstalten machte, loszulassen.

Jake sah sie fragend an. Er hielt sie einfach weiter fest.

„Jake... "

Er sah sie an und wünschte, er wüsste, was er sagen wollte. *Warum aufhören?* Oder sollte er sagen, *Du hast recht. Wir dürfen es nicht zulassen?* Welche Macht auch immer zwischen ihnen am Werk war – Schicksal? Ungezügeltes Verlangen? – sie machte ihn mehr als süchtig und er hasste es, dass er dadurch seine ganze Selbstbeherrschung verlor.

„Vielleicht sollten wir... ", begann Ella.

Aber verdammt, er hatte sein Telefon auf dem Puzzle auf dem Verandatisch liegengelassen und das Klingeln hallte durch die Luft.

Willst du nicht rangehen? fragte Ellas Blick.

Jake schüttelte den Kopf. Nicht wirklich. Nicht jetzt. „Hör mal... "

Aber das Telefon klingelte eindringlich weiter und Ella stieß ihn an. „Vielleicht solltest du wirklich rangehen."

Jake griff nach dem verdammten Ding und suchte in den umliegenden Büschen nach einem Felsen, gegen den er es schleudern konnte. Wer zum Teufel rief ihn jetzt an?

„Verdammt noch mal, Hoover", bellte er, als er mit einem Blick auf die Nummer antwortete. Es war immer gut, von seinen Armeekameraden zu hören, aber Hoover rief ihn andauernd an, um irgendwelche ungeheuerlichen Theorien zu verbreiten oder gegen das zivile Leben zu wettern. „Nicht jetzt… "

„Manny ist tot." Die Stimme in der Telefonleitung klang erschüttert und erschrocken.

Jake erstarrte. „Was?"

Ella sah auf.

Er wandte sich ab, als er leichenblass wurde. „Scheiße, Mann. Was ist passiert?"

„Ein Schuss in den Kopf", sagte Hoover. „Mit einer .45 Kaliber."

Jake starrte in die Ferne. Am liebsten hätte er den Tisch zur Seite geschleudert und gebrüllt. Noch ein guter Freund tot. Schlimmer noch – das dritte Mitglied ihrer Einheit, das innerhalb weniger Wochen gestorben war. Wie konnte das möglich sein? Sie hatten jahrelang zusammen gedient und zu viele knappe Situationen überlebt, um sie überhaupt zählen zu können – und jetzt das.

Er umklammerte das Telefon so fest, dass er überrascht war, dass es nicht in seiner Hand zerbrach. „Warum? Wer?"

„Die Bullen sagen, es wäre ein schiefgelaufener Raubüberfall gewesen, aber diesen Scheiß kaufe ich ihnen nicht ab", erwiderte Hoover halb flüsternd, halb schreiend am anderen Ende der knisternden Leitung. „Ich sag's dir, Mann. Jemand schaltet uns aus, einen nach dem anderen."

Jake erstarrte und erinnerte sich an die weiße Limousine, die auf ihn zugerast war. Vielleicht war es gar kein Streich gewesen. Vielleicht war es ein Anschlag. Und verdammt – wenn Hoover sich die Dinge nicht einbildete, dann könnte es mit Jungers Kletterunglück und Chalsmiths Autounfall zusammenhängen. Oder machte Hoover ihn jetzt auch paranoid?

„Denk doch mal darüber nach, Mann", fuhr Hoover in seinem heiseren, *verschwörungstheoretischen* Tonfall fort. „Diese

Patrouille damals. Der Hinterhalt letzten Juni."

Jakes Magen überschlug sich – wie immer, wenn er an diesen schrecklichen Tag dachte. Aber was hatte dieser Hinterhalt mit Irgendetwas zu tun?

Bumm! Niemals würde er die Gewalt oder das Geräusch der Explosion vergessen. Sechs Männer waren an diesem Tag ums Leben gekommen.

Das hätten wir sein sollen, Mann, hatte Hoover nach der Explosion gesagt.

Jake hatte nichts anderes tun können, als auf seine Füße zu starren, denn Hoover hatte recht. Ihr Fahrzeug hatte in letzter Minute den Platz mit einem anderen im Konvoi getauscht. Also hätten sie es sein sollen, die in Stücke gerissen wurden.

Ganz ehrlich, ich bin froh, am Leben zu sein, hatte Manny gesagt.

Dieser düstere Abend hatte zu einer Diskussion geführt, die jeden der Männer auf einen neuen Kurs gebracht hatte. Jedes Mitglied ihrer Einheit hatte gelobt, das Beste aus seiner zweiten Chance zu machen, wenn seine Dienstzeit zu Ende war. Junger war entschlossen gewesen, den höchsten Berg Alaskas zu besteigen. Manny hatte zusammen mit seinem Vater eine Autokarosseriewerkstatt eröffnet. Chalsmith hatte mit seiner Ex über mehr Zeit mit seinen Kindern verhandelt und Jake...

Jake hatte sich irgendeinen Scheiß darüber ausgedacht, alle fünfzig Staaten zu bereisen. Insgeheim hatte er jedoch gehofft, Ella zu finden und zu sehen, ob diese Sache zwischen ihnen mehr als nur für eine Nacht war.

Schicksal, hatte sie geflüstert.

Gab es so etwas wirklich?

„Ich sag es dir, Mann. Jemand ist hinter uns her", sagte Hoover.

Jake packte das Geländer der Veranda. Konnte es stimmen?

Ella berührte seine Schulter und formte mit den Lippen die Worte: *Alles in Ordnung?*

Er spitzte die Lippen, als Bilder durch seine Gedanken fluteten. Er sah, wie Manny wild lachte, als er mal wieder einen Witz machte. Manny, wie er wieder und wieder Briefe von Zuhause las. Jake ließ sein Kinn auf seine Brust sinken und schloss die Augen. Nichts war in Ordnung. Manny war ein guter Kerl. Ein wirklich guter Kerl.

Ella legte ihre Hand auf seine Schulter. Eine Sekunde später legte er seine über ihre und irgendwie half ihm das. Zu zweit gegen den ganzen Scheißdreck der Welt war definitiv besser als allein.

„Einer von uns ist der Nächste, Mann", zischte Hoover. „Und ich schwöre, ich werde es nicht sein."

Jake blickte auf seine zerkratzen Beine hinab und antwortete finster: „Du willst, dass ich es bin?"

„Es tut mir leid, Mann", ruderte Hoover zurück. „Das klang falsch. Ich will nicht, dass es dich oder mich erwischt. Ich will herausfinden, wer der Drecksack ist, aber es wird eine Weile dauern, der Sache auf den Grund zu gehen. Wenn es dieses Arschloch LeBonn ist, so wie ich es denke..."

Jake verzog den Mund zu einer Grimasse. Er hatte keine Ahnung, wer LeBonn sein könnte, aber er kannte Hoover nur allzu gut. Im Herzen war er ein großartiger Kerl. Aber wie ein Dobermann, der keinen Auslauf bekam, war Hoover überreizt und bellte schnell. Ein grenzwertig paranoider Verrückter. Wie ernst sollte man seine Worte nehmen?

Er hörte das Quietschen der Reifen und das ohrenbetäubende Hupen, als er sich an die weiße Limousine, die auf ihn zugerast kam, erinnerte.

Ella drückte seine Schulter und sein Unbehagen bröckelte ein wenig.

„Wir sprechen uns bald wieder", sagte Hoover.

Jake nickte. In diesem Moment spielte es keine Rolle, wie Manny gestorben war, nur, dass er einen weiteren Freund verloren hatte. Er brauchte Zeit, um die Neuigkeiten zu verdauen, bevor er sich entscheiden konnte, ob er Hoover auf einem weiteren verrückten Kreuzzug folgen sollte – oder ob er den Mann zur Vernunft bringen musste.

„Wir sprechen uns bald. Pass auf dich auf, Mann."

„Ja. Du auch."

Jake ließ das Telefon auf das Puzzle fallen und starrte es an. Würde noch jemand tot sein, wenn Hoover das nächste

Mal anrief? Wer würde eine ganze Einheit auslöschen wollen, die nichts Falsches getan hatte?

Ein Auto hupte auf der entfernten Autobahn und er riss den Kopf herum.

Ellas Blick folgte seinem. „Es ist diese schlecht einsehbare Kurve. Viele Fahrer unterschätzen sie."

Jake runzelte die Stirn. Konnte jemand sie so sehr unterschätzen, dass er über zwei Fahrspuren raste und dabei beinahe einen Läufer auf der gegenüberliegenden Seite überfuhr?

Die Hand, mit der er sich durchs Haar fuhr, war schweißnass. Manny war tot. Hoover war paranoid. Und er war völlig fertig. Zu sprunghaft. Zu nervös. Fast bereit, Hoovers verrückte Ideen zu glauben. Vielleicht sollte er sich wirklich von Ella fernhalten. Sie könnte weitaus bessere Kerle kriegen als ihn.

„Geht es dir gut?" Sie strich mit der Hand über seine Schulter.

„Gut." Er räusperte sich und schaute übertrieben auf seine Uhr. „Es ist fast Zeit für das Treffen. Wir machen uns besser auf den Weg."

„Jake", flüsterte Ella. Jetzt war sie diejenige, die ihn festhielt, und er derjenige, der sich zurückzog.

Aber es war besser so und er wusste es. Er ging über die Veranda zu seiner Seite des großen, leeren Hauses und war fest entschlossen, nicht zurückzublicken.

Kapitel 4

Ella zwang sich, ruhig zu atmen, als sie Jake auf dem gewundenen Pfad nach Koa Point folgte. Keine Fragen, keine Berührungen, keine tröstenden Worte, obwohl es offensichtlich war, dass er sie brauchte. Selbst nach einer Dusche und Zeit, um sich zu beruhigen, war Jake so verschlossen wie … wie…

Wie du es ihm gegenüber warst? murmelte ihre Füchsin.

Verdammt. Die Wahrheit tat weh. Nein, sie verbrannte sie. Wenn sie alles zurücknehmen könnte …

Dann nimm es zurück. Sag irgendetwas, erwiderte ihre Füchsin.

Was sollte sie denn sagen? Ich war schrecklich zu dir, weil du mein Gefährte bist, und ich nicht möchte, dass du genauso elend stirbst wie der Gefährte meiner Mutter?

Armer Brian. Armer Jake. Ella trat einen herabgestürzten Ast zur Seite. Es brachte sie um, Jake so angespannt zu sehen. So verkrampft. Aber irgendwie musste sie stark bleiben und dem Ruf ihres Gefährten widerstehen.

Nein! Nein! Nein! Er braucht uns und wir brauchen ihn, wimmerte ihre Füchsin. *Sag etwas!*

„Wie geht es dir?", fragte sie leise.

„Gut", grunzte Jake.

Wenn er *gut* genauso meinte wie sie … dann, scheiße. Der Mann musste innerlich wirklich verletzt sein. Natürlich war er das, wenn gerade einer seiner Freunde gestorben war. Das konnte sie verstehen. Aber ihre Chance etwas zu sagen, war verflogen, da sie nun fast in Hörweite der anderen waren.

Eine lange Reihe von Tiki-Fackeln führte zum Gemeinschaftshaus von Koa Point – mehr Fackeln als an den meisten anderen Abenden. Wahrscheinlich zu Ehren von Silas, dem Alpha von Koa Point. Er stand inmitten einer Gruppe von Freunden. Er war nicht der größte oder stämmigste Mann in der Gruppe, hatte jedoch diese unverkennbare Ausstrahlung von Drachenmacht, die auch den härtesten aller Männer zurückweichen ließ.

Jake hingegen ging direkt auf Silas zu, ohne auch nur im Geringsten eingeschüchtert zu sein.

Er würde einen großartigen Gestaltwandler abgeben, seufzte Ellas Füchsin.

„Jake. Ella. Schön, dass ihr da seid", sagte Silas, als er ihnen die Hände schüttelte.

„Schön, hier zu sein", antwortete Jake.

Ella starrte Silas an. Er lächelte – er lächelte wirklich. Sie hatte sich so sehr auf Jake konzentriert, dass ihr nicht aufgefallen war, wie glücklich Silas wirkte. Unverschämt, über alle Maßen glücklich. Fast entspannt sogar, wenn man einen Drachen so bezeichnen konnte.

„Das ist Cassandra, meine Gef... ähm, Verlobte", sagte Silas.

Ella stieß Silas mit einem Ellbogen in die Rippen – Alpha oder nicht, er konnte sich keinen Ausrutscher leisten. Es war schon schlimm genug gewesen, das Boone in der vergangenen Woche fast das Wort *Gefährtin* herausgerutscht war. Menschen hatten keine Ahnung, was das bedeutete, und sie wollte es Jake ganz sicher nicht erklären müssen.

Aber Silas merkte es kaum. Er und Cassandra grinsten sich wie ein paar verliebte Teenager an und Ella kam nicht umhin, sich darüber zu wundern, dass sich ein weiteres Mitglied ihrer Einheit völlig verliebt hatte.

„Vielen Dank, dass du hergekommen bist, Jake", sagte Cassandra.

„Hattet ihr eine gute Reise?", fragte er so höflich wie immer.

Habt ihr den Urstein gefunden? fragte Boone Cassandra.

Ella hätte ihn fast ermahnt, erinnerte sich dann jedoch wieder, dass nur Gestaltwandler die Gedanken der anderen hören konnten. Verdammt, Jake passte so perfekt in ihre Gruppe, dass sie immer wieder vergaß, dass er ein Mensch war.

Dann vergiss' es doch, erwiderte ihre Füchsin.

Sie konnte es sich nicht leisten, das zu vergessen. Niemals.

Kein Seelenstein, seufzte Cassandra. Aber es schien sie nicht sonderlich zu stören, denn einen Augenblick später tauschten die beiden Turteltauben ein weiteres wissendes Lächeln aus. „Es war eine tolle Reise." Cassandras Lächeln schwankte dann. „Aber eine Sache fehlt uns noch zu unserem Glück."

Silas nickte vielsagend, als sich alle vorbeugten. Eine Minute lang hörte man nichts als die Grillen, die in der Nacht zirpten.

„Ihr wollt doch nicht heiraten?", brach Boone, der Witzbold, die Spannung.

„Ha. Versuch' mal, uns aufzuhalten." Cassandra lachte.

Silas küsste ihre Hand, woraufhin Ella ungläubig blinzelte. Wow. Der mächtige Befehlshaber zeigte Gefühle – in der Öffentlichkeit?

Ella sah sich um und stellte mit einem Stirnrunzeln fest, dass alle den gleichen Glücklich-bis-ans-Ende-ihrer-Tage Ausdruck zu tragen schienen – außer sie selbst, natürlich. „Also was ist das Problem?"

Jake nickte und konzentrierte sich weiter auf Silas. Er fixierte sich wie immer auf seine Arbeit. Dieser Mann war der geborene Beschützer. Ein Teamspieler. Ein Soldat durch und durch.

Wenn er doch nur auch ein Gestaltwandler wäre.

„Wir wollten die Dinge privat halten. Eine kleine Zeremonie nur für uns, hier an Koa Point", erklärte Silas. „Aber leider hat sich unsere Verlobung herumgesprochen und die Presse begann, uns zu verfolgen."

Cassandra verzog die Lippen zu einem schiefen Grinsen. „Die Öffentlichkeit kann einfach nicht genug von Silas bekommen. Es muss an seinen Umgangsformen liegen."

Alle lachten – sogar Silas. „Ich fürchte, es hat mehr mit meinem Erbe zu tun."

„Bitte sag' nicht, dass ihr eine große Promi-Hochzeit feiern wollt. Davon hatten wir schon genug", sagte Kai und brachte alle zum Kichern oder Stöhnen.

„Auf gar keinen Fall." Cassandra schüttelte den Kopf. „Wir wollen eine kleine, private Zeremonie. Aber wir denken, dass es besser ist, der Presse selbst etwas zu liefern, als sie ihre Lügen verbreiten zu lassen. Also haben wir uns für einen großen Hochzeitsempfang im Kapa'akea Resort entschieden. Einen Tag vor einer gemütlichen Hochzeit hier auf dem Anwesen. Auf diese Weise haben wir das Sagen, anstatt die Presse herumschnüffeln zu lassen."

Jake nickte nachdenklich. „Ist das das große Resort in der Nähe der Hauptstraße?"

Ella nickte. „Der schicke Laden mit den Poloplätzen."

„Die Penthouse Suite ist ziemlich nett." Boone grinste und schaute Nina an.

Hunter rieb sich den Bart. „Was ist mit der Sicherheit?"

„Ja. Was ist mit Moira?", fragte Boone.

Ella blickte finster, genau wie alle anderen auch. Sogar Jake, der Moira gar nicht kannte, ließ sich vom allgemeinen Stimmungseinbruch mitreißen. Er runzelte die Stirn und sah grimmig aus. Ella wünschte sich, sie könnte ihm in Gedanken die Einzelheiten in seinen Kopf senden. *Moira ist Silas' rachsüchtige Ex. Einer der bösesten Drachen von allen.*

Aber zur Hölle. Wie sollte sie auch nur ansatzweise anfangen, die Details davon zu erklären? Bei der Erwähnung eines *Drachen* würde Jake die Kinnlade hinunterklappen. Außerdem würde er die archaische Dynamik der Gestaltwandlerwelt niemals verstehen.

Cassandra griff nach Silas' Hand und die Falten auf seiner Stirn glätteten sich.

„Ich glaube nicht, dass wir uns um Moira sorgen müssen, aber man weiß es nie. Sie hat auch früher schon hinterhältige Aktionen gestartet."

„Die Sicherheit im Kapa'akea sollte doch unkompliziert sein, oder?", fragte Ella.

Alle zogen ein langes Gesicht.

„Es ist schon mindestens einem Eindringling gelungen, hineinzugelangen. Es könnte wieder passieren", sagte Kai. „Die Frage ist, wie man es dieses Mal verhindern kann."

„Den Sicherheitsdienst verdoppeln?", schlug Nina vor.

Silas schüttelte den Kopf. „Diese Vanderpelt-Hochzeit hatte alle Sicherheitsleute der Welt und trotzdem konnte die Überraschung in letzter Minute nicht verhindert werden."

„Machst du dir Sorgen über jemanden im Resort, einen Maulwurf?", fragte Tessa.

„Ich möchte mir darüber *keine* Sorgen machen müssen", sagte Silas. „Weshalb wir uns einen besonderen Plan ausgedacht haben."

Ella musste zweimal hinsehen, als Silas' Blick fest auf ihr landete, bevor er sich dann Jake zuwandte. Der sah genauso unbehaglich aus, wie sie sich fühlte. Hatten sie und er etwas mit diesem Plan zu tun?

Jake stellte die Frage allerdings nicht. Er konnte es nicht – nicht an einen ranghöheren Offizier. Und sogar Ella zögerte. Es war egal, dass sie heutzutage alle nicht mehr im Dienst waren. Ein Rang war ein Rang und darüber hinaus verdankte jeder einzelne von ihnen Silas sein Leben – und das sogar mehrfach.

„Es ist ein großer Gefallen", sagte Silas und schaute zwischen ihnen beiden hin und her. „Aber ich glaube, es wäre der einzige Weg."

Jake nickte genauso, wie Ella es in Erinnerung hatte, bevor er zu einer der gemeinsamen Missionen aufbrach, die ihre Einheiten zusammengeführt hatten. Was auch immer Silas verlangte, Jake würde es tun. Sich von einem Hubschrauber abseilen? Kein Problem. Allein hinter feindliche Linien gehen, um für Ablenkung zu sorgen, selbst wenn er dabei sein Leben riskieren musste? Jake wäre auch dazu bereit.

„Wir brauchen einen Insider", sagte Kai.

Ella blinzelte. *Insider* bedeutete, sich in diesem schicken Resort unter die Menschen zu mischen, und damit gab es zwei Probleme. Erstens schien sich Jake heutzutage nicht allzu wohl in Menschenmengen zu fühlen. Zweitens war er eher ein Typ für Jeans und Stiefel und das würde in einem so noblen Club sicherlich nicht funktionieren.

„Jemand, den die Einheimischen hier nicht erkennen", erklärte Silas.

Ella beäugte ihn argwöhnisch. „Woran genau denkst du?"

„Du und Jake...", begann Silas.

Ellas Füchsin wedelte mit dem Schwanz.

„Als Insider im Resort...", fuhr Silas fort.

Sie runzelte die Stirn. „Was, als Catering-Personal oder so etwas?"

Silas grinste. „Nein, viel einfacher. Ihr werdet euch als Gäste ausgeben."

Ella verschränkte die Arme und zog eine Augenbraue hoch. Sie war nicht amüsiert. „Gäste? Wie wer, dein Cousin und deine Cousine?"

Silas' Lächeln wurde breiter. „Nein. Was die Öffentlichkeit betrifft, hat euer Aufenthalt nichts mit unserem Hochzeitsempfang zu tun."

„Warum sollten wir dann dort sein?"

Jake, das konnte sie spüren, hatte das gleiche schlechte Gefühl bei der Sache. Aber er gab Silas trotzdem ein entschlossenes *Ja, Sir* Nicken. Aber nur bis Kai den Rest erzählte.

„Als Pärchen in den Flitterwochen natürlich. Mr. und Mrs. Jacob McBride", verkündete Kai und sah dabei schrecklich selbstzufrieden aus.

„Mr. und Mrs. *Was?*", kreischte Ella.

„Denkt doch mal nach." Boone wackelte mit den Augenbrauen. „Zimmerservice. Seidene Laken. Ein übergroßes Bett."

Jake sah fassungslos aus. Ella wollte ihren Ohren nicht trauen. Wusste denn niemand, was das bedeutete?

Anscheinend nicht, denn Kai fuhr einfach fort, als hätte er sich alles genau überlegt.

„Es ist perfekt. Niemand wird euch mit der Hochzeit in Verbindung bringen und wir können euch bereits ein paar Tage im Voraus dort unterbringen, um nach verdächtigen Dingen Ausschau zu halten."

Dachte Kai wirklich, sie könnte Jake ein paar Tage lang widerstehen? Die vergangene Woche war eine Qual gewesen, aber so zu tun, als wären sie verheiratet, würde die Hölle werden.

Meine liebste Art von Hölle, murmelte ihre Füchsin und peitschte fröhlich mit ihrem Schwanz.

„Wenn man eine Geschichte erfindet, besteht der Trick darin, so nah wie möglich an der Wahrheit zu bleiben", fuhr Kai fort. „Ihr habt euch im Ausland kennengelernt und wahnsinnig ineinander verliebt. . . “

Ella und Jake tauschten Blicke aus. Sie schluckte. Bisher musste noch nichts erfunden werden.

„. . . ihr habt euch ein paar Monate nach eurer Entlassung wieder getroffen und entschieden, dass das Leben zu kurz ist, um nicht zu heiraten. . . “, fuhr Kai fort.

Sie runzelte die Stirn, aber Jake nickte, als wäre genau das sein Plan.

„. . . und schon seid ihr hier, auf eurer Hochzeitsreise“, beendete Kai.

Ella hob ihre Hand als Zeichen, innezuhalten. „Wer wird uns glauben, dass wir uns diesen Laden leisten können?“

Silas grinste. „Sagen wir einfach, ihr habt einen großzügigen Wohltäter mit einem Herz für Kriegshelden gefunden.“

Ella schwankte von einem Fuß auf den anderen und suchte nach einem Vorwand, um den ganzen verrückten Plan abzulehnen.

Verdammt, brüllte sie am Ende in die Gedanken ihrer Freunde, so dass jeder außer Jake sie hören konnte. *Ich kann das nicht machen. Jake kann das nicht machen. Es ist zu viel.*

Komm schon, Ella, erwiderte Boone und sah Jake mit geneigtem Kopf an. *Du weißt, dass du ihn magst. Wie schwer kann es denn sein?*

Ich mag ihn nicht! Wie kommst du denn auf so eine blöde Idee?

Die Männer tauschten wissende Blicke aus und Hunter zuckte schließlich entschuldigend mit den Bärenschultern. *Du redest im Schlaf. Ich meine . . . hin und wieder. Und bei geteilten Baracken und so. Nun, nur ein paarmal.*

Ganz oft, korrigierte ihn Boone. *Und es geht immer um Jake.*

Ihre Wangen wurden heiß. *Wage es ja nicht, uns zu verkuppeln.*

Kai grinste. *Warum nicht? Ihr würdet gut zusammenpassen.*

Ganz genau. Eine Gestaltwandlerin und ein Mensch. Ich könnte ihn mit dem Paarungsbiss umbringen.

Alle hielten inne und starrten sie an. *Wer hat denn etwas von Verpaaren gesagt?* fragte Kai.

Ella erstarrte. Großer Gott, was hatte sie gerade gesagt? Sie sah Jake an, dessen Blick hin und her huschte und der sich eindeutig fragte, was vor sich ging.

„Hört mal", sagte Jake und unterbrach damit die unbehagliche Stille, die sich schon zu lange hingezogen hatte. „Ich helfe gern, aber vielleicht fällt uns ein besserer Plan ein."

„Vielleicht sollten wir noch mal überlegen", sagte Tessa, die erneut zu ihrer Rettung kam.

Ella hätte erleichtert sein sollen, aber sie verspürte nur ein tiefes Gefühl der Niederlage. So als wäre ein Traum beinahe wahr geworden, nur um dann doch wieder zu entschwinden.

Nun, vielleicht..., begann ihre Füchsin, die noch nicht aufgeben wollte.

Vielleicht, was?

Ella runzelte die Stirn, als alle auf sie warteten. Sie war nach Maui gekommen, um ihren Freunden zu helfen. Deshalb fühlte es sich nicht richtig an, nein zu sagen. Die Idee, zwei zusätzliche Augenpaare im Resort zu haben, machte Sinn. Und wer würde ein Pärchen in den Flitterwochen verdächtigen?

Sie musste auch an Jake denken. Ein Mann wie er brauchte eine Herausforderung, eine Mission. Ein Team, zu dem er einen Beitrag leisten konnte, und einen stetigen Fluss unmöglich zu überwindender Hindernisse. Er brauchte diesen Auftrag, um wieder Fuß zu fassen.

Unser Gefährte braucht unsere Hilfe, sagte ihre Füchsin.

Wenn sie also vielleicht doch ja zu diesem verrückten Auftrag sagen würde...

Ja! Ja! jubelte ihre Füchsin.

... und wenn sie einen Weg finden könnte, ihn sanft zu verlassen, oder ihm alle ihre inneren Fehler aufzuzeigen...

Nein! Nein!

... dann könnte sie Jake helfen, sich neu zu orientieren, um sich im zivilen Leben zurechtzufinden.

Sie spitzte die Lippen. War das verrückt oder könnte sie Jake möglicherweise lange genug widerstehen, um ihm zu helfen?

Im schlimmsten Fall würde sie ihm alles über Gestaltwandler erklären müssen. Die Vorstellung, dass sie sich in einen Fuchs mit Schnurrhaaren, vier Beinen und einem Schwanz verwandeln würde, würde Jake doch mit Sicherheit abschrecken. Und wenn das nicht der Fall wäre – nun, dann müsste sie sich etwas anderes überlegen. Wie zum Beispiel die Wahrheit.

Sie schluckte und fragte sich, wie das wohl laufen würde.

Ich will dich, Jake, aber unsere Verpaarung könnte dich umbringen, also bist du mit jemand anderem wirklich besser dran.

Ella holte tief Luft und befahl sich, die Mission abzubrechen, bevor sie begann. Aber Silas sah sie an und tippte mit dem Fuß auf dem Boden. Jakes Blick war auf sie gerichtet, wie der eines Mannes, der auf das Urteil eines höheren Gerichtes wartete.

Sie probte ihre Antwort ein oder zweimal in Gedanken. *Nein. Auf keinen Fall. Ich verschwinde.*

Und dann schaffte sie nur zu sagen: „Nicht unbedingt dein bester Plan, Kai.“

Jake atmete langsam aus und beugte sich leicht vor.

„Wenn es irgendjemand schaffen kann, dann ihr.“ Kai grinste.

Ella wünschte sich, er würde wenigstens erwägen, was auf dem Spiel stand. Aber auch Silas' Sicherheit stand auf dem Spiel und Silas war ein Teil ihrer Einheit. Ein Soldat wandte keinem anderen seiner Einheit den Rücken zu, ganz egal, was passierte.

Sie sah Jake an. „Ich bin mir nicht sicher, ob du weißt, worauf du dich einlässt.“

Er zuckte mit den Schultern und zog seine Lippen zu einem dieser Lächeln hoch, die ihre Knie schwach werden ließen. „Ich bin dabei, wenn du dabei bist.“

Jede Alarmglocke in ihrem Gehirn läutete eindringlich, obwohl ihre innere Füchsin nur gurrte und summte.

Sie schwankte noch eine Sekunde und suchte nach der Kraft, nein zu sagen. Aber alles, was herauskam, war ein schwaches: „Also gut. Ich schätze, wir sind dabei.“

Hoffentlich würden dies nicht die berühmten letzten Worte werden.

„Vielen lieben Dank", schwärmte Cassandra und umarmte sie fest. „Ich weiß, es ist viel verlangt."

Wenn du nur wüsstest, hätte Ella fast gesagt.

„Also, unsere nächsten Schritte. . . ", sinnierte Kai.

Silas zählte mit den Fingern mit. „Sie werden eine Heiratsurkunde brauchen."

Ella riss den Kopf herum. „Oha. Wie wäre es mit einer gefälschten?"

Silas schüttelte den Kopf. „Wir wollen, dass es hieb- und stichfest ist. Ihr könnt euch danach wieder scheiden lassen."

„Scheiden lassen?" Jakes Grinsen verschwand.

„Ihr könnt in Oahu heiraten – dort gibt es weniger Leute, die Ella erkennen würden – und dann für die Flitterwochen nach Maui fliegen. Alles sehr spontan."

„Das klingt allerdings spontan", murmelte Ella.

Tessa sah skeptisch aus. „Ich glaube, dass es funktionieren könnte. Aber sie brauchen ein wenig Nachhilfe, wenn irgendjemand glauben soll, dass sie wirklich in den Flitterwochen sind."

Boone lachte. „Ella wird eine *Menge* Nachhilfe brauchen. Irgendwie kann ich sie mir gar nicht in einem weißen Kleid vorstellen."

„Komisch, ich kann mir dich sehr gut in einem vorstellen", feuerte sie zurück. Aber verdammt. Boone hatte recht. Sie hatte kein Kleid mehr getragen, seit sie zehn war.

Boone drückte seine Hände auf das um seine Taille geschlungene Wickeltuch und zwinkerte. „Echte Männer haben kein Problem mit Röcken."

„Vielleicht solltest du dann Jake heiraten", erwiderte sie. In der Sekunde, in der sie es aussprach, knurrte ihre Füchsin.

Niemand bekommt Jake außer mir.

Ella rollte mit den Augen. Das Tier in ihr nahm diese absurde Idee viel zu ernst.

„Er ist süß", witzelte Boone und legte einen Arm um Nina. „Aber leider bin ich nicht mehr der heiratsfähige Junggeselle, der ich einmal war. Ihr zwei seid als das glückliche Paar also viel besser geeignet.“

Und wer weiß, fügte er hinzu und wackelte mit den Augenbrauen, als er sie ansah. *Vielleicht habt ihr sogar etwas Spaß.*

„Sie brauchen auf jeden Fall Nachhilfe“, sagte Nina und ließ ihren Blick zwischen Ella und Jake hin- und herwandern. „Ihr wisst schon, um ein bisschen warm füreinander zu werden.“

Ella verschränkte die Arme vor der Brust. Sie war stahlhart, kühl und gesammelt. Und das musste sie auch bleiben, denn die einzig andere Verfassung, in der sie sich in Jakes Nähe befinden würde, wäre zu hecheln wie ein läufiger Fuchs.

Kai wedelte mit der Hand. „Na dann zeigt uns mal das *glückliche Paar.*“

Ella schaute finster und trat einen Schritt näher an Jake heran. Er legte ihr einen steifen Arm um die Schultern. Sie zuckte, runzelte die Stirn und tat so, als würde sie jede Minute hassen. Aber in ihren Adern stieg ein warmes, glückliches Glühen auf und sie ertappte sich dabei, wie sie sich an seine Seite drückte. Verdammt, das fühlte sich gut an. Wie Licht, das ihre Seele erfüllte und die Einsamkeit vertrieb. Wie Hoffnung und Güte und...

Dann stoppte sie sich selbst. Mein Gott, sie musste wirklich aufpassen.

Tessa sah skeptisch aus. „Sie werden eine Menge Nachhilfe brauchen.“

„Hey“, protestierte Ella.

Cassandra tippte sich auf die Lippen. „Andere Kleidung würde helfen.“

Ella schaute an sich hinunter. In Ordnung, sie trug ihre übliche Tarnhose und ein grünes Trägeroberteil. Ein paar Haarsträhnen hatten sich aus ihrem Pferdeschwanz gelöst und ihre Haut war mit der Staubschicht eines langen Tages überzogen. Mit anderen Worten, genau wie immer. Daran war doch nichts falsch. Und Jake sah ebenfalls gut aus...

Wirklich gut, summte ihre Füchsin.

... in diesem olivgrünen T-Shirt, das sich über seine Brust spannte. Sein braunes Haar war ein paar Zentimeter länger, als er es in der Armee getragen hatte, und es stand ihm wirklich gut. Die Wölbung seines Bizepses ruhte bequem auf ihrer Schulter und seine Hüfte wärmte ihre Seite.

„Ihr braucht ernsthafte Nachhilfe“, seufzte auch Dawn.

„Hey“, protestierten Ella und Jake gleichzeitig.

Kai winkte beiläufig. „Das kriegen wir schon hin. Ihr zwei spielt einfach nur eure Rollen.“

Dawn fing an, zu lächeln. „Macht euch keine Sorgen. Ich kenne genau die richtige Person. Als Nachhilfelehrer, meine ich.“

Ella biss sich auf die Lippe. Und wie sie sich sorgen würde.

Kapitel 5

Die perfekte Person für diesen Auftrag war, wie Ella herausfand, Lily, eine quirlige Einheimische und Freundin von Dawn.

„Oh, ist das nicht einfach wunderbar?", schwärmte Lily früh am nächsten Morgen. Ihr *Mu'umu'u* flatterte wild im Wind, als sie leicht gebeugt auf Kais Hubschrauber zugingen. „Alles so aufregend."

Ella hielt ihre Lippen verschlossen. Obwohl sie in der Vergangenheit bei Dutzenden von Einsätzen im Hubschrauber geflogen war oder sich abgeseilt hatte, schien dies der gefährlichste von allen zu sein.

Aber *zisch* – alles schien wie mit einem Wimpernschlag vorüber zu sein. Der Flug nach Oahu. Die Taxifahrt zum Rathaus. Sie hätte an der Schwelle fast gekniffen, aber Jake stieß sie mit einem Grinsen, das sie nicht deuten konnte, weiter. Gefiel ihm die Idee einer Scheinehe? Hasste er sie? Irgendetwas dazwischen?

„Nehmen Sie, Ella Louise Kitt, Jacob Michael McBride… ", sagte der Standesbeamte in völlig abgedroschenem Ton.

Ella blinzelte ein paarmal. Wie um alles in der Welt hatte sie dem hier jemals zugestimmt? *Ihn zu lieben und zu ehren* war eine viel zu verlockende Aussicht, wenn es um den Mann mit Welpenblick und nur allzu küssbaren Lippen ging.

Aber Jake hatte seine warme und beruhigende Hand um ihre geschlossen und als er sie küsste, zogen sie es beide ein wenig zu sehr in die Länge.

„Hiermit erkläre ich Sie zu Mann und Frau."

„Heilige Scheiße", platzte sie eine halbe Stunde später heraus. Sie war noch immer von allem aufgewühlt. „Ich bin verheiratet."

Verheiratet mit Jake. Ihre Füchsin wedelte mit dem Schwanz. *Mach dir keine Sorgen. Alles wird gut.*

„Mach dir keine Sorgen", zwitscherte Lily strahlend.

Ella verzog das Gesicht. Nichts bereitete ihr größeren Stress, als wenn jemand sagte, *Mach dir keine Sorgen.*

„Ich habe alles geplant", sagte Lily. „Du und ich werden einkaufen gehen. . . "

Ich hasse einkaufen, grunzte Ella Kai an, der nur grinste.

„. . . während Kai und Jake ihr Ding machen", fuhr Lily fort.

Ella hatte keine Ahnung, was das für ein *Ding* war, aber die Männer gingen in eine Richtung fort, während sie und Lily sich in die andere bewegten.

„Das wird ein Riesenspaß", quietsche Lily und zog sie mit Silas Platin-Kreditkarte in der Hand zu einem Geschäft in der Kalakaua Avenue in Honolulu.

Ella verzog das Gesicht. Spaß in einer der teuersten Boutiquen Oahus? Vielleicht hätte es Spaß gemacht, wenn sie ein rosaliebendes Mädchen wäre, aber das war sie einfach nicht. Sie mochte lieber praktische Kleidung. Erdfarben. Taschen zum Verstauen von Kampfausrüstung und anderen wichtigen Dingen, wie ihrem Schweizer Taschenmesser. Müsliriegel. Granaten.

„Meine Damen, wir brauchen Hilfe", verkündete Lily, sobald sie das Geschäft betreten hatten. Drei Verkäuferinnen stürzten sich wie Heuschrecken auf Ella und die Folter begann.

„Auf gar keinen Fall. Kommt nicht in Frage." Sie winkte die Verkäuferin ab, die ein glitzerndes schulterfreies Ding vor ihr herumwedelte.

Lily winkte die Frau näher heran. „Oh, das würde dir stehen."

Ella zog eine Grimasse. Dieses Kleid entsprach überhaupt nicht ihrem Typ. Das Einzige, was noch schlimmer war, war die passende Unterwäsche. Sie starrte auf das Preisschild. „Wie kommt es, dass Sachen umso teurer sind, je weniger Stoff verwendet wird?"

„Das ist Mode." Lily seufzte. „Wie dem auch sei. Ich denke, ein langärmliges Kleid wäre besser. Du weißt schon, um die Tätowierungen abzudecken."

Ella schaute auf die Muster, die in ihre Oberarme gestochen waren. Ein verwirbeltes Muster als ein subtiler Tribut an ihre Mutter und Brian, das sie daran erinnerte, sie niemals zu vergessen. Das andere hatte sie sich gemeinsam mit ihrer ganzen Einheit bei einem kurzen Erholungsaufenthalt in Bangkok stechen lassen.

„Was stimmt mit meinen Tätowierungen nicht?"

Lily wandte sich den Verkäuferinnen zu, als hätte sie es nicht gehört. „Vielleicht etwas in Grün?"

Die Frauen verteilten sich im Laden. Als sie wieder auftauchten, brachte eine von ihnen ein paar grüne Schuhe mit, die Dorothy für ihre Reise nach Oz hätte tragen können. Eine andere hielt ein ärmelloses Teilchen mit einem so tiefen Ausschnitt hoch, wie Ella ihn niemals tragen könnte, und eine dritte wedelte mit einem engen Seidenkleid mit winzigen verknoteten Knöpfen herum.

„Cassandra könnte so etwas tragen, aber nicht ich." Ella zeigte auf den Drachen, der auf eine Seite des Stoffes gestickt war.

„Jetzt sei doch nicht albern. Du hast die perfekte Figur für dieses Kleid."

Ella hatte die perfekte Figur, um über felsige Landschaften zu stürmen oder unter Stacheldraht hindurchzukriechen. Aber definitiv nicht für dieses Kleid. „Ich würde es kaum ausfüllen."

„Unsinn. Oh! Schau dir das einmal an." Beim nächsten Kleidungsstück riss Lily die Augen weit auf – eine rosa Chiffon-Bluse, die das grüne, trägerlose Teil fast akzeptabel wirken ließ. Dann schaute sie auf die Uhr. „So viele Kleider, so wenig Zeit. Meine Damen, wir nehmen sie alle."

„Was?", kläffte Ella.

Lily winkte mit der Hand ab, als die Verkäuferinnen eilig einpackten, was ihr wie die Hälfte des Geschäftes vorkam. „Fügen Sie auch ein paar legere Stücke hinzu. Oh und diesen bezaubernden Bikini."

„Den bezaubernden, was?", stotterte Ella.

Lily grinste sie mit ihrem *Ist das nicht alles wunderbar*-Lächeln an. „Wir werden alles in einer Stunde abholen kommen."

Ella starrte auf die Hintertür. Es war noch nie ihr Stil gewesen, vor einer Herausforderung davonzulaufen, aber verdammt. Mit dieser Sache war sie wirklich überfordert.

„Komm schon, komm", gackerte Lily und griff nach ihrer Hand. „Wir müssen uns beeilen. Wir müssen die Männer bald am Flughafen treffen…"

Lily sagte *Männer*, als wären sie eine andere faszinierende Spezies, aber Ella hatte ihr ganzes Leben in männlich dominierten Bereichen verbracht. Was war daran so besonders?

„Wir haben fast keine Zeit mehr und waren noch nicht einmal beim Friseur, um uns um dein Haar zu kümmern."

Ella riss eine Hand zu ihrem Kopf hoch. „Was stimmt mit meinen Haaren nicht?"

Lily warf ihr einen *Wo soll ich anfangen?* Blick zu, sagte jedoch nur: „Vertrau' mir."

Ella knirschte mit den Zähnen. *Vertrau' mir* war fast genauso schlimm wie *Mach' dir keine Sorgen.*

Zwei Stunden später quetschten sich Ella und Lily mit einer sündhaften Anzahl von Taschen und Tüten in ein Taxi – ein Minibus-Taxi, weil ein normales zu klein gewesen wäre – und machten sich auf den Weg zum Flughafen.

„Es wäre so viel einfacher, wenn Kai uns zurückfliegen würde", murmelte Ella. Nicht, dass der Hubschrauber überhaupt eine Chance hätte, mit dem Gewicht der neuen Koffer abzuheben, die Lily zusammen mit allen anderen Sachen für sie und ihn ausgesucht hatte. „Oder diese ganzen Flitterwochen abzusagen."

Lily klatschte vor Freude. „Siehst du? Du verinnerlichst es bereits. Das ist großartig."

Nicht großartig, wollte Ella maulen.

„Außerdem ist es Teil eurer Tarnung", fügte Lily hinzu.

Damit musste ihr Ella Recht geben. Für jeden auf Maui, der auf solche Dinge achtete, würden sie und Jake wie ein normales Pärchen in den Flitterwochen wirken, wenn sie aus einem kommerziellen Flugzeug stiegen. Wenn sie im Kapa'akea Resort ankämen, würde alles legitim erscheinen.

„Juhu! Kai", brüllte Lily über den Flughafen.

„Hi", sagte Kai und half dem Fahrer beim Ausladen der Taschen. Als er sich umdrehte und Ella bemerkte, musste er zweimal hinschauen.

„Heilige Scheiße, Ella. Bist du das wirklich?"

Ella schaute finster und grunzte. „Ich bin mir nicht mehr so sicher."

„Na aber. Spricht man auf diese Weise mit der glücklichen Braut?", tadelte Lily ihn.

Kai starrte sie von oben bis unten an. „Nein. Ja. Entschuldigung. Ich meine ... wow, Ella. Du siehst wirklich gut aus."

Sie rollte mit den Augen. „Und ich kann wirklich hart zuschlagen. Denke daran, bevor du noch einmal den Mund aufmachst."

Kai drehte sich leicht, um seine Leistengegend aus ihrer Trittreichweite fernzuhalten. Ihr *Hānai*-Bruder kannte sie nur zu gut.

„Jetzt brauchen wir nur noch den schneidigen Bräutigam." Lily schaute sich um.

Ella verzog das Gesicht. Lily hatte ihre Berufung im Leben verpasst. Sie hätte eine Reality-TV-Show moderieren sollen, die sich *Zaghafte Bräute* oder *Spontane Hochzeitsglocken* nennt.

„Er ist auf dem Weg." Kai stieß Ella gegen den Oberarm. „Wow. Du bist es wirklich."

„Pass auf, Biberhirn", murmelte sie und nannte ihn bei dem Spitznamen, mit dem sie und Hunter Kai als Kinder aufgezogen hatten.

„Oh, da ist er ja", zwitscherte Lily.

Ella drehte sich mit einem Seufzer um. Also gut. Zeit, so zu tun, als wäre sie...

„Jake?", quietsche sie. Sie erstarrte in dem Moment, als sie ihn auf sich zukommen sah, und jeder mürrische Gedanke verflog aus ihrem Kopf.

Leeeecker, pfiff ihre Füchsin und peitschte mit dem Schwanz.

Vielleicht war das gar nicht Jake. Vielleicht hatte er einen Zwillingsbruder, der als Model arbeitete und Werbung für teures Parfum oder Armani Anzüge machte. Aber dann entdeckte sie die winzige Narbe an seiner Oberlippe. Wow. Er war es wirklich.

Der ganz normale, gute alte Jake sah auf seine typisch amerikanische G. I. Joe-Weise auch gut aus. Aber dieser Jake war absolut hinreißend. Seine Koteletten waren gestutzt und in einer scharfen Kante geschnitten worden, die die Winkel seiner Wangen betonte. Und wow. Entweder hatte Kai es irgendwie geschafft, in Rekordzeit einen Anzug schneidern zu lassen, oder Jake war einer dieser perfekt proportionierten Männer, die in jedes Outfit schlüpfen und es wie eine zweite Haut wirken lassen konnten.

Perfekt, murmelte ihre Füchsin.

Der Schnitt seines Jacketts betonte seinen sich zur Taille hin verjüngenden Körper und die Hose ließ die darunterliegenden Muskeln erahnen. Seine himmelblauen Augen strahlten vor dem Kontrast des Marineblaus noch intensiver denn je und er hatte seine Stiefel gegen Lederschuhe eingetauscht, die im Licht glänzten.

Auch Jake blieb stehen und starrte sie ebenfalls an. Ella wünschte sich Taschen, in die sie ihre Hände schieben konnte, aber das kupferfarbene Sommerkleid, in das Lily sie im letzten Geschäft gezwungen hatte, hatte keine. Der Friseur hatte darauf bestanden, ihr Haar zweimal zu schamponieren und strähnenweise zu föhnen. Sie trug es offen, so dass es jedes Mal wippte, wenn sie den Kopf bewegte. Es machte sie verrückt, aber Jake schien es nicht zu stören.

„Ella", murmelte er.

Sie konnte sich nicht bewegen. Sie konnte nicht sprechen, weil der einzige Teil ihres Gehirns, der noch funktionierte, der Teil war, der nichts über Gefahren, Grenzen oder Bedauern wusste.

Lily stupste sie an. „Jetzt komm schon. Spiel deine Rolle. Flitterwochen, weißt du noch?"

Ellas Gedanken wurden von der Vorstellung überschwemmt, wie schön es wäre, ein glückliches, langes

Leben mit Jake zu verbringen. Aufzuhören, sich selbst zu verleugnen, und in der reinsten tiefsten Form der Liebe zu schwelgen. In der Art Liebe, die das Schicksal nur wenigen Glücklichen bescherte und ihnen freudige, erfüllende Leben schenkte. Sie sah Dinge, die sie sich noch nie zuvor hatte vorstellen lassen. Wie lange Spaziergänge bei Sonnenuntergang mit Jake – nicht auf Maui, sondern Zuhause in Arizona, wo rotgefärbte Felsen in den letzten Stunden des Tageslichts aufflammten. Oder besser noch, ein Sonnenuntergang in ihrer Fuchsform oder gemütliche Mitternachtsstunden mit Blick auf die Sterne, während Jake ihre Seite wärmte. Ja, das wäre perfekt – ein Leben in der Wüste, wo der sanfte Wechsel der Jahreszeiten und das völlige Fehlen jeglicher dringenden Eile jede kostbare Minute zu einer Stunde werden ließ.

Sie bewegte die Lippen. Sie schwankte auf den Füßen. Und bevor sie wusste, was geschah, stand sie direkt vor ihm. Sie neigte ihr Kinn nach oben – ganz weit, weil ihre Nähe ihren Größenunterschied unterstrich – und legte ihre Hand um seine Wange.

„Du siehst gut aus", flüsterte er und schaute ihr in die Augen.

„Du auch", murmelte sie.

Er schlang seine Arme um ihre Taille, als wäre es das Natürlichste auf der Welt. Sie standen schweigend da und starrten einander an.

„Nicht schlecht für den Anfang", murmelte Kai von irgendwo hinter ihnen.

Ella hörte ihn kaum, denn es war nicht gespielt. Es war völlig echt.

„Jetzt küsst euch", zischte Lily in gedämpfter Stimme, die der halbe Flughafen hören konnte. „Küssen."

Ella hätte davonstampfen und sich weigern sollen, aber der größte Teil ihres Gehirns hatte sich abgeschaltet, also...

Sie beugte sich näher heran, schloss die Augen und traf Jake auf halbem Weg zu einem Kuss. In der Sekunde, in der sich ihre Lippen trafen, klammerte sie sich an sein Hemd, denn, wow, was für ein Kuss.

Bei diesem Kuss wurde das Atmen zweitrangig und die Außenwelt verschwamm. Plötzlich befand sie sich in einem Tunnel aus blendend strahlendem Licht, gefüllt mit erdigen Aromen, die augenblicklich von *neu* zu ihrem *Lieblingsgeschmack* wurden. Die Art von Kuss, die ihre Gedanken mit einem Wirbelwind wilder Ideen füllte, wie zum Beispiel, die Heiratsurkunde zu behalten und dies alles Wirklichkeit werden zu lassen.

Aber es war nicht echt und ihre Augenlider flatterten, als sie die Tränen zurückblinzelte.

Jake war sogar noch ein paar Sekunden länger in ihrem Kuss verloren als sie. Als er die Augen wieder öffnete, hob sich seine Brust mit einem tiefen Atemzug.

Ella biss sich auf die Lippe. Was auch immer in den nächsten Tagen geschah, sie schwor sich, ihn niemals zu verletzen. Kein unangenehmes Schweigen mehr, wie sie es in den letzten Tagen versucht hatte. Keine schnippischen Widerworte, keine einsilbigen Reaktionen. Sie würde Jake all die Wärme und den Respekt entgegenbringen, die er verdiente, und sie würde ihm irgendwie verständlich machen, dass die Idee, zusammen zu sein, unmöglich war.

Ihre Füchsin jammerte innerlich. *Ich will mit ihm zusammen sein. Für immer.*

Sie schluckte schwer. *Für immer* stand für sie und Jake nicht in den Sternen. Aber eine Woche, von der sie nie gedacht hätte, dass sie sie bekommen würde? Sie könnte ein ganzes Leben voller Liebe und Leben in diese Zeit packen. Sie musste am Ende nur die Kraft finden, ihn gehenzulassen.

„Nicht schlecht", lachte Kai leise.

Ella ignorierte ihren Praktisch-großen-Bruder und umarmte Jake innig. Sie war vielleicht nicht in der Lage, ihm ihr geheimes Gelübde zu erklären, aber sie konnte ihm zeigen, dass er ihr wichtig war. Jake schien auf dasselbe bedacht zu sein, denn auch er hielt sie fest in seinen Armen und streichelte ihr Haar genau wie in der einen magischen Nacht, die sie vor so langer Zeit miteinander verbracht hatten.

„Zeit zum Einchecken", sagte Kai.

Langsam und zaghaft löste sich Ella von Jake und versuchte, sich auf ihre nächsten Schritte zu konzentrieren.

Lily stupste sie am Arm an. „Vergesst nicht, weiter Händchen zu halten.“

Komisch, dieses Mal brauchte Ella keine Erinnerung.

Als Kai den Gepäckwagen schob und sie zu einem Schalter führte, blickte Jake überrascht auf.

„Businessclass?“

Kai grinste. „Wenn Silas etwas macht, dann macht er es mit Stil. Außerdem betrachten wir es als erschwerte Bedingungen.“ Seine Augen funkelten. Hatte er gemerkt, dass das vielleicht gar nicht der Fall war?

Lily strahlte den Mitarbeiter der Fluggesellschaft an. „Die beiden fliegen in die Flitterwochen! Ist das nicht wunderbar?“

„Das ist wunderbar“, stimmte der Mann hinter dem Schalter zu und prüfte ihre Ausweise. „Mister McBride und Mrs. . . . “ Er runzelte die Stirn. „Ms. Kitt?“

„Sie behält ihren Namen“, knurrte Jake in einem deutlichen, *Haben sie ein Problem damit?* Ton.

Er würde einen tollen Gestaltwandler abgeben, gurrte ihre Füchsin, als der Mitarbeiter zurückschreckte.

Ella klammerte sich fester an Jakes Hand. Er hatte sie immer so akzeptiert, wie sie war, und sie sie selbst sein lassen. Ein Prinz von einem Mann . . . und sie sollte ihn aufgeben? Wie das?

Sie sah sich in der Flughafenhalle um. Geschäftsleute eilten vorbei und Pärchen gingen Hand in Hand. Ein Kind lief von seiner Mutter in die Arme eines älteren Paares und schrie: „Oma! Opa!“ Eine Gruppe von Neuankömmlingen eilte auf ihren Bus zu, begierig darauf, die Hektik des Alltags hinter sich zu lassen und einen neuen Ort zu erkunden.

Ellas Brust hob und senkte sich. Vielleicht war es das, was sie und Jake brauchten – sie mussten die Vergangenheit hinter sich lassen. Sich von den alten Rollen lösen und Neues erforschen. Sich vielleicht sogar selbst neu erfinden und etwas anderes entdecken als die *steinharten Soldaten* in ihrem Inneren.

„Ihr Flug geht von Gate sechsundfünfzig“, sagte der Mann am Schalter. „Guten Flug.“

Lily strahlte ihren Dank. „*Mahalo.*“

Kai und Lily begleiteten sie den größten Teil des Weges zur Sicherheitskontrolle.

„Seid ihr startklar?", fragte Kai.

„Wir sind bereit." Jake wartete darauf, dass Ella nickte, bevor er ihre Hand nahm.

„Roger", sagte sie und versuchte, sachlich anstelle von atemlos zu klingen. Sie scheiterte kläglich. Gab es irgendetwas, was an Jake *nicht* liebenswert war?

Kai grinste und zeigte auf ihr Gate. „Na dann. Viel Spaß, Kinder."

Kapitel 6

Und wie wir Spaß haben werden, murmelte Ellas Füchsin.

Sie holte tief Luft. Gott, das würde Folter werden.

Die beste Art von Folter.

„Viel Spaß in den Flitterwochen." Lily winkte Ella und Jake mit Tränen in den Augen hinterher. Fast so, als wären es echte Flitterwochen und als wäre Lily die Mutter der Braut.

Ellas Augen wurden ebenfalls feucht, als sie an Georgia Mae zurückdachte, die gütige Eulengestaltwandlerin, die ihr, Hunter und Kai ein stabiles, liebevolles Zuhause gegeben hatte, nachdem ihre Mutter gestorben war. Über die Jahre hatte Ella oft an Georgia Maes Großzügigkeit gedacht, aber sie hatte nie wirklich innegehalten, um darüber nachzudenken, wie sich Georgia Mae fühlen würde, wenn ihre Schützlinge erwachsen wurden und wichtige Meilensteine erreichten. Wie diesen hier – zu heiraten. Selbst wenn es nur eine Täuschung war, brachte es Ella zum Nachdenken. Würde Georgia Mae Jake und dieses ganze verrückte Unterfangen gutheißen?

Ella verschränkte ihre Finger in Jakes, als sie durch die Sicherheitskontrolle gingen. Sie waren endlich allein. In gewisser Weise war es dem Militär sehr ähnlich – sobald ein Team ausgezogen war, wurde die Mission ihre eigene. Abgesehen von einer gekritzelten Liste mit Anweisungen, die Lily ihr gegeben hatte – ja richtig, Anweisungen, als ob man Ella sagen müsste, wie sich eine verliebte Frau verhält –, waren sie und Jake nun auf sich allein gestellt.

Ganz allein ... und nichts ist verboten, flüsterte ihre Füchsin.

Sie versuchte, sich den Gedanken aus dem Kopf zu schlagen. Einige Dinge mussten verboten bleiben. Aber solange sie auf einen Paarungsbiss verzichten konnte, könnte sie die kommende Woche überstehen, nicht wahr?

Und vielleicht sogar ein oder zwei Momente genießen, fügte ihre Füchsin mit einem sinnlichen Schwung ihres Schwanzes hinzu.

„Bist du schon mal Businessclass geflogen?", murmelte Jake.

„Nein." Sie zählte die Reihen, bis sie ihre Plätze gefunden hatte. Sobald sie es sich bequem gemacht hatten, holte sie Lilys Notizen heraus.

„Was ist das?", fragte Jake mit dieser sanften, tiefen Stimme, die ihr eine Gänsehaut bereitete.

„Anweisungen." Sie tippte mit dem Zeigefinger auf den ersten Punkt der Liste. „Erstens: jederzeit süßes, kuscheliges Verhalten, im Flugzeug und in der Öffentlichkeit." Sie runzelte die Stirn darüber, dass Lily *jederzeit* mit dem Bleistift dick nachgezeichnet und noch einmal unterstrichen hatte. „Denkst du, wir sind fähig, süß und kuschlig zu sein?"

Jake zog die Mundwinkel hoch. „Ich bin mir nicht sicher, ob wir das bei der Ranger-Ausbildung gelernt haben."

Definitiv nicht. Ella schüttelte den Kopf, was irgendwie dazu führte, dass ihre Wange bequem an Jakes Schulter lehnte. Er schlang einen Arm um sie und spielte mit den Fingern leicht über den Stoff ihres Sommerkleides.

„Das ist ein hübsches Kleid", murmelte er. Eine Sekunde später fügte er hinzu: „Liebling."

Sie stieß ihm mit dem Ellbogen in die Rippen und er lachte bei ihrem halbherzigen Protest leise.

Der Flug war Gott sei Dank zu kurz, um der Flugbegleiterin zu viel Zeit zu geben, sie mit ihrer Aufmerksamkeit zu überschütten. Also gab es nur kostenlosen Champagner – sogar in echten Gläsern – und eine peinliche Runde Applaus von den anderen Passagieren im Flugzeug.

„Viel Spaß in den Flitterwochen", jubelten alle.

Ella holte tief Luft, bevor sie mit Jake anstieß.

„Auf uns", murmelte Jake in einem tiefen, gleichmäßigen Ton.

„Auf uns", hauchte sie und sagte sich, dass sie nur eine Rolle spielte.

Jake deutete mit einem Nicken auf den Zettel. „Was steht noch auf deiner Liste?"

Sie las die nächsten paar Zeilen in einem unsicheren Flüsterton vor. „Strandspaziergang bei Mondschein."

„Das klingt gar nicht so schwer."

Genau genommen klang es viel zu leicht.

„Ein Cocktail mit zwei Strohhalmen."

„Das ist auch leicht", sagte er.

Mit deinem Kopf auf seinem Schoß im Sand liegen, stand ebenfalls auf der Liste, gefolgt von *Händchen haltend am Pool entspannen.* Ella schaute von der Liste auf. „Hör zu, Jake. Wir müssen reden... "

Er unterbrach sie mit einem sanften Finger auf die Lippen und schaute sich um, um anzudeuten, dass sie belauscht werden könnten. „Ich weiß. Wir müssen über viele Dinge reden. Aber nicht hier. Nicht jetzt." Dann sprach er mit lauterer Stimme. „Wow. Ich kann gar nicht glauben, dass wir wirklich nach Maui fliegen."

„Ich auch nicht", stimmte sie ein und spielte so gut mit, wie sie konnte. Sie war keine Frau, die kicherte oder die Haare zurückwarf, wie es auf Lilys Liste vorgeschlagen wurde, aber sie würde das alles hinbekommen.

Sie schaute aus dem Fenster. Sie mussten wirklich reden. Aber im Moment...

Als das Flugzeug aufstieg, blinzelte sie auf den Ozean hinaus. Sie war in den vergangenen Monaten zu verschiedenen Gelegenheiten nach Maui geflogen, um an Koa Point auszuhelfen. Aber dieses Mal versuchte sie, die Aussicht mit frisch verheirateten Augen zu betrachten. Jake sah auch hinaus und lehnte sich ganz nah zu ihr hinüber. Er roch unglaublich gut. Wie Leder und Fichten und ein ganz leichter Hauch von Lavendel.

So gut, seufzte ihre Füchsin.

Dann ertappte sie sich. Dies war Arbeit, keine Flitterwochen.

Sie senkte ihre Stimme erneut. „Was hat Kai dir aufgetragen?"

Jake zog einen mehrfach gefalteten Zettel aus der Tasche und faltete ihn auf. Ella verbarg ein Lächeln. Dies war eine von Jakes kleinen Eigenheiten, an die sie sich erinnern konnte. Die Jungs hatten sich eines Nachts in einem Wüstencamp darüber lustig gemacht.

Er strich das Papier glatt und neigte es zu ihr hin.

„Die ist ja ganz anders", murmelte sie.

Kais Liste war das Gegenteil von Lilys. Sie enthielt Punkte wie die *Prüfung auf Schwachstellen in der Umgebung*, die *Berechnung von Entfernungen für mögliche Scharfschützenpositionen* und *Hintergrundrecherchen über alle Gäste*.

Jake steckte den Zettel wieder ein. „Ich schätze, wir können uns heute Abend auf Lilys Liste konzentrieren." Eine Sekunde später fügte er hastig hinzu: „Ich meine, während wir in der Öffentlichkeit sind."

Er errötete und ihre Wangen erhitzten sich bei der Vorstellung, was ein frisch verheiratetes Ehepaar in der ersten Nacht der heiligen Ehe in der Hochzeitssuite anstellen würde.

Ella stieß einen Atemzug aus und versuchte, ihre Gedanken abzukühlen. „In der Öffentlichkeit. Natürlich."

Was sie während des gesamten kurzen Fluges nach Maui und während sie am anderen Ende auf ihre übertriebene Anzahl von Koffern warteten, erstaunlich gut hinbekamen. Ella verzog das Gesicht, als die ersten paar Taschen auf dem Förderband erschienen. Nicht eine von ihnen konnte auf den Rücken geschnallt oder an ihrem Oberschenkel befestigt werden, wie sie es von Einsätzen hinter den feindlichen Linien gewohnt war. Nichts von ihrem Inhalt würde in die tiefen Taschen ihrer Tarnhose passen. Was, so vermutete sie, eine gute Sache war, wenn man bedachte, dass diese Hose irgendwo tief in diesem Gepäck vergraben war.

„Hey, ich kann den nehmen", murmelte sie, als Jake den größten Koffer mit einer Hand vom Förderband hob. „Moment mal." Als er den Koffer auf ihren Gepäckwagen lud, stemmte sie die Hände an die Hüfte. „Du hast diese *Ich bin ein Gentleman und helfe einer Dame*-Scheiße doch bei der Armee auch nicht abgezogen. Warum also jetzt?"

Er zuckte mit den Schultern und kam ihr auch beim nächsten Koffer zuvor. „Weil es sich damals darauf ausgewirkt hätte, wie die anderen Jungs dich gesehen haben." Er stellte den Koffer neben den ersten und gestikulierte um sie herum. „Aber jetzt schaut niemand zu – und es urteilt auch niemand –, was ein Mädchen tun kann und was nicht." Bei dem Wort *Mädchen* hob er die Finger zu Gänsefüßchen in die Luft. „Also darf ich jetzt tun, was meine Mutter mir beigebracht hat." Er lächelte schief. „Nun, sie hat es versucht. Ich bin mir nicht sicher, ob es ihr gelungen ist."

Es war ihr allerdings gelungen und Ellas Herz wäre fast geschmolzen. Es war ein fortwährender Kampf gewesen, sich den Jungs als gleichwertig zu beweisen – nicht so sehr in der Eliteeinheit, der sie angehört hatte, sondern gegenüber anderen Soldaten, mit denen sie in Kontakt gekommen waren. Einige Männer hatten sich große Mühe gemacht, ihr das Leben schwer zu machen. Andere hatten ihr naiver Weise Hilfe angeboten, was nur das Gegenteil bewirkt hatte. Aber Jake hatte es verstanden und respektiert, ohne jemals ein Wort zu sagen.

„Willst du den Wagen schieben?", bot er ihr an.

Sie lachte und schubste ihn. „Schieb' du ihn, McBride."

„Ja, Ma'am."

Er grinste den ganzen Weg durch die Ankunftshalle und winkte dann einem stämmigen Hawaiianer zu, der ein Schild hochhielt, das von Lily vorbereitet worden sein musste. *Mr. und Mrs. McBride. Viel Spaß in den Flitterwochen!* stand dort in riesigen Lettern, die von kleinen, rosa Herzchen umgeben wurden.

„Mr. und Mrs. McBride?", fragte der große *Kanaka.*

Jake schüttelte freundlich, aber bestimmt den Kopf – es war kein ganzes Ja, aber auch kein Nein. „Mr. McBride und Ms. Kitt."

Der Fahrer lachte und hob die Hand zu einem Shaka-Zeichen. „*Aloha i Maui.*"

Er führte sie zu einer lächerlich langen Stretch-Limousine und begann, ihr Gepäck einzuladen. Jake half und Ella ebenfalls. Sie schnappte sich den größten Koffer, bevor es jemand anderes tun konnte.

„Sie haben verdammt viel Kraft für so ein kleines Ding“, gluckste der Fahrer. Ella war kurz davor, etwas zu erwidern, als Jake knurrte: „Sie ist nicht klein.“

Der Fahrer hob die Hände in die Luft und trat lachend zurück. „Ich beschwere mich nicht, *Bruder*. Sie kann so viel Gepäck einladen, wie sie will.“

Das tat sie dann auch, verdammt, und Minuten später rollten sie die gleiche Straße durch Zentral-Maui zurück, die sie an diesem Morgen in die andere Richtung gefahren waren. Aber anstatt bis zum Ende des Honoapi'ilani Highway nach Koa Point zu fahren, bog der Fahrer vor den imposanten Toren des Kapa'akea Resorts nach links ab.

Jake stieß einen leisen Pfiff aus, als sie an den Poloplätzen und dem Golfplatz vorbeifuhren. Und als sie die prunkvoll gestaltete Hotellobby betraten, drehte sich Ella in alle Richtungen um und begann mit der Observation. Sie zählte die Eingänge, die Personen und Treppenhäuser und wollte sich merken, jeden verwinkelten Gang zu erkunden. Zwei Männer saßen in der Nähe der Fenster, einer las eine Zeitung und der andere prüfte etwas auf seinem Laptop. Das Restaurant befand sich auf der rechten Seite und die Rezeption zum Einchecken auf der linken. Ein Kellner eilte mit einem Tablett voller Getränke in Richtung Bar und...

Sie zuckte zusammen, als er über eine Falte im Teppich stolperte. Der ohrenbetäubende Lärm von einem Dutzend zerbrochener Gläser füllte den Raum und alle schauten auf.

„Hey“, jaulte Ella, als sie von einem schweren Gewicht zu Boden gerissen wurde. „Was zum...“

Sie unterbrach sich selbst, als sie sich in Jakes Armen wiederfand. Sie war nur ein paar Zentimeter davon entfernt gewesen, tatsächlich auf dem Teppich aufzuschlagen. „Jake...“

Er hatte sich gerade noch selbst gefangen, bevor er sie zur Deckung zu Boden reißen konnte. Seine Augen waren weit aufgerissen, als hätte es sich um feindliches Feuer und nicht um ein Tablett mit Gläsern gehandelt. Die Ader an seinem Hals pulsierte. Und Scheiße. Jetzt, wo alle von dem Kellner wegschauten, starrten sie stattdessen sie und Jake an.

„Ach du meine Güte. Diese Stöckelschuhe", sagte sie und machte eine Show daraus, ihre Schuhe zu mustern. „Danke, dass du mich aufgefangen hast, Schatz."

Die anderen Gäste wandten sich ab und lächelten nachsichtig über das niedliche verliebte Paar, was auf jeden Fall besser war als mitleidige Blicke, die sagten: *Was zum Teufel ist denn mit dem Kerl los?*

„Ich bin so ein Tollpatsch", fuhr sie fort und umklammerte seinen Arm. Sie richtete sich wieder auf, drückte seine Hand und flüsterte aus dem Mundwinkel. „Ist schon gut. Ich weiß, wie das ist."

Jakes blaue Augen waren vor Scham getrübt, aber gleichzeitig auch dankbar. Sie eilte zur Rezeption, um den unangenehmen Moment hinter sich zu lassen.

„Wir freuen uns sehr, ein weiteres glückliches Pärchen auf Hochzeitsreise willkommen zu heißen", schwärmte die Empfangsdame.

Ella streichelte Jakes Arm und wünschte sich, sie könnte ihre Gedanken direkt in seinen Kopf senden. So etwas wie: *Alles ist okay. Alles ist in Ordnung.*

Jake stand steif und regungslos da, aber während sie die Formalitäten des Eincheckens erledigten, ließ seine Anspannung langsam nach.

Genau wie ich es gesagt habe, murmelte ihre Füchsin. *Unser Gefährte braucht uns.*

Ella holte tief Luft. Sie hatte miterlebt, wie Tessa Kai auf ähnliche Weise beruhigt hatte. Und sie hatte beobachtet, wie Dawn den besorgten Blick aus Hunters Augen verscheuchen konnte. Es war verblüffend, welche Wirkung eine Schicksalsgefährtin auf ihren Partner hatte.

Sie biss sich auf die Lippe, als ihr der springende Punkt des Problems erneut bewusst wurde. Tessa und Dawn hatten nicht riskiert, die Männer, die sie lieben, zu töten, als sie das Paarungsritual vollzogen haben. Aber Jake...

„In ihrem Zimmer befindet sich eine gekühlte Flasche Champagner für Sie. Auf Kosten des Hauses." Die Augen der Empfangsdame funkelten.

Ella schloss die Augen und versuchte, sich kein mit Rosenblättern bestreutes Doppelbett in einer Suite mit Meerblick vorzustellen, das geradezu nach Sex schrie!

Vielleicht war das alles doch keine so gute Idee.

„Im Namen aller hier im Kapa'akea Resort wünschen wir Ihnen wundervolle Flitterwochen. Wenn wir etwas tun können, um Ihren Aufenthalt angenehmer zu gestalten, lassen Sie es uns bitte wissen. "

Ella schaute in Richtung Ausgang, aber verdammt. Es war zu spät, um diesen verrückten Plan noch einmal zu überdenken.

Jake nahm den Schlüssel, als sie es nicht tat. „Danke. "

Die Empfangsdame winkte einen Pagen hinüber. „Toby, die Taschen bitte. "

Toby sah aus wie ein Typ, der gerade erst das College beendet hatte und sich nicht ganz sicher war, was er mit seinem Leben anfangen sollte. Einer der Jungs, die noch nie eine Waffe in der Hand gehalten oder einem tödlichen Feind ins Auge gesehen hatten. Aber es war schwer, sich seiner eifrigen, welpenähnlichen Unschuld zu entziehen. Darüber hinaus trug sein ununterbrochenes Geschnatter dazu bei, die letzten Reste von Jakes Unbehagen zu vertreiben.

„Eigentlich bin ich ein Parkdiener, aber ich helfe als Page aus", sagte Toby, als der Aufzug ein Stockwerk nach dem nächsten erklomm. „Es geht für mich also aufwärts. " Er lachte. „Haben Sie das verstanden? "

Ella zuckte bei diesem Wortspiel zusammen. „Verstanden. "

„Sie sind also in den Flitterwochen, ja? Wir haben viele Hochzeiten hier. Sie hätten mal die eine sehen sollen, die vor noch gar nicht allzu langer Zeit hier stattgefunden hat. Regina Vanderpelt. Von der haben sie doch gehört, oder? "

Ella seufzte. Natürlich hatte sie die Geschichten gehört.

„Die verrückteste Hochzeit aller Zeiten, besonders, weil die Braut sie in letzter Minute abgesagt hat. Das Coole daran war, dass ich einen Rolls Royce fahren durfte! "

Der Aufzug klingelte und hielt im vorletzten Stockwerk an.

„Da wären wir. " Toby führte sie zu einer goldumrahmten Tür am anderen Ende des Flurs, hob eine Schlüsselkarte über den Sensor und drückte die Tür mit einem Schwung auf.

„Willkommen in der Hochzeitssuite. Genießen Sie Ihren Aufenthalt!“

Ella stürmte hinein und erstarrte dann. Das Hotelzimmer war unglaublich, aber was ihr Blut in Wallungen brachte, war der Anblick des Bettes im Zimmer zu ihrer Rechten.

Riesengroß. Elfenbeinfarbene Seidenlaken übersät von Rosenblättern. Ja. Das schrie definitiv nach Sex!

„Was denkst du?“, fragte Jake.

Ella hielt den Mund, aber ihre Füchsin summte innerlich. *Ich liebe es.*

Kapitel 7

Ist schon gut. Ich weiß, wie das ist.

Jake wiederholte Ellas Worte gedanklich, als er sich ein provisorisches Bett auf der Couch einrichtete – was den Sinn einer Hochzeitssuite völlig verfehlte, aber er war zu überdreht, um länger darüber nachzudenken. Er konnte nur an Ellas Worte denken.

Ich weiß, wie das ist.

Das war das Unglaubliche daran – dass Ella es wirklich verstand. Sie musste nur ein paar Worte flüstern und schon fühlte er sich nicht länger wie ein Verrückter. Sie sorgte stattdessen dafür, dass ein wenig Hoffnung in seiner Seele aufstieg. Das Gefühl, dass es gar nicht so verrückt war, dass er ab und zu einen Kurzschluss hatte. Dass er vielleicht, nur vielleicht...

„Bist du dir sicher, dass du nicht doch lieber das Bett hättest?", fragte Ella und unterbrach seine Gedanken.

Er schaute auf. Natürlich wollte er das Bett. Aber nur, wenn sie auch dort schlafen würde. Aber Ella bot ihm an, zu tauschen, und lud ihn nicht zu sich ein.

Sie stand in der Schlafzimmertür und trug ein gelbes Nachthemd, das bis zur Mitte ihrer Oberschenkel reichte – noch ein neuer Anblick.

Er rieb sich mit einem Daumen über die nackte Brust, während sie mit dem Finger eine Strähne ihres langen Haares herumwirbelte. Vielleicht war er nicht der Einzige, der sich selbst erst wieder zurechtfinden musste. Aber, Mist. Wenn die Rückkehr ins zivile Leben bedeutete, einen Berg überwinden zu müssen, dann hatte er noch einen langen, langsamen Aufstieg vor sich. Also sollte er besser Nein sagen, selbst wenn Ella ihn wie durch ein Wunder dazu einladen würde, das Bett mit ihm zu teilen. Er war immer noch zu nervös, zu unruhig. Es war zu wahrscheinlich, dass er schweißgebadet aus einem Albtraum aufwachen würde.

„Die Couch ist in Ordnung, danke." Er warf ein Laken darüber und fragte sich, ob es Ella etwas ausmachte, dass er nur eine Boxershort trug. Oder vielleicht gefiel es ihr genauso gut, wie er ihren Anblick genoss.

„Also dann. Gute Nacht, McBride." Sie schaltete das Licht aus.

„Gute Nacht, Kitt", sagte er und achtete darauf, dass es nicht wie ein notgeiles Knurren klang.

Er stieg in sein behelfsmäßiges Bett und starrte an die Decke, als er sich auf die Dinge gefasst machte, die immer kamen, wenn er einschlief. Explosionen. Schreie. Blutverschmierte Gesichter. All das gemischt mit einem Bild von Mannys leblosem Körper in einer Autowerkstatt.

Ich sag's dir, Mann. Jemand schaltet uns aus, einen nach dem anderen. Hoovers gespenstische Stimme hallte in seinem Kopf wider.

Hoover war schon immer paranoid gewesen, aber Mannys Tod war der dritte seiner Einheit innerhalb kürzester Zeit. Chalsmiths Unfall war damals nicht verdächtig erschienen, ebenso wenig wie Jungers Kletterunglück. Aber eine Kugel in den Kopf – und das am helllichten Tag – und ein gemeingefährliches Auto, das über die Straßen von Maui raste ... vielleicht hatte Hoover wirklich recht.

Einer von uns ist der Nächste, Mann. Und ich schwöre, ich werde es nicht sein.

Jake drehte sich um und versuchte, sich abzulenken, indem er dem Rauschen des Meeres lauschte. Ella hatte die Balkontüren offengelassen, so dass die Meeresbrise ins Zimmer wehen konnte, und die Vorhänge bewegten sich sanft.

Er öffnete und schloss die Augen ein paarmal und testete, wie nah die Albträume waren. In letzter Zeit hatte es länger als sonst gedauert, bis sie begannen. So als müssten seine Albträume ihn erst einmal auf einer Insel mitten im Pazifik ausfindig machen. Er schaute ein paar Minuten in die Sterne und schloss seine Augen erneut. Er hoffte auf ein wenig ungestörten Schlaf, bevor die hässlichen Bilder begannen.

Und dann geschah die seltsamste Sache. Er schlief. Er schlief ... einfach nur. Kein einziger Albtraum. Kein Herumwälzen, auch keine wilden Fantasien über Ella. Nur eine Nacht tiefen, festen Schlafes. Es musste so gewesen sein, denn als er die Augen das nächste Mal öffnete, dämmerte es bereits.

Er blinzelte ein paarmal und drehte sich bei einem Geräusch in der Nähe um. Es war Ella, die sich auf ihrem Weg zum Balkon, von dem aus sie die Aussicht genießen wollte, an ihm vorbeischlich. Ihr Haar war zerzaust, das Gesicht noch immer von Kissenfalten zerfurcht und ihre Füße nackt auf dem Fliesenboden. Ein einziges Wort schoss ihm durch den Kopf.

Hübsch.

Oder besser, *richtig hübsch.*

Als er Ella zum ersten Mal getroffen hatte, war ihm ihre Schönheit sofort aufgefallen. Eine völlig unerreichbare, unauffällige Schönheit, die kein Mann übersehen konnte. Aber er hatte Ella nie als *hübsch* empfunden, weil in diesem Wort *Weiblichkeit* und *Schutzlosigkeit* mitschwangen.

Aber wow. Dort stand sie. Vielleicht ein wenig nachdenklich, aber weit entfernt davon, eine *Kriegerprinzessin* zu sein.

„Gut geschlafen?", murmelte er und stützte sich auf einem Ellbogen ab.

Sie drehte sich um und öffnete den Mund, um zu antworten, sagte jedoch einen Moment lang nichts. Ihr Blick wanderte an seinem Körper auf und ab, bevor sie ihn zu seinem Gesicht zurückkriss und schnell nickte. „Ich habe gut geschlafen. Und du?"

Er nickte lässig, als wäre der gute Schlaf keine Überraschung für ihn gewesen. Vielleicht hatte die salzige Luft geholfen. In welchem Fall er seinen *Sich auf einer ruhigen Ranch niederlassen*-Plan, noch einmal überdenken müsste.

Ellas Nasenlöcher bebten und es traf ihn wie der Schlag. Vielleicht hatte sein besserer Schlaf gar nichts mit Maui zu tun. Vielleicht lag es an der Nähe zu ihr.

„Ich bin gleich wieder da." Er ging in Richtung Badezimmer, bevor sie den verblüfften Ausdruck auf seinem Gesicht sehen konnte. Nachdenklich duschte er lange und beeilte sich dann, fertig zu werden und sich anzuziehen, als ihm bewusst wurde, dass Ella noch keine Chance dazu gehabt hatte. Aber sie schien es nicht eilig zu haben, als er auf den Balkon zurückkehrte.

„Also", sagte sie. „Ich schätze, wir sollten mit den Aufgaben auf unseren Listen beginnen."

„Gute Idee", murmelte er und versuchte, nicht auf ihre langen, geschmeidigen Beine zu starren.

Sie ging hinein und kam mit zwei Kaffeetassen und den beiden Listen zurück, die sie auf dem Balkontisch ausbreitete. Er setzte sich neben sie auf die Balkoncouch und war sich überaus bewusst, wie nah sich ihre Oberschenkel waren.

„In Ordnung, also ... zuerst Frühstück." Ella verzog das Gesicht. „Gemütliches Pärchenzeug."

Er runzelte die Stirn, als würde er den Gedanken daran auch hassen.

Sie tippte auf den Punkt *Hintergrundrecherchen über alle Gäste* auf der anderen Liste. „Ich könnte nach dem Frühstück eine Weile im Speisesaal herumhängen und meine Ohren offenhalten, während du Toby suchen gehst."

Er zog eine Augenbraue hoch. „Den Pagen? Der schien mir ziemlich ahnungslos zu sein."

„Sicher, aber er sieht jeden kommen und gehen. Man weiß es nie. Mal sehen, was wir von einem gesprächigen Mitarbeiter erfahren können, um herauszufinden, wer hier ist und was vor sich geht. Du weißt schon – seltsames Verhalten, unerwartete Gäste, anonyme Buchungen. So etwas in der Art." Sie wandte sich mit gerunzelter Stirn wieder Lilys Liste zu. „Danach müssen wir vermutlich an den Strand gehen."

„Verdammt."

Sie schlug ihm gegen die Schulter.

„Hey, es könnte schlimmer sein", erwiderte er.

Sie betrachtete die Aussicht über den Rand ihrer Kaffeetasse hinweg. Dann ließ sie ihren Blick zu ihm schweifen. „Es könnte schlimmer sein", stimmte sie zu.

„Erinnerst du dich noch an das Basislager in Zaranj?"

Ihr Lachen klang wie Musik in seinen Ohren und sie streckte ihm feierlich ihre Kaffeetasse entgegen. „Stimmt. Was hätten wir damals nicht alles für das hier gegeben."

Er stieß mit seiner Tasse gegen ihre und genoss diesen Moment. Es war weder eine unbehagliche Typ-Mädchen-Sache noch eine schweißnasse Soldaten-Kameradschaft. Es war irgendetwas dazwischen und dauerte auch noch eine gute Minute an, bevor Ella aufstand, sich streckte und in Richtung Dusche ging. „Ich muss mich zurechtmachen."

Jake versuchte, sie sich nicht nackt unter der Dusche vorzustellen – das tat er wirklich. Er versuchte auch, sich nicht vorzustellen, wie Ella den Kopf nach hinten neigte und Shampoo in ihr Haar massierte – oder besser noch, wie sie den Kopf nach hinten neigte und ihn dies tun ließ. Tatsächlich versuchte er, sich viele Dinge nicht vorzustellen, aber er scheiterte in so gut wie allen Punkten.

Zuzusehen wie ein Fischerboot dem Horizont entgegenraste, half ebenfalls nicht. Also zerriss er den Flyer einer Mietwagenfirma in winzige Stücke, mischte sie und setzte sie wie ein Puzzle wieder zusammen. Wieder und wieder. Für seinen Geschmack immer noch ein wenig zu zwanghaft, aber was sollte er denn sonst tun?

Als Ella aus der Dusche kam, bemühte er sich sehr, nicht aufzuschauen. Nicht dass er hinter der halbgeschlossenen Schlafzimmertür viel von ihr gesehen hätte. Aber seine Ohren lauschten auf das Rascheln des Stoffes und das Tapsen ihrer Füße auf dem Fußboden. Der schwache Duft von Shampoo kitzelte seine Nase und löste seine Fantasien erneut aus.

„Fertig", sagte sie und drückte die Tür auf.

Er starrte sie einen Moment mit offenem Mund an. Er hatte Ella noch nie in einer so niedlichen, blumenbedruckten T-Shirt- und kurze Hose-Kombination gesehen. Einen Augenblick später zwang er einen neutralen Ausdruck auf sein Gesicht, denn, wow. Die kurze Hose zeigte verdammt viel Bein und die Blautöne ließen ihre kupferbraunen Augen doppelt so leuchtend strahlen.

„Fertig", murmelte er.

„Ich richte das hier besser." Ella ging zum Bett zurück und zerwühlte die Bettdecke so, dass es aussah, als hätten zwei frisch Verliebte darin übernachtet. Es riss ihn aus seinen Fantasien in die Gegenwart zurück.

Arbeit, McBride. Er seufzte und zog das Laken von der Couch. *Es ist rein dienstlich.*

Zum Glück gehörte es bei dieser Arbeit dazu, eine Hand um ihre Taille zu schlingen, sobald sie aus der Tür traten.

„Liebespaar, weißt du noch?" Er versuchte, entschuldigend zu klingen.

„Liebespaar", sagte Ella in einem völlig neutralen Ton.

Aber sie schmiegte ihren Körper, sowohl auf dem Weg nach unten, als auch während des Frühstücks, warm und kuschelig an seine Seite. Sie wandte ihren Blick nur selten von seinen Augen ab. *Kuschliges Pärchen* zu spielen funktionierte – manchmal sogar zu gut. Ihre Finger strichen über seine, als sie gemeinsam ihren Kaffee und die Croissants genossen. Sie zuckte auch nicht weg, als ihre Beine unter dem Tisch zusammenstießen. Aber gerade als die Dinge von *kuschelig* zu *heiß* zu werden drohten – etwa als ihre Hand, die lässig auf seinem Knie gelegen hatte, an seinem Oberschenkel hinaufrutschte –, zuckte Ella zusammen und verschloss sich ihm. Etwas blitzte in ihren Augen auf und sie murmelte mit angehaltenem Atem, so als wäre sie wütend auf jemanden, weil er sie dazu gezwungen hatte.

„In Ordnung, geh' Toby suchen", befahl sie. Und einfach so wurden sie im Bruchteil einer Sekunde vom glücklichen Liebespaar auf Hochzeitsreise zu berechnenden Privatdetektiven.

Wie sich herausstellte, war Toby genauso gesprächig wie am Abend zuvor, aber nichts von seinem Geschwätz klang verdächtig.

„Hast du etwas herausgefunden?", flüsterte Ella, als sie sich eine Stunde später mit Jake im Rosengarten traf.

„Nichts. Und du?"

„Auch nichts." Sie seufzte. „Ich schätze, es ist Zeit, an den Strand zu gehen."

Sie zogen sich ihre Badesachen an – was in Ellas Fall ein türkisfarbener Bikini war, bei dessen Anblick er sich fast den Kiefer ausrenkte – und verbrachten eine Stunde lang auf Liegestühlen in Hörweite der Strandbar. Sie gaben ein ungewöhnliches Paar ab – sie mit ihren Tätowierungen und er mit seinen abgeschürften Beinen –, aber wen kümmerte das? Eine Stunde verging und obwohl sie keinerlei kritische Informationen aufschnappen konnten, gelang es ihnen jedoch, den *Cocktail mit zwei Strohhalmen* von Lilys Liste zu streichen. Danach machten sie einen langen Spaziergang und taten so, als würden sie die Landschaft bewundern, während sie nach Schwachstellen in den Außenmauern des Resorts suchten.

„Was ist los?", fragte Ella.

Jake starrte auf eine weiße Limousine, die den Parkplatz verließ und dabei viel zu schnell fuhr. Es war unmöglich, einen Mietwagen von einem anderen zu unterscheiden, aber sie alle sahen wie mögliche Killermaschinen aus.

Jemand schaltet uns aus...

Vielleicht sollte er sich doch mit Hoover in Verbindung setzen.

„Nichts." Er gab sein Bestes, die Paranoia beiseitezuschieben.

Vier weitere Tage vergingen auf die gleiche, nicht völlig entspannte Weise. Die Tage wurden durch die Aufgaben auf ihren gegensätzlichen Listen aufgeteilt und unterteilt. Die Abende waren ruhig – sehr ruhig – und sie verbrachten sie beide bewusst in ihren separaten Betten. Hin und wieder spielten sie das glückliche Pärchen so gut, dass er vergaß, dass es nur gespielt war. Ella schien es auch zu vergessen und sie schienen sich einander zu nähern, berührten sich und starrten sich in die Augen. Aber jedes Mal, wenn sich Jake sicher war, dass Ella sich ihm öffnen würde – sich ihm wirklich öffnen würde –, machte sie wieder diese Zwinkern/Zucken/Murmeln-Geschichte und konsultierte Kais Liste.

„Die Entfernungen für mögliche Scharfschützenpositionen berechnen", verkündete sie und schickte ihn in die eine Richtung, während sie selbst in die andere aufbrach.

Er begann sich zu fragen, ob Ella in einer eigenen besonderen Form von posttraumatischem Stress mit einer gespaltenen Persönlichkeit kämpfte. Aber vielleicht war es für sie genauso eine Gratwanderung wie für ihn, auf der sie zwischen *Ich brauche dich in meinem Leben* und *Du verdienst etwas Besseres als mich* hin und her schwankte.

„Mist." Nach dem Frühstück am vierten Tag starrte Ella frustriert auf ihr Telefon.

Jake sah auf. „Ist alles in Ordnung?"

Ella nickte schnell und sprach in einem gedämpften Ton. „Eigentlich sollte Hunter sich heute um etwas kümmern. Aber ich muss stattdessen hingehen."

„Wo hingehen?"

Ihr Blick schweifte über das weitläufige Resort und blieb an einem weit entfernten Punkt hängen. „Pu'u Pu'eo", sagte sie in einem wehmütigen Ton.

„Pu'u was?"

Sie winkte vage ab. „Der Ort, an dem ich aufgewachsen bin. Wo wir alle aufgewachsen sind – Hunter, Kai und ich. Georgia Mae hat uns das Grundstück hinterlassen. Wir wollten es nie aufgeben, aber es ist so überwuchert..." Sie zupfte nervös an ihrer Serviette und kratzte mit den Füßen über dem Boden. „Keiner von uns hat die Zeit, sich darum zu kümmern, und es tut weh, diesen Ort so vernachlässigt zu sehen. Also haben wir uns darauf geeinigt, es zu verkaufen, und der Makler hat sich gerade mit einem Interessenten gemeldet." Sie seufzte. „Ich denke, es ist gut, das Grundstück zu verkaufen, aber ... nun ja. Du weißt schon."

Dieses schmerzende Gefühl, die Vergangenheit loszulassen? Ja, das kannte er nur zu gut.

Sie starrte finster auf ihr Telefon. „Der Makler kommt heute Nachmittag mit jemandem dorthin, um es sich anzusehen. Aber sie werden kaum in der Lage sein, das Grundstück überhaupt zu betreten, so überwuchert ist es. Hunter schafft es nicht dorthin, um einen Weg freizuschneiden, und Kai muss den größten Teil des Tages hier verbringen, um die zusätzlichen Sicherheitsleute einzuweisen, die heute ankommen sollen. Also bleibe nur ich."

Er korrigierte sie sofort. „Also bleiben nur *wir*."

Der dankbare Blick auf ihrem Gesicht ließ seine Fantasien wieder ein wenig näher rücken und er grinste.

„Im Ernst?", fragte sie schon etwas fröhlicher.

Jake verkniff sich zu sagen, *Für dich würde ich bis ans Ende der Welt gehen.* „Sicher. Das macht vielleicht sogar Spaß."

„Spaß?" Sie riss die Augenbrauen in die Höhe. „Du solltest das Grundstück mal sehen, McBride. Das wird harte Arbeit. Gar nicht vergleichbar mit Faulenzen am Pool. Denkst du, du schaffst das?"

Er grinste. „Ich glaube schon."

Kapitel 8

Jake konnte nicht verstehen, warum er sich wie ein frisch entlassener Knastbruder fühlte, als sie sich auf den Weg machten. Vielleicht lag es daran, dass hochkarätige Orte wie das Kapa'akea Resort nicht unbedingt sein Ding waren. Stiefel anstelle von Halbschuhen zu tragen, fühlte sich gut an, und auch Ella schien sich über einen Tapetenwechsel zu freuen. Sie hatten sich innerhalb kürzester Zeit bequeme Arbeitskleidung angezogen, einen Jeep gemietet und waren losgefahren.

„Ich schätze, dass es zu unserem Auftrag passt", sagte Ella, als sie den Motor anließ und die lange, palmengesäumte Auffahrt des Resorts hinunterfuhr. „Wir können es wie einen Tagesausflug zum Haleakala oder nach Hana aussehen lassen und Kai kann das Resort überwachen, während er die zusätzlichen Sicherheitsleute einweist."

„Lass nur keinen der Jungs diesen Jeep sehen", witzelte Jake, als sie nach rechts auf die Hauptstraße abbogen. Der Jeep war leuchtend pink, was dabei half, ihn daran zu erinnern, dass dies kein Armeeeinsatz in irgendeinem gottverlassenen Winkel der Welt war. Zu ihrer Rechten zog die Küste vorbei und sah aus wie die Werbung eines Reisebüros. Die Sonne wärmte sein Gesicht und der Wind wehte durch sein Haar. Es fühlte sich an wie einer dieser seltenen freien Tage nach einem Auftrag, der sich viel zu lange hingezogen hatte.

„Ich dachte, die Wellen hier draußen wären viel größer." Er zeigte auf einen Strandabschnitt, an dem Touristen auf winzig kleinen Wellen auf Surfbrettern wippten.

Ella lachte. „Zu dieser Jahreszeit spielt sich das meiste Geschehen auf der Hana-Seite ab."

„Du bist auf Maui aufgewachsen, stimmt's?"

Sie nickte energisch. „Ich bin nach dem Tod meiner Mutter hierher umgezogen.“

Er atmete tief ein. Scheiße. „Das tut mir leid.“

Ella winkte ab, so als wäre es nichts, aber ihr Gesicht verspannte sich. Sie griff nach ihrer Halskette. Das Silber glänzte in der Sonne und er fragte sich, ob sie einst ihrer Mutter gehört hatte. „Maui war ein toller Ort zum Aufwachsen. Aber irgendwie. . . “

„Irgendwie?“, hakte er nach ein paar Sekunden nach.

„Versteh mich nicht falsch – ich habe es hier gemocht und auch Georgia Mae, meine Pflegemutter, sehr geliebt. Aber irgendetwas hat mich immer wieder in den Südwesten zurückgezogen. Die Landschaft hat einfach etwas an sich, denke ich. Wie schroff sie ist. Wie ruhig.“

Er nickte. Ja, er wusste genau, was sie meinte.

„Während andere Mädchen erst Poster von Einhörnern und später von Boygroups in ihren Zimmern hatten, habe ich meine Zimmerwände mit Bildern vom Südwesten geschmückt.“ Sie löste eine Hand vom Lenkrad und zeichnete Formen in die Luft. „Schluchten. Hochebenen. Höhlen in den Felsklippen. All diese Sachen.“

Er nickte. Maui war wunderschön, aber auch er sehnte sich nach dem Westen. So viel Himmel, so viel Platz. Platz genug, um einem Mann zu erlauben, sich in seinen Gedanken zu verlieren – und sich vielleicht sogar selbst wiederzufinden.

„Warst du dort, seit du wieder in den Staaten bist?“, fragte er.

„Ja. In Arizona. Ich wurde dort geboren. Ich habe mir einen guten Job auf einer Ranch besorgt.“ Ihre Stimme wurde etwas wehmütig und sie konzentrierte sich nicht völlig auf die Straße. „Ein riesiges Grundstück, auf dem Rinder und Ziegen gehalten werden. Unendlich viel Platz ... es würde dir dort gefallen.“

Jake begann gerade, zu nicken, als Ella sich abrupt korrigierte. „Ich meine, es gefällt mir dort.“

Er sah sie aus dem Augenwinkel heraus an. Wünschte sich etwas in ihrer Seele, dass er Teil ihres Lebens war? Wenn er ehrlich zu sich selbst wäre, müsste er zugeben, dass auch er begann, sie sich auf die gleiche Weise in seinem Leben vorzustellen.

Die Straße führte von der Küste weg und Ella wechselte das Thema. „Du kommst aus Colorado, nicht wahr? Hast du je daran gedacht, zurückzugehen?"

Jake presste die Lippen zusammen. „Ich bin zurückgegangen."

Ella sagte nichts und er dachte, er würde es dabei belassen. Aber irgendetwas veranlasste ihn, es zu erklären. Schließlich war Ella nicht wie alle anderen. Sie verstand ihn – verstand ihn wirklich. Also sprach er nach einer kurzen Pause weiter.

„Mein älterer Bruder hat die Familienranch übernommen. Mein Vater starb, während ich im Einsatz war, und meine Mutter ist zurück nach Tucson gezogen, wo ihre Schwester lebt."

Ella neigte den Kopf, als wollte sie fragen, *und was ist passiert?*

„Ich habe wohl angenommen, alles würde so sein, wie ich es verlassen habe." Die Landschaft verschwand vor seinen Augen, als er in die Ferne starrte. „Mein Bruder und seine Frau haben das Haupthaus übernommen. Sie hat es völlig umgestaltet und alles verändert. Ich schätze, es war höchste Zeit, aber... " Er winkte vage mit der Hand ab. „Wie dem auch sei. Es ist jetzt ihr Zuhause. Was wahrscheinlich gut ist. Es hat mich irgendwie gezwungen, weiterzuziehen."

Er beschloss, zu verschweigen, dass er keinen Ort gehabt hatte, an den er weiterziehen konnte. „Ich habe bei Freunden gewohnt, als Boone wegen dieses Jobs anrief. Aber eines Tages, wenn ich die Chance dazu bekomme, hätte ich gern einen Job auf einer Ranch."

Die nächsten fünfzehn Minuten fuhren sie schweigend weiter, bis Ella den Blinker setzte und auf einen Parkplatz fuhr. Es gab dort einen Eisenwarenladen, ein Geschäft für Reifen und Schmiermittel und einen Imbisswagen, der im Windschatten einiger Norfolk-Kiefern stand.

„Ich muss ein paar Dinge besorgen", sagte Ella und stieg aus dem Auto. „Oh, und es wäre gut, ein paar Sandwiches mitzunehmen. Auf dem Grundstück draußen gibt es nichts."

Er nickte. „Ich besorge die Sandwiches. Hühnchen mit scharfem Senf für dich?"

Sie riss die Augen weit auf.

Ja, wollte er sagen. *Ich habe aufgepasst.*

Trotzdem war er überrascht von all den Details, an die er sich erinnern konnte, wenn er genauer darüber nachdachte. Beispielsweise, wie sie ihren Kaffee trank – schwarz und gesüßt – und wie dunkel sie ihr Toastbrot mochte. Wie sie ihr rechtes Bein über das linke schlug und ihren Kopf neigte, während sie mit ihrem Haar spielte. Er wusste sogar, auf welcher Seite sie am liebsten schlief – auf der linken. All die kleinen Dinge, die er zuvor nicht über sie hatte lernen können, hatte er sich jetzt gemerkt.

Er räusperte sich. Verdammt. Entweder hatte er eine ungesunde Besessenheit oder er war Hals über Kopf verliebt.

„Hühnchen mit Senf klingt perfekt", sagte Ella leise.

Er kratzte mit dem Stiefel über den Asphalt und nickte. „Perfekt."

Sie verschwand im Eisenwarenladen und er machte sich auf den Weg zum Imbisswagen. Ein Mann wartete vor ihm. Im Schatten in der Nähe bot eine Frau eine bunt gemischte Sammlung von Waren an – alles von Perlenketten bis hin zu Küchenmagneten und anderem Schnickschnack.

„Handlesen. Taro-Karten. In die Zukunft schauen?"

Jake verzog das Gesicht. Er war sich nicht sicher, ob ihm gefallen würde, was er sehen würde. Aber sein Blick fiel auf eine kleine Holzschachtel und er konnte nicht widerstehen, für einen besseren Blick hinüberzugehen.

„Es ist eine Antiquität", sagte die Frau.

Was bedeutete, dass er sie sich wahrscheinlich nicht leisten konnte, aber verdammt. Er hatte die Schachtel bereits in die Hand genommen und sie umgedreht. Sie war nicht viel größer als eine Zigarrenschatulle, aber höher und mit Intarsien verschiedener Holzarten versehen.

„Das da ist Walknochen." Die Frau zeigte darauf. „Der ist echt."

Sanft zog er an einem gravierten Knauf, aber nichts passierte. Die Frau lachte leise. „Die Schachtel ist ein Schiebepuzzle. Man kann sie nicht einfach öffnen. Man muss das Rätsel lösen."

Jetzt war er wirklich fasziniert.

In den Deckel waren verschiedene, quadratische Plättchen eingelegt – manche aus Teakholz, einige aus Buche, andere aus Mahagoni und sogar ein paar Elfenbeinquadrate – wie die Oberseite eines dieser Zauberwürfel. Es gab eine leere Stelle und er schob das Elfenbeinstück nach links und damit in eine andere Reihe.

„Was ist drin?" Er schätzte das Gewicht in seinen Händen.

Die kupferhäutige Frau lächelte traurig. „Schicksal."

Sein Blick schweifte zu den Türen des Eisenwarenladens hinüber und er starrte auf Ella, die zwischen den Gängen stand. Schicksal. Was würde sein Schicksal sein?

„Was darf es sein?", rief der Typ im Imbisswagen und Jake zuckte zurück.

„Einmal Hähnchen mit scharfem Senf und einmal Roastbeef."

Er tippte mit dem Fuß und spähte erneut in den Eisenwarenladen. Ella stand in einem der Gänge und versuchte, sich für eine Machete zu entscheiden. Sie testete die Klingen mit dem Daumen. Sie holte sogar zu ein paar Testschlägen aus und erschreckte damit einen älteren Mann im Nachbargang zu Tode.

Jake lachte leise. Ella war Ella. Kriegerin. Wildfang. Aber verdammt. Sie gab auch eine perfekte, hinreißende, frisch verheiratete Frau ab.

Nachdem er bezahlt hatte und während er auf die Sandwiches wartete, fiel sein Blick erneut auf die Schachtel.

„Bist du bereit, zu gehen?", rief Ella, als sie den Parkplatz überquerte.

„Bereit", sagte er, obwohl seine Augen immer noch auf den Tisch der Verkäuferin gerichtet waren.

„Was?" Ella kam zu ihm.

Er zögerte ein wenig und ihr Blick folgte seinem. Er konnte den genauen Moment erkennen, als Ella die Puzzleschachtel inmitten der anderen Gegenstände auf dem vollgestopften Tisch bemerkte. Ihre Augen funkelten und sie grinste. „Oh, das passt zu dir, McBride.“

Und schon holte er seine Brieftasche heraus und nahm das Kästchen in die Hand.

„Sechzig Dollar“, sagte die Verkäuferin.

„Sechzig?“, protestierte Ella.

Jake hätte sich damit begnügt, sechzig Dollar auszugeben – er war kein großer Feilscher, nicht einmal nach jahrelangen Einsätzen in abgelegenen Winkeln der Welt, in denen das Feilschen in jeden Preis einkalkuliert wurde. Aber Ella ...

„Fünfundzwanzig.“ Sie starrte die Frau an.

„Fünfzig.“

„Dreißig.“

Und so ging es weiter, während Jake wie ein Zuschauer bei einem Tennisspiel zwischen ihnen hin und her schaute. Schließlich nickte Ella zufrieden und schüttelte der alten Frau die Hand. „Siebenunddreißig.“

Er verbarg ein Lächeln. Ella ließ sich von niemandem bezwingen. Von niemandem.

Er bezahlte, bevor eine der beiden hart gesottenen Frauen ihre Meinung ändern konnte. Und irgendwie spielte er schließlich den Rest der Fahrt mit der Puzzleschachtel. Tatsächlich war es eine angenehme Fahrt, nachdem Ella aufgehört hatte, ihn wegen des Kästchens aufzuziehen.

„Hoffst du, einen Schatz zu finden, McBride?“

Er grinste. Diese Schachtel war sogar noch besser als ein normales Puzzle, mit all den verschiedenen Feldern und verschiebbaren Plättchen, die ineinandergriffen.

„Nein. Ich suche nur das Kind in mir.“ Er schüttelte die Schachtel neben seinem Ohr, lauschte und versuchte dann eine andere Kombination.

„Um das zu finden musst du nicht lange suchen.“ Sie grinste.

„Konzentriere dich auf die Straße, Kitt“, schoss er zurück.

Die nächsten Minuten fuhren sie in angenehmer Stille weiter. Ab und zu zeigte Ella auf etwas. Es gab einen riesigen Vulkan namens Haleakala und die gewaltige Ruine einer alten Zuckermühle. Und ein kurzes Stück weiter ging die Straße von der Autobahn in eine kurvenreiche, geschwungene Landstraße über, die einer zerklüfteten Küstenlinie hoch über der tosenden Brandung folgte.

„Das ist die dem Wind zugewandte Seite von Maui. Die Straße nach Hana – das ist eine kleine Stadt auf der anderen Seite." Sie zeigte nach vorn. „Viele Leute kommen nur wegen der Aussicht hierher. Unser Grundstück ist gleich dort oben auf dem Hang."

Sie hob einen Finger vom Lenkrad, um nach oben zu zeigen, und Jake erhaschte einen Blick auf rote Blüten, die über den hohen Bäumen herausragten.

„Afrikanische Flammenbäume", murmelte Ella mit einem abwesenden Blick in den Augen.

Kurz darauf bog sie auf einen Feldweg ein, schaltete auf Allradantrieb um und manövrierte das Fahrzeug geschickt um mehrere steile, felsige Kurven.

Jake stützte sich am Armaturenbrett ab, während das Fahrzeug taumelte und schwankte. „Jetzt verstehe ich, warum du darauf bestanden hast, einen Jeep zu mieten. Ihr habt so weit hier draußen gewohnt?"

Ella lachte. „Ja das haben wir. Sehr viel Privatsphäre."

Er zog den Kopf ein, um einem herunterhängenden Ast auszuweichen. Jedes Mal, wenn der Motor für ein oder zwei Augenblicke nicht aufheulte, konnte er die Geräusche von singenden Vögeln und rauschendem Wasser hören.

„Dort unten ist mein Lieblingswasserfall." Ella deutete mit der Hand nach links.

Ihr *Lieblingswasserfall* – als ob es noch viele andere gäbe. Und vielleicht gab es noch mehr, wenn man die üppige Landschaft und die steil abfallenden Klippen betrachtete. Dann bog Ella in eine scharfe Kurve ein und blieb vor einem schiefen Metalltor aus alten Rohren stehen.

„Das ist es." Sie schnappte sich die Macheten und stieg aus dem Auto.

Jake blickte über ihre Schulter, als sie an einem rostigen Schloss rüttelte. Schließlich öffnete es sich und sie schob das Tor weit auf. Ein Dutzend Reben hingen daran und hielten sich wie alternde Wachposten daran fest. Anscheinend war es nicht nötig, den Jeep woanders zu parken – und es gab keinen Platz, um ihn auf dem überwucherten Grundstück abzustellen. Jake konnte sich nicht vorstellen, dass zu viele Leute den holprigen Weg hinaufkommen würden.

„Hey." Er duckte sich, als etwas über seinen Kopf hinwegfegte.

Ella lachte. „Pu'eo."

„Pu-was-o?"

„Eine Eule. Sie leben in dieser Gegend. Ein paar alte Freunde könnte man sagen." Sie kicherte und fing an, sich durch das hüfthohe Gras zu hacken. „Komm schon."

Die Eule flatterte auf einen hohen Ast und schaute skeptisch auf Jake herab. Der Vogel verfolgte mit wachsamen Augen jeden Schritt, den er tat.

Ella fuchtelte mit ihrer Machete herum. „Papayas … Bananen … wir hatten hier einen ganzen Hain." Ihre Stimme wandelte sich von aufgeregt zu wehmütig und wieder zurück. „Und Avocados auch. Wir mussten immer abwechselnd Wasser vom Bach holen. Es war ziemlich rustikal, könnte man sagen, aber es hat uns gut gepasst."

Dann hielt sie abrupt inne und starrte auf das Haus. Der Glanz ihrer Augen verblasste allmählich und ihre Schultern sackten leicht zusammen. Das kleine Häuschen, das auf niedrigen Stelzen stand, hatte viel Charakter. Aber die weiße Farbe war abgeblättert und zerbrochene Überreste einer Glasscheibe hingen in einer der Fensteröffnungen. Die Stufen waren schief und alle in verschiedene Richtungen geneigt, da die Dschungelfäule eingesetzt hatte. Eine der Wellblechplatten, die das Dach schützten, war etwa einen halben Meter hinuntergerutscht.

Jake legte eine Hand auf Ellas Schulter. Nicht um das *kuschelige Paar* zu spielen, sondern auf die Art von tröstender Berührung, die sie ihm am Abend von Hoovers Anruf geschenkt hatte. Das Grundstück war chaotisch und er konnte ihren Schmerz spüren. Dennoch bedurfte es nicht viel Fantasie, um sich vorzustellen, wie eine viel jüngere Ella über das abschüssige Gelände rannte oder einen Ball herumschoss. Blumentöpfe und Holzschnitzereien umgaben das Haus und deuteten auf Stolz und Liebe hin.

„Schön", sagte er ohne einen Hauch von Ironie. „Ein schöner Ort, um aufzuwachsen."

Ellas Brust hob und senkte sich mit einem stillen Seufzer. „Es war schön. Aber es ist Zeit, sich davon zu trennen." Sie drückte ihre Schultern durch und deutete mit einem Nicken nach rechts. „Fang du dort drüben an. Ich beginne hier, in Ordnung? Vielleicht schaffen wir es, es weniger wie einen Dschungel und mehr wie einen Garten aussehen zu lassen, bevor der Makler hier ankommt."

„Ja, Ma'am."

„Hör auf, mich Ma'am zu nennen, McBride."

Er grinste. „Ja, Ma'am."

Innerhalb von ein oder zwei schweißtreibenden Stunden hatten sie den wuchernden Dschungel zurückgedrängt und es geschafft, das Gras mehr wie einen Rasen aussehen zu lassen. Dann fegten sie das Haus aus, harkten die Blätter von der Veranda und stapelten die größten Äste, die auf dem Rasen verteilt lagen, zu einem ordentlichen Haufen übereinander. Ella verbrachte lange Zeit damit, sich um ein sonniges Schlafzimmer im hinteren Teil des Hauses zu kümmern, das wohl ihr Zimmer gewesen sein musste. Aber als sie wieder herauskam, war sie so sachlich wie immer. Vielleicht sogar noch sachlicher. Sie putzte die staubigen Fenster mit etwas Wasser, das sie vom Bach geholt hatte, während Jake einen herunterhängenden Fensterladen richtete und das Dachblech wieder an die richtige Stelle schob.

Schließlich traten sie zurück und bewunderten ihre Arbeit. Sie waren zerkratzt, schweißgebadet und hatten unzählige Mückenstiche, aber das Haus und Grundstück sahen viel besser aus.

„Das fühlt sich gut an", sagte Ella und brachte ihn zum Lachen.

Aber sie hatte recht. Körperliche Arbeit fühlte sich immer gut an. Die Momente, in denen er sich auf das Heben und Schleppen konzentrierte, anstatt auf die Scheiße in seinem Kopf. Jake neigte sein Gesicht zur Sonne und stellte sich einen

Ort vor, an dem er auf dem Land arbeiten und ein ehrliches Leben führen konnte. Einen Ort, an dem man ohne Reue alt werden konnte.

Als er die Augen öffnete, sah er Ella direkt an. Die Worte hallten in seinem Kopf wider. *Ohne Reue.*

Er trat näher, räusperte sich und wollte gerade etwas sagen. *Ella, wir müssen reden.* Oder *Ella, komm' her, setz' dich hin und höre mir zu. Bitte.*

Sie blickte auf und holte tief Luft, so als könnte sie spüren, was als Nächstes kommen würde.

„Hör mal, Ella", begann er.

Aber gerade als er sich überlegt hatte, wo er anfangen sollte, ertönte das Geräusch eines heulenden Motors, und sie rissen ihre Köpfe in Richtung Straße herum.

„Das müssen sie sein", murmelte Ella und ging nach einer kurzen Pause an ihm vorbei.

Jake starrte gute zehn Sekunden lang auf seine Stiefel, bevor er seine Wangen aufblies und wieder aufschaute. Ella stapfte bereits entschlossenen Schrittes zum Tor hinüber und winkte, als der Makler aus der Beifahrerseite eines roten Geländewagens ausstieg. Doch in dem Moment, als sich die Fahrertür öffnete, erstarrte sie plötzlich.

Jake holte auf und beobachtete, wie ein großer, stämmiger Mann auf der Fahrerseite ausstieg. Das Erste, was Jake sah, war ein langes, dickes Bein, das in einer Armeehose steckte. Dann kam ein beharrter Arm, so dick wie ein Ast, und schließlich ein glattrasierter Kopf und ein Gesicht mit einem bösen Grinsen.

„Das ist das Grundstück, von dem ich Ihnen erzählt habe", sagte der Makler, aber Jake richtete seine Aufmerksamkeit weiter auf den großen Typ. Er schien auf eine Weise vertraut, die Jake nicht ganz zuordnen konnte – und gefährlich.

Ellas Nasenlöcher bebten und Jake sah, wie sie ihre Augen misstrauisch zusammenkniff. Kannte sie diesen Mann oder hatte sie einfach nur das gleiche schlechte Gefühl wie er?

„Drei-Zimmer-Bungalow umgeben von Urwald", fuhr der Makler fort und schob seine Sonnenbrille über sein schwindendes Haar.

Jake tat den Makler sofort ab. Dieser aalglatte Kaukasier in seinem schreienden Hawaii-Hemd war keine Bedrohung. Dieser große Kerl hingegen hatte eine bösartige, aufdringliche Art an sich.

Der Makler winkte herum, ohne sich die Mühe zu machen, Ella seinem Kunden vorzustellen. So als wäre sie Teil der Landschaft und nicht eine Person, die man ansprechen konnte.

„Sie haben hier Bananenbäume, Avocados… "

Ellas Bananenbäume und Avocados, wollte Jake sagen. Er baute sich breitbeinig auf und stellte sich dem geschäftigen Makler entschlossen in den Weg, bis dieser schließlich aufblickte.

„Oh. Sie müssen Hunter Bjornvald sein. "

Jake schüttelte verneinend den Kopf und richtete seinen Blick weiter auf den großen Typ, der ein wenig weiter hinten stand und die Situation einschätzte. Er war mindestens einen Meter fünfundneunzig groß, überragte den Makler und schnüffelte in der Brise. Ganz ähnlich wie Ella.

„Sie hat hier das Sagen", grunzte Jake und deutete mit einem Nicken zu Ella.

Der Makler sah Ella überrascht an und Jake musste sich ein Knurren verkneifen. Wie war es wohl für sie, sich die ganze Zeit mit so etwas herumschlagen zu müssen? Ella war so zäh und fähig wie der härteste Marinesoldat, aber manche Männer konnten nicht über ihren zierlichen Körper hinwegsehen.

„Oh, Miss Kitt. Stimmt's? "

Ella verschränkte die Arme vor der Brust und sah den Neuankömmling an. Er plusterte sich absichtlich auf und ließ ihnen viel Zeit, seine enorme Größe zu betrachten. Er hatte den Körperbau eines Gewichthebers mit riesigen Muskeln, die sich über seine Beine, den Rumpf und die Arme erstrecken. Als er Ella anlächelte, sah man die Spitzen seiner Eckzähne.

„Gideon Goode", grummelte der große Mann. Sein Gesicht war freundlich, aber die Augen dunkel. „Macht es Ihnen etwas aus, wenn ich mich umsehe? "

Ja, es macht mir etwas aus, hätte Jake fast gesagt. Aber es war nicht sein Grundstück. Schade, denn er misstraute diesem Kerl bereits jetzt. Augen logen nie und diese Augen waren bewertend. Intrigant. Verschwörerisch. Zuerst schweifte sein Blick über das Grundstück. Aber als seine dunklen Augen auf Jake trafen, spannte sich sein Kiefer an und sein Blick funkelte mit etwas, das wie Hass wirkte. Einen Augenblick später nahmen sie einen neutraleren Ausdruck an. Er richtete seinen Blick dann auf Ella und seine Augen blitzten mit Interesse auf.

Die Eule flatterte im Baum und bewegte sich unruhig hin und her. Jake fühlte sich genauso. Gideon Goode. Kannte er diesen Mann?

Ella funkelte Goode ganze fünf Sekunden lang an, bevor sie zur Seite trat und mit den Zähnen knirschte. „Nur zu. Sehen Sie sich um."

Jake beobachtete ihn genau und blieb neben Ella zurück, während der Makler und Goode das Haus besichtigten.

„Kennst du diesen Kerl?", fragte er aus dem Mundwinkel.

„Nein, aber ich kenne diese Art Typ."

Mehr sagte sie nicht, aber es war definitiv etwas im Busch. Ella knurrte praktisch, als der Mann die Treppen hinauf stampfte und das Haus betrat. Eine Minute später kam er wieder heraus und schüttelte den Kopf.

„Nicht das, was ich im Sinn hatte", sagte er mit einem entschuldigenden Lächeln, das seine Augen nicht erreichte.

Gut, dass wir den los sind, schien die Eule im Baum mit einem Flattern ihrer Flügel zu sagen. Sie beobachtete genau, wie Goode und der Makler zum Wagen zurückkehrten.

„Kein Problem. Ich habe noch ein anderes Grundstück, das Ihnen gefallen wird", sagte der Makler.

Goode nickte unmerklich und studierte Jake mit seinen dunklen, rachsüchtigen Augen, während er ging. Oder war das ein Trick des Lichts? Goodes Blick huschte zu Ella, dann wieder zu Jake und zurück zu Ella. Er nahm dabei den gierigen Glanz eines Wilderers an.

Jake sträubte sich. *Pass auf, Arschloch. Sie gehört mir.*

Der dunkle Blick wurde amüsiert, dann intrigant, und musterte Ella auf eine ganz neue Weise. Er ließ seine Augen an ihrem Körper auf und ab schweifen, um Jake zu ködern, ganz sicher.

Jake trat vor. Wer auch immer dieser Typ war, er war kurz davor, in den Arsch getreten zu werden.

Goode lächelte, als ob er genau das wollte. Er öffnete den Mund, um etwas zu sagen, aber der Makler griff zur anderen Seite des Autos und drückte fröhlich auf die Hupe, *tut-tut!*

„Können wir weiterfahren?"

Goode warf Jake noch einen langen, bedrohlichen Blick zu, bevor seine Augen wieder zu Ella schweiften. „Schön, Sie kennengelernt zu haben, Miss Kitt."

Sie streckte unbeeindruckt ihr Kinn nach vorn. „Viel Glück bei der Suche nach einem Haus."

Sie klang nicht sonderlich aufrichtig und Jake konnte es ihr nicht verübeln.

Arschloch, ließ er seinen Blick sagen und der Mann wandte sich schließlich ab. Die Federung des Geländewagens knarrte, als der riesige Typ einstieg. Während des größten Teils der Wendeaktion, die es brauchte, um auf dem engen Pfad umzudrehen, behielt Goode seinen Blick weiter auf Ella gerichtet. Schließlich gab er Gas und verschwand hinter der Kurve.

Jake und Ella blieben noch eine ganze Minute lang, nachdem das Geräusch des Wagens bereits verklungen war, wie angewurzelt stehen. Nach und nach begannen die Vögel, die verstummt waren, wieder zu singen. Die aufgeladene Atmosphäre entspannte sich ein wenig. Aber irgendetwas fühlte sich immer noch falsch an.

„Goode, hm?", murmelte Jake angewidert.

Ella schnaubte. „Goode. Ja, genau."

Kapitel 9

Ellas Füchsin fauchte, schnappte und knurrte in ihrem Inneren noch lange, nachdem der Makler und sein Kunde gegangen waren.

Goode, leck mich am Arsch, fauchte das Biest in ihr.

Noch bevor die beiden Männer das Tor erreicht hatten, hatte sie den Gestaltwandler riechen können. Sie konnte nur nicht genau sagen, welcher Art er angehörte. Der Makler war nur ein Mensch und ein lästiger noch dazu. Aber dieser Gideon Typ... Ein Gestaltwandler, das stand fest. In Gedanken ging sie die Möglichkeiten durch. Ein Löwe? Tiger? Eine Art Katze. Sein Geruch hatte jedoch nicht das gleiche würzige Dschungelelement, das Cruz verströmte. Sie konnte aber auch nicht die offene Savannah riechen, wie es bei Löwengestaltwandlern der Fall war. Allerdings hatte er die entsprechende Größe. Mehr als das.

Entscheidend ist nicht die Größe des Hundes im Kampf, sondern die Größe des Kampfes im Hund, grummelte ihre Füchsin, als sie auf die leere Straße starrte.

Sie hätte gern die Gelegenheit gehabt, den Kerl herauszufordern, auch wenn sie nicht genau wusste, warum. Vielleicht weil er so selbstgefällig und großspurig gewesen war. Die Art und Weise, wie er sie mit den Augen ausgezogen hatte... Hatte er dies getan, um sie zu reizen oder um Jake anzustacheln?

Sie schaute Jake an und sah, dass auch seine Augen wütend funkelten, als wäre er selbst ebenfalls ein Gestaltwandler. Ohne nachzudenken, legte sie eine Hand auf seine Brust. Sie wusste nicht, ob dies ein unbewusster Versuch war, sich selbst oder Jake zu beruhigen. Aber so oder so funktionierte es. Das wütende Schlagen von Jakes Herz wurde langsamer und auch ihr Puls beruhigte sich. Sie schaute zum Haus auf und versuchte, alle Wut gehen und die Liebe hereinzulassen, so wie Georgia Mae es ihr beigebracht hatte.

Ihre Füchsin knurrte. Sie schnaufte innerlich immer noch. *Mein Gefährte und ich. Zusammen können wir es mit allem aufnehmen. Mit allem.*

Sie runzelte die Stirn, denn so funktionierte es nicht. Jake war ein harter Soldat, der es mit jedem Menschen aufnehmen konnte – aber ihn in die Gestaltwandlerwelt hineinzuziehen, würde ihn mit Kräften konfrontieren, die ihm weitaus überlegen waren.

Ein Kardinal huschte in einem roten Blitz über den frisch geschnittenen Rasen und brachte ihre Gedanken zu Gideon Goode zurück. Was hatte ein anderer Gestaltwandler auf Maui zu suchen? Wussten Silas und die anderen über ihn Bescheid?

„Diesem Arschloch hätte ich das Grundstück sowieso nicht verkauft", murmelte sie.

Jake lachte und zog sie in eine Umarmung. „Auf gar keinen Fall. Du musst jemanden finden, der diesen Ort verdient. Jemand, der ein Zuhause daraus machen wird. Ein echtes Zuhause, nicht nur eine Adresse."

Sie schloss die Augen. Jake verstand es. Er verstand es wirklich.

Natürlich tut er das, seufzte ihre Füchsin.

Und, hoppla. Bevor sie wusste, was geschah, hatte sie ihre Arme um seine Taille geschlungen und hielt ihn fest. Aber verdammt, das fühlte sich so gut an. Dieses *wir zwei gegen den Rest der Welt* Gefühl, anstatt sich ganz allein mit ihren Problemen herumschlagen zu müssen.

„Sollen wir zurückfahren?", flüsterte Jake, als sie sich von ihm löste.

Sie ließ ihren Blick über das schiefe Dach schweifen, die unebenen Stufen und die ungepflückten Früchte, die an überladenen Ästen herabhingen.

Ich will nicht gehen, wollte sie sagen. *Ich will das alles zurückbringen. Diese unschuldigen, glücklichen Zeiten. Die Einfachheit. Die Liebe.*

Aber all das war schon lange Zeit her. Georgia Mae gab es nicht mehr und Ella war erwachsen geworden.

Wir können wieder so ein Leben führen. Mit Jake in einem neuen Heim, beharrte ihre Füchsin und füllte ihre Gedanken mit Bildern der Wüste im Südwesten.

„Ich brauche nur eine Minute, um Hunter anzurufen", murmelte sie, bevor sie sich von ihrer Füchsin völlig mitreißen ließ.

Jake musterte sie ein paar Sekunden lang, bevor er ihr zufrieden zunickte und sie sich abwenden ließ.

Sie wählte und ging ungeduldig auf und ab, bis Hunter das Telefon mit seinem üblichen, grummelnden „Hallo?" beantwortete.

Sie hielt das Gespräch kurz und knapp. Einige Dinge sprach sie laut aus und andere schickte sie gedanklich an Hunter. Die mentale Verbindung war über eine solche Entfernung schwierig, aber wenn sie sich wirklich konzentrierte, konnte sie ihre Gedanken zu ihm senden.

„Du musst den Idioten prüfen, der das Grundstück besichtigt hat", begann sie und fügte hinzu, *den Gestaltwandler-Idioten, der das Grundstück besichtigt hat.*

„Ein Gestaltwandler?", bellte Hunter am anderen Ende der Leitung. „Welche Art?"

„Die Art, der ich nicht traue." *Eine Katzenart. Hat Silas nicht ein Treffen mit einer Delegation von Löwen erwähnt?*

„Ich werde es prüfen", sagte Hunter.

Als sie das Gespräch einen Augenblick später beendete, fühlte sie sich etwas ruhiger als zuvor. „Ich bin bereit."

„Bist du dir sicher?" Jake deutete mit einem Nicken auf das Haus.

Sie drehte sich langsam im Kreis und nahm noch einmal alles in sich auf. Vielleicht sollten sie, Kai und Hunter wirklich noch einmal darüber nachdenken, das Haus zu verkaufen.

„Bereit", sagte sie schließlich.

Eine der Eulen rief zum Abschied, als sie zum Jeep zurückkehrten. Der Vogel war kein Gestaltwandler, aber sie war eine Freundin von Georgia Mae gewesen und ihr Nicken und Flattern sagte Ella alles, was sie wissen musste.

Zuhause. Das hier ist Zuhause.

In Ordnung, sie würde auf jeden Fall mit Kai und Hunter darüber sprechen, das Haus zu behalten. Aber sie würde warten müssen, bis sich die Dinge beruhigt hatten, was eine Weile dauern konnte.

Sie seufzte und stieg in den Jeep. Sie drehte sich noch einmal um, bevor sie den Weg zurückfuhr. Als sie an der Kreuzung zur Hauptstraße wartete, rauschte ein Lastwagen vorbei, gefolgt von einem Mietwagen mit einem weißhäutigen Touristen am Steuer. Schließlich dröhnte ein rostender, einheimischer Pritschenwagen vorbei, der das Radio so laut aufgedreht hatte, dass man eine gefühlvolle Inselmelodie hören konnte. Sie bog auf die Straße ein und fummelte am Radioknopf herum, bis sie den gleichen Sender gefunden hatte.

„Schöner Song", murmelte Jake.

„*Over the Rainbow*", sagte sie. „Israel Kamakawiwo'ole." Sie hatte diese Version schon öfter gehört, als sie zählen konnte, aber sie wurde ihrer nie leid. Irgendwie schaffte es dieser Song, sie von beidem träumen zu lassen – von der Wüste und von Maui. Nach kurzer Zeit trommelte sie mit den Fingern auf dem Lenkrad mit und ihre innere Füchsin summte.

Sie ertappte Jake dabei, wie er sie anlächelte, und sie konnte nicht anders, als sein Grinsen zu erwidern. Es war ein schönes Bild – er auf dem Beifahrersitz des Autos, der Wind, der in seinen Haaren spielte, und wie er mit jedem zurückgelegten Kilometer ruhiger wirkte.

Bei jedem Lied, das im Radio lief, summte sie lauter mit. Sie alle schienen ehemalige Hits zu sein und bei den vertrauten Akkorden erinnerte sie sich an längst vergessene Texte. Jake summte und fummelte an der Puzzlekiste, während ihre Füchsin damit beschäftigt war, ihn zu beobachten. Es war schön, Jake so zu sehen. Mit jeder Sekunde, die verging, wurde er ein wenig entspannter und irgendwie noch liebenswerter. Es fühlte sich gut an, einfach mal zwei gewöhnliche Menschen zusammen zu sein. Normale Leute, die dem Sonnenuntergang entgegenfuhren, während sie vor sich hin summten und spielten. Es war so gut, dass sie den Drang verspürte, die Fahrt in die Länge zu ziehen und sich eine Weile vor der Realität zu verstecken.

Als sie zur Westküste von Maui kamen, küsste die Sonne den Horizont, und noch bevor sie wusste, was geschah, hatte sie den Blinker gesetzt, um nach links zum Puamana Beach Park abzubiegen.

„Was ist los?", fragte Jake und sah sich um.

Sie zeigte nach vorn. „Die Sonne geht unter. Es wäre doch schade, das zu verpassen, oder?"

Sie parkte an einer Stelle, die dem Wasser zugewandt war, und lehnte sich auf dem Sitz dieses lächerlich pinkfarbenen Jeeps zurück. Ohne nachzudenken, griff sie nach Jakes Hand.

Was machst du denn? schrie ein Teil ihres Verstandes.

Aber Jake hatte seine Hand zur gleichen Zeit ausgestreckt und es war zu schön, um loszulassen.

Wirklich schön, seufzte ihre Füchsin.

„Fast als wären wir wirklich frisch verheiratet, hmm?" Er drückte ihre Hand, als die Sonne tiefer sank und rosa Streifen über Lanai und Molokai schickte.

Sie nickte. „Ziemlich nah dran."

Es war mehr als nah dran, zumindest für einen allzu hoffnungsvollen Teil in ihrem Kopf.

Wir können Jake mit nach Arizona nehmen, uns auf der Ranch niederlassen und glücklich bis ans Ende unserer Tage leben, seufzte ihre Füchsin.

Es war so leicht, sich das vorzustellen, besonders während die Meeresbrise Schönwettersegeln versprach und die Sonne ihre Strahlen in leuchtenden Farben über den Himmel schoss. Aber Arizona war so weit weg...

Aber vergiss nicht, dass wir die Hochzeitssuite haben, sagte ihre Füchsin in einem unanständigen Ton.

Ella behielt ihren Blick auf den Horizont gerichtet. Gott, es wäre so schön, das Beste daraus zu machen. Nur für eine Nacht.

Nur eine Nacht, hauchte ihre Füchsin.

Jeden Morgen zerwühlte sie die Bettdecke, damit es so aussah, als würden Jake und sie tatsächlich miteinander schlafen. Noch ein solcher Morgen könnte sie möglicherweise umbringen.

Ich habe eine viel bessere Lösung, sagte ihre Füchsin viel zu unschuldig.

Ich will sie nicht hören. Ella schüttelte den Kopf.

Aber ihre Füchsin stürzte sich in Visionen heißen Sexes, die schmerzliche Sehnsucht in ihr aufsteigen ließen. Visionen von ihr und Jake, wie sie schließlich ihren fleischlichen Gelüsten nachgaben. Sie sah sie beide ineinander verschlungen im Bett, in der Missionarsstellung, heftig keuchend.

Sie atmete scharf ein und starrte geradeaus.

Ich werde mich heute um die Sicherheit kümmern, hatte Kai im Hintergrund gerufen, als sie mit Hunter telefoniert hatte. *Nehmt euch den Abend vor dem großen Tag frei. Und macht das Beste daraus, ihr Turteltauben.*

Kai hatte natürlich gescherzt, aber ihre Füchsin beschwor immer wieder leidenschaftliche Bilder herauf und begann ihren Widerstand zu brechen. Sie stellte sich Jake und sie auf allen vieren vor, wie sie sich am Bettlaken festklammerte und er hart von hinten in sie stieß. Oder wie sie rückwärts auf ihm saß und ihn hart ritt. Oder sie, ausgestreckt auf dem Bett, und Jake, der über ihren Körper glitt und sie mit der Zunge erkundete. Immer tiefer und tiefer, bis er ihr Geschlecht berührte und ein Feuerwerk in ihrem Kopf auslöste.

Hitze strömte durch ihren Körper und fast hätte sie laut gestöhnt.

„Was hast du gesagt?", fragte Jake und riss sie aus ihrer Fantasie heraus.

Sie räusperte sich heftig und traute sich nicht einmal, in seine Richtung zu schauen. „Ich schätze, wir sollten fahren." Sie startete den Motor erneut und fuhr zurück in Richtung Straße.

Verdammt. Hör auf damit, befahl sie ihrer Füchsin.

Womit denn? fragte das Tier viel zu unschuldig.

„Vorsicht." Jake musste sich festhalten, als die Reifen durch eine Linkskurve quietschten.

„Entschuldige", murmelte sie und spürte die Hitze in ihren Wangen. Sie hielt den Mund und richtete ihren Blick weiter auf die Straße, in der Hoffnung, dass die Brise sie abkühlen würde, bevor sie zum Resort zurückkamen.

„Stand das nicht auf der Liste?", fragte Jake, als sie an einem Schild vorbeirasten.

„Stand *was* nicht auf der Liste?"

Er zeigte hinter sie. „Lahaina Second Friday. Was ist das überhaupt?"

„Das ist ein großes Straßenfest in Lahaina."

„Straßenfest ... ", grübelte er.

Sie war noch nie dort gewesen, hatte aber davon gehört.

Tolle Musik, hatte Nina gesagt.

Super zum Tanzen, hatte Tessa mit einem breiten Lächeln hinzugefügt.

Mit anderen Worten, eine schreckliche Idee für eine Gestaltwandlerin, die notgeil war.

„Klingt ziemlich gut für ein Pärchen in den Flitterwochen", sagte Jake.

Sie starrte ihn an. War das sein Ernst?

Seine Augen glitzerten im gedämpften Licht. „Wir haben den Wagen doch für vierundzwanzig Stunden gemietet."

Das hatten sie, aber nein. Keine gute Idee. Wusste er denn nicht, dass Musik und Tanz sie auf den Weg der Versuchung führen konnten?

Der Ausdruck auf Jakes Gesicht sagte, dass ihm das überhaupt nichts ausmachte.

„Ich sehe furchtbar aus. Und du auch", warf sie ein.

Aber ihr Herz wollte es nicht hören und Jake auch nicht. Er schaute auf seine Uhr. „Wir können uns schnell duschen gehen und zurückkommen. Wir haben jede Menge Zeit."

Ella spitzte die Lippen. Gut, dass Jake kein Gestaltwandler war – sonst hätte er ihren Übereifer ganz sicher gespürt. „Vielleicht sollten wir das Resort lieber noch einmal prüfen. Der Hochzeitsempfang ist schließlich schon morgen."

Jake neigte den Kopf von einer Seite zur anderen. „Es ist eines der letzten Dinge auf Lilys Liste... " Er stellte die Worte in den Raum, als wäre es ihm gleichgültig. Aber sie konnte die Hoffnung in ihm aufsteigen spüren – und verdammt, in sich selbst auch. Ein Abend mit Jake wäre viel schöner, als sich zurück in eine Lüge zu stürzen. Und der Tag war, abgesehen von Gideon Goode, toll gewesen.

Ihre Füchsin nickte begeistert. *Wir müssen alles auf Lilys Liste erledigen.*

Sie schaute Jake an, dann auf die dämmrige Küstenlinie und schließlich in ihr Herz. Sie wollte wirklich gern einen Abend mit ihm verbringen und verdammt, dieses Mal konnte sie einfach nicht widerstehen.

Nur dieses eine Mal, sagte sie ihrer Füchsin. *Und nur tanzen.*

Nur dieses eine Mal, wiederholte das Tier in ihr sofort.

„Ich schätze, die Pflicht ruft", sagte sie. „Ich meine, wir müssen Lilys Liste abarbeiten und so."

Jake grinste. „Die Pflicht ruft."

Und so kam es, dass sie, anstatt die Autoschlüssel beim Schalter der Autovermietung im Resort abzugeben, nacheinander in die Dusche sprangen, bevor sie in die Stadt zurückkehrten. Es war ein Albtraum, einen Parkplatz zu finden. Ella hatte dies bereits geahnt. Der Weg in die Stadtmitte war weit. Aber über ihren Köpfen schienen die Sterne und fröhliche Menschen säumten die Straßen, Touristen und Einheimische gleichermaßen. Der Klang einer Band zog sie an und sie sah sich um.

„Gott, ich war schon ewig nicht mehr hier."

Lahaina war ein Touristenort und sie hatte nie wirklich viel Zeit dort verbracht, da sie auf der anderen Seite der Insel aufgewachsen war. Aber es war überraschend schön, selbst mit all den Touristen und den kitschigen Souvenirs. Die Musik, die in der Straße ertönte, zog sie an und die zeitlose Atmosphäre der Stadt ließ sie in Gedanken versinken.

Nur wir beide, schnurrte ihre Füchsin.

Nur tanzen, erinnerte sie das Tier. Nichts anderes.

Wie Kai es gesagt hat, erinnerte ihre Füchsin sie. *Es ist unser letzter freier Abend vor dem Hochzeitsempfang. Wir müssen das Beste draus machen.*

Was genau das war, wovor sie sich fürchtete. Aber verdammt. Die Nacht war so warm, so voller Möglichkeiten...

„Irgendwie schön", sagte sie.

„Schön", grunzte Jake und sie riss den Kopf zu ihm herum.

Seine Schultern waren gekrümmt, der Rücken steif. Ella sah sich um und verfluchte sich selbst. Der Lärm, die Menschenmenge und die blinkenden Lichter hatten Jake von fröhlich zu angespannt werden lassen.

„Vielleicht sollten wir es einfach vergessen“, murmelte sie.

„Nein.“ Seine Stimme war angespannt, die Augen überall.

Ella drückte Jakes Hand und versuchte, ihn zu beruhigen.

Also lenke ihn ab, schlug ihre Füchsin vor.

„Lahaina war früher ein Walfanghafen. Es gibt viele Geschichten aus den alten Tagen.“

Jake nickte, ohne ein Wort zu sagen.

So viel zum Thema Ablenken.

Ich meinte mit einem Kuss, erwiderte die Füchsin schnippisch.

Sie schüttelte den Kopf über das Tier – auf gar keinen Fall – und probierte es noch einmal. „Das hier ist das Wo Hing-Haus. Es war damals so etwas wie ein Klubhaus für Einwanderer aus China.“

„Toll“, sagte Jake im gleichen knappen Ton.

Als sie sich dem Stadtzentrum näherten, wurde die Musik lauter und die Menschenmassen dichter. Ella blieb stehen, bereit, umzukehren. Aber Jake drängte weiter. Er war so entschlossen wie ein Mann, der in eine Schlacht zog.

„Wir müssen das wirklich nicht machen“, sagte sie und folgte ihm zögerlich.

„Doch, das müssen wir.“ Er marschierte weiter.

Sie stieß einen langsamen Atemzug aus und wünschte sich, Jake hätte nicht so viel zu beweisen. Was war schon dabei, wenn er sich vor Menschenmengen und Lärm scheute? Viele Soldaten erlebten so etwas, wenn sie nach ihrer Dienstzeit wieder nach Hause kamen. Zum Teufel, sie selbst war direkt in die ruhigste Ecke von Arizona gefahren und hatte sich monatelang in der Wüste versteckt. Jeder brauchte Zeit, um sich wieder einzugewöhnen.

„Wow“, sagte eine Frau und Ella folgte ihrem Blick.

„Wow“, flüsterte sie und blieb beim Anblick der Szenerie vor sich stehen.

Der Platz hinter dem Gerichtsgebäude war mit Hunderten von weißen Lichtern geschmückt worden. Einige hingen über antiken Laternenpfählen und andere waren durch die Zweige des riesigen Banyanbaumes gespannt.

„Liebling, wusstest du, dass dieser Baum bereits 1873 gepflanzt wurde?", sagte die Frau zu ihrem Partner, als sie aus dem Reiseführer vorlas.

Ella nickte vor sich hin. Ja, das hatte sie gewusst. Aber irgendwie hatte sie vergessen, wie wunderschön das alles war. Im Laufe der Jahrzehnte waren die Zweige des Banyanbaumes in alle Richtungen gewachsen. Sie wirkten wie Entdecker, die die sieben Meere kartografierten. Von jedem Ast schossen neue Wurzeln zum Boden hinab, bevor er in einem weiten, langen Bogen nach außen ragte, so dass darüber ein dichtes Blätterdach entstand. Dutzende von Hirtenmaina-Vögeln schlüpften zwischen den Blättern umher und zwitscherten, als gehörten sie zur Band. Kinder rannten um die dicken Baumstämme herum und spielten Verstecken.

Es war wunderschön. Wirklich wunderschön. Sie wäre vielleicht sogar versucht gewesen, im Rhythmus der Musik zu schwingen, wenn Jake nicht so angespannt gewesen wäre. Er zögerte und sie begann, sich umzudrehen. „Weißt du was, lass uns einfach zurück ins Hotel fahren."

Jake atmete tief ein und richtete sich schlagartig auf. Er hatte die Zähne zusammengebissen und sein Kiefer war angespannt, als er nach ihrer Hand griff und sie in die Mitte des Geschehens zog.

„Was machst du denn?", fragte sie und joggte neben ihm her.

„Damit fertig werden", bellte er.

Ella machte große Augen, als ihr bewusst wurde, was Jake meinte. Er ging direkt auf die Mitte der Menge zu, wo Paare in einem engen Getümmel von Körpern tanzten. Wo die Lichter am hellsten strahlten und die Musik am lautesten erklang. Er wählte einen Platz, knirschte mit den Zähnen und schwang sie in einem steifen Tanz herum.

„Macht es dir etwas aus?", fragte er. Er wirkte so grimmig entschlossen wie ein Mann, der sich in ein Kriegsgebiet begab.

Ob es ihr etwas ausmachte, zu tanzen? Nein, ganz und gar nicht. Es war nicht so sehr ein Tanz, als vielmehr kaum unterdrückte Wut. Aber Jake war genauso hartnäckig wie mit seiner Puzzleschachtel, so dass sie sich nur an ihm festhalten konnte. Angespannte Muskelstränge waren auf seinen Armen sichtbar. Sein Griff war so fest, dass es schmerzte. Sein Atem war ein heftiges Keuchen und er kniff die Augen fest zusammen.

„Alles in Ordnung", murmelte Ella und strich mit den Händen über seine Schultern. „Mein Mann und ich verbringe nur einen schönen Abend auswärts zusammen."

Jakes Lippen verzogen sich zu einem knappen Lächeln, bevor er seinen Humor erneut verlor. Aber seine Anspannung ließ ein ganz klein wenig nach und so lehnte sie ihre Wange an seine Schulter, während sie weitertanzten.

„Oh", murmelte sie und täuschte Heiterkeit vor. „Das ist das Lied, das wir heute Nachmittag im Radio gehört haben."

Jake nickte zuckend mit dem Kopf und taumelte weiter.

Sie drehte sich um und lehnte sich nun mit der rechten Wange an seine Brust. Genau dorthin, wo sie sein Herz trommeln hören konnte. Also schloss sie die Augen und stellte sich eine Szene vor, die ihn beruhigen würde.

„Weißt du, dass wir auf der Ranch, auf der ich arbeite, auch Tanzveranstaltungen haben?", flüsterte sie.

„Ja?", fragte Jake, der nicht ganz bei der Sache war.

„Ja. Die Twin Moon Ranch. Sie veranstalten gute altmodische Scheunentänze unter den Sternen. Ein bisschen wie das hier, aber mit viel mehr Platz."

„Das klingt schön", antwortete Jake in monotonem Tonfall.

Sie rieb ihre Wange an seiner Schulter und versuchte, den Frieden und die Ruhe dieser Szene in Arizona durch ihre Berührung und ihre Gedanken zu vermitteln. Jake war vielleicht kein Gestaltwandler, der ihre Gedanken lesen konnte, aber vielleicht würde etwas davon auf ihn abfärben.

Sie stellte sich die Glühwürmchen vor, die in der Nacht flackerten. Paare, die unter bunten Partylichtern tanzten. Andere Paare tanzten in etwas weiterer Entfernung, wo die Musik leiser war, unter den Sternen. Jedes Paar tanzte so, wie sie es wollten. Verliebte flüsterten sich gegenseitig in die Ohren und lächelten. Kinder ahmten sie nach und brachen dann kichernd zusammen. Die Alten beobachteten alles von Klappstühlen aus, die an den Seiten aufgestellt waren, und lächelten sentimental, während sie sich an längst vergangene Zeiten erinnerten.

Es würde unserem Gefährten dort gut gefallen, flüsterte ihre Füchsin.

Sie nickte und flüsterte: „Es ist wirklich schön. Die Tänze finden im Freien statt. Ohne Wände, genau wie hier."

Jake nickte und sie tat ihr Bestes, um sich Jake und sie selbst in dieser vertrauten Szene am Rande der endlosen Ebenen Arizonas vorzustellen. Ebenen, die sich weit ausdehnten, bis sie auf die Berge trafen, die im Indigoblau der Nacht violett aussahen. So viel Platz – genug, um jede Eile, alle Sorgen und die Zeit auszulöschen. Genug, so dass jede Person in ihrem individuellen Raum Frieden finden konnte.

Jemand stieß gegen ihren rechten Ellbogen und Ella wurde in die Realität nach Maui zurückgerissen. Sie warf Jake einen erneuten Blick zu. Ging es ihm schon besser?

Es war schwer zu sagen, da er sein Gesicht von ihrem abgewandt hatte. Aber seine Brust hob und senkte sich in einem gleichmäßigeren Rhythmus und seine angespannten Muskeln lösten sich langsam. Sie lenkte ihn vom Musikpavillon weg und manipulierte ihn an eine ruhigere Stelle, wo sie so tun konnten, als wären sie allein. Sie verbrachte viel Zeit damit, seine Brust zu betrachten und versuchte zu überlegen, wie solch große und harte Muskeln ein so gemütliches Plätzchen schaffen konnten. Als sie aufblickte, lächelte sie ihm in die Augen.

„Ein schöner Tanz", flüsterte sie.

„Ja. Großartig", murmelte er und war immer noch nicht zufrieden mit sich selbst.

„Vielleicht noch nicht ganz, aber wir werden besser."

„Meinst du?"

Er bewegte seine Hände ein wenig und sie nickte. „Auf jeden Fall besser."

Mit einer von Jakes großen Händen an ihrer Taille und der anderen auf ihrer Schulter war ihr ganz warm. Sie fühlte sich beschützt. „Ich finde, dass wir den Dreh langsam rauskriegen."

„Da bin ich mir nicht so sicher", murmelte er.

Ella zuckte mit den Schultern. „Ich bin selbst keine große Tänzerin, aber für mich fühlt es sich gut an." Sie zuckte mit dem Kinn nach oben und sein Blick folgte. Die Zweige des mächtigen Banyanbaumes bildeten eine Art Amphitheater und mit den Partylichtern, die wie Sterne über ihnen leuchteten, schien es so, als hätte sich der Rand des Universums hinuntergeduckt, um einen genaueren Blick auf das zu werfen, was hier unten vor sich ging. „Was meinst du?"

Er kuschelte sich etwas näher an sie. „Fühlt sich gar nicht so schlecht an."

Sie schlug ihm spielerisch auf den Arm und wollte ihn aufmunternd. „Gar nicht so schlecht?"

Das entlockte ihm ein weiteres Lächeln und er zog sie sogar noch näher an sich heran. „Dieser Teil ist schön. Wirklich schön."

„Das klingt schon besser, McBride." Sie tat so, als wäre sie verärgert.

Jake grinste und schloss dann wieder die Augen. Seine nächsten Schritte waren leichter und weniger gezwungen. Sie tanzten sich durch ein weiteres Lied, ohne sich des Endes des einen und des Anfangs des nächsten bewusst zu sein. Schließlich tanzten sie wirklich und klammerten sich nicht länger einfach nur aneinander wie ein paar schiffbrüchige Matrosen in einem Sturm. Die Lichter funkelten und Ellas Lächeln wurde immer breiter.

„Du machst das gar nicht so schlecht."

„Lügnerin", sagte er, nicht im Geringsten verärgert.

„Wirklich. Schau doch mal."

Sie schwang ihren rechten Arm heraus und Jake zog sie sofort in eine Drehung. Seine Augen strahlten und wurden klarer. Er schien freier und nicht länger an dem dunklen Ort gefangen zu sein, an dem er zuvor gewesen war. Er schob seine Hände hinunter und zog ihre Hüfte noch näher an seine heran. So nah, dass ihr noch etwas anderes als die Notwendigkeit, Jake zu beruhigen, bewusst wurde.

Gefährte, jaulte ihre Füchsin. *Brauche meinen Gefährten.*

Ein Feuer entflammte in ihr. Sie wollte mehr als nur einen Tanz. Und die Art, wie Jakes Augen glänzten, als er sie ansah, deutete darauf hin, dass er dasselbe dachte.

Was wahrscheinlich bedeutete, dass es an der Zeit war, mit dem Tanzen aufzuhören, bevor ihre Füchsin auf schlechte Ideen kam. Aber sie wollte nicht aufhören. Sie wollte nicht aufhören, Jake zu genießen. Also tanzte sie weiter, schloss die Augen und atmete seinen holzigen Duft. Sie fühlte sich Lichtjahre vom Militär entfernt und zur Abwechslung einmal wie ein normaler Zivilist. Eine Person, die alles durfte, was sie wollte. Warum also nicht ein wenig tanzen? Zum Teufel, warum sich nicht berühren? Warum sich nicht küssen?

Langsam drehte sie den Kopf, schnüffelte an seinem Nacken und wandte sich allmählich seinen Lippen zu. Sie war sich vage bewusst, dass ihre Füchsin immer näher unter die Oberfläche kam – aber irgendwie war ihr das inzwischen egal.

„Ella", begann Jake zu sagen.

„Sch...", sagte sie. Sie kommunizierte mit ihrem Körper und er mit seinem. Sie waren beide besser mit Taten als mit Worten.

Jetzt küsse ihn, murmelte ihre Füchsin.

Was gefährlich war, aber ihr Widerstand hatte sich in Luft aufgelöst.

Küsse ihn, beharrte eine innere Stimme, und gab ihr keine Zeit zum Nachdenken.

Sie drehte den Kopf etwas weiter, bis seine Lippen direkt vor ihren waren. Volle, glänzende Lippen, die nicht im Entferntesten Nein zu ihr sagten. Sie streckte sich auf die Zehenspitzen und drückte ihre Lippen ganz langsam und vorsichtig auf seine.

Ihre Füchsin stöhnte. *So schön.*

Jake schloss seine Hände fester um ihre Taille und streichelte sie mit den Daumen, was sie begierig auf mehr machte.

Sie bewegte ihre Lippen und formte ein stillschweigendes *Ich will es. Ich brauche es.*

Ich verdiene es, stimmte ihre Füchsin zu.

Alarmglocken begannen in ihrem Kopf zu läuten, aber sie drückte auf den Schalter, um sie zum Schweigen zu bringen. Verdammt, sie verdiente dies wirklich.

Jakes Lippen öffneten sich, luden sie ein und sie vertiefte den Kuss. Sie ließ ihre Zunge tiefer und tiefer über seine gleiten. Die Welt um sie herum verschwamm und ihr wurde herrlich schwindelig, als sie sich an ihn klammerte. In seiner Umarmung fühlte sie sich verloren – und gleichzeitig gefunden.

109

Kapitel 10

Auf der Rückfahrt schloss Jake die Augen und erinnerte sich genüsslich an den Geschmack von Ellas Kuss. Nicht nur an den unter dem Banyanbaum, sondern auch an die beiden anderen. Einer, als sie ihn auf dem Weg zurück zum Jeep an die Seite gezogen hatte. Ein schöner, langer Kuss, bei dem er sie gegen den weißen Lattenzaun des Wo Hing-Museums gedrückt hatte – das Gebäude, vor dem die vielen Papierlaternen in der Dunkelheit strahlten. Das Licht, das von ihnen ausging, war ein weicher Rotton – eher die Farbe des Verlangens als die eines Warnzeichens. Und ehe er wusste, was geschah, waren seine Hände über Ellas perfekten Hintern geglitten und sein Gehirn hatte sich verabschiedet.

Er hatte es kaum geschafft, aufzuhören. Als sie gemütlich den Bürgersteig entlangschlenderten, hielt er sie neben sich fest. Aber als sie zu ihrem pinkfarbenen Jeep zurückkamen, war er es, der einen weiteren unglaublichen Kuss von ihr stahl. Einen tiefen, hungrigen Kuss, der sein Blut in Wallungen brachte. Noch bevor er wusste, was geschah, glitten seine Hände über ihre Taille. Ella drückte ihren Körper an seinen und wimmerte. Es versicherte ihm, dass er nicht der Einzige war, der daran dachte, mehr zu tun, als nur zu knutschen. Aber dann hupte ein Auto und ein Typ brüllte ihnen lachend zu.

„Nichts wie ran, *Bruder*!"

Finster starrte er auf die Rücklichter des Wagens. Er wollte nicht, dass Ella nur eine schnelle Nummer war. Er wollte so viel mehr als das.

„Eine nette, kleine *Wahina* hast du da", rief der Kumpel des Idioten.

„Nicht klein", murmelte Ella. „Arschloch. Ich meine ihn –
nicht dich."

Was es so viel leichter machte, zu lächeln, sich voneinander
zu lösen und ins Auto zu steigen.

Insgesamt hatte er also drei Küsse bekommen und jeder
einzelne davon hätte als bester Kuss aller Zeiten in die Re-
kordbücher eingehen können. Ein Teil seines Kopfes – der Teil,
der direkt mit seinem Schwanz verbunden war – wollte am
liebsten zu all den anderen Dingen vorspulen, die er und Ella vielleicht noch anstellen würden, wenn sie wieder in ihrem
Zimmer waren...

Hochzeitssuite, betonte der ungezogene Junge in ihm mit
einem Augenzwinkern.

... aber, wenn er in der Armee eine Sache gelernt hatte,
dann die, die guten Momente zu genießen, während sie andau-
erten. Denn man wusste nie, wann die Kacke als Nächstes am
Dampfen war.

„Jake", flüsterte Ella, als sie mit dem Fahrzeug auf die
Hauptstraße bog.

Er behielt seine Augen geschlossen. Scheiße. Würde sie ihre
Meinung etwa ändern?

Sie schloss ihre Finger sanft um seine und legte ihre ver-
schränkten Hände auf seinem Oberschenkel ab. Er atmete tief
ein und brannte sich diesen Moment in sein Gedächtnis. Was
auch immer Ella als Nächstes sagte, würde keine Rolle spielen.
Das Einzige, was zählte, war dieses Gefühl der Erfüllung, egal
wie flüchtig es auch sein mochte.

„Toller Kuss", flüsterte sie.

Er atmete aus und versuchte, nicht wie ein Trottel zu grinsen. „Toller Kuss."

Für den Rest der Rückfahrt blieben ihre Finger ineinander
verschlungen. Sie tanzten umeinander, wie er es sich von ihren
Körpern wünschen würde, und lösten sich nur kurz voneinander, um aus dem Auto zu steigen.

Dabei hätte Jake fast innegehalten, versucht, sie noch einmal zu küssen. Aber Ella schien darauf aus zu sein, so schnell
wie möglich in die Privatsphäre ihrer Suite zu gelangen. Und
ein Mann stellte sich den Plänen einer Frau lieber nicht in den

Weg. Nicht zu einem Zeitpunkt wie diesem. Also gingen sie, – liefen fast –, Hand in Hand durch die Lobby und zum Aufzug hinüber. Ein Blick in den Spiegel brachte ihn zum Grinsen. Sie sahen tatsächlich wie ein frisch verheiratetes Pärchen aus.

Der Aufzug klingelte fröhlich, als er sich in Bewegung setzte, und Ella sagte immer noch kein Wort. Ihre Hüfte stieß jedoch gegen seine Seite und sie hatte ihre Hand auf seinen Rücken gelegt. Er hielt seinen Arm um ihre Schultern geschlungen und die knisternde Energie zwischen ihnen verstärkte sich.

Hochzeitssuite, jubelte sein Körper, als sie ihr Stockwerk erreichten.

Er hielt die Tür für sie auf und folgte ihr dann. Der Zimmerservice war gekommen und hatte ihnen einen Kübel Eis mit einer Flasche Champagner gebracht. Ella ging auf ihrem Weg zum Balkon daran vorbei, während sie mit ihrer silbernen Kette spielte.

„Ein schöner Abend", murmelte sie im Mondlicht.

Jake tauchte seine Hand im Vorbeigehen in den Eiskübel und versuchte, sich abzukühlen. „Schöner Abend."

Ella stand beim Geländer und er widerstand dem Drang, hinter sie zu treten und sich an sie zu drücken. Oder wollte sie, dass er genau das tat? Aber nein – das würde ihn wie einen Brunftbullen wirken lassen. Also stellte er sich stattdessen neben sie. Ihre Körper waren sich nah. Seine Hüfte berührte ihre linke Seite und sie schloss die Hand über seiner, während sie die Aussicht genossen. Boote wippten an ihren Liegeplätzen und die Strahlen des Mondes kräuselten sich auf dem Meer. Der Klang eines Klaviers stieg von unten herauf und Phosphoreszenz leuchtete dort, wo Wellen über den Sand rollten. Aber Jake schnupperte vor allem Ellas Duft und beobachtete, wie ihr Haar in der Brise flog. Ihre Körperwärme strahlte zu ihm aus und lud ihn näher zu sich ein. Als er mit einer Hand leicht über ihren Rücken strich, hob sich Ellas Brust mit einem tiefen Atemzug. Entweder machte sie sich bereit, ihn anzuschreien, oder ihr gefiel das Gefühl.

Sie öffnete die Lippen leicht und seufzte.

Er senkte seine Hand und folgte ihrer Wirbelsäule, bis er die Rundung ihres Hinterns erreichte. Immer noch kein Schrei, also strich er mit einem Finger wieder hinauf.

„Jake", flüsterte sie und stieß seine Hüfte mit dem Hintern an.

Er glitt mit der Hand hinunter und kam dieses Mal bis zu ihrem Steißbein. Er konzentrierte sich voll auf ihren Rücken und alles andere um sie herum verschwamm. Sie befanden sich in der sechsten Etage und der Wipfel einer nahen Palme tanzte einen langsamen Hula. Das musste man Maui lassen – die Insel schrie geradezu nach *Sinnlichkeit*, wohin man auch schaute. Nicht dass er es brauchte, wenn Ella ihren Kopf neigte und ihr Haar zur Seite fallen ließ.

Er beugte sich vor, um ihren Nacken zu küssen. Langsam, sanft. Ella griff herum, legte ihre Hand um seine Wange und zog ihn näher an sich heran. Näher ...

Er erkundete ihr weiches Fleisch mit den Lippen. Der Balkon war mit riesigen Blumentöpfen voller duftender Blüten dekoriert, aber Ellas Duft war schwerer als der dieser flüchtigen Blumen. In gewisser Weise härter, wie eine Wüstenrose. Er atmete tief ein und berauschte sich an ihr.

„Mmm." Ella schmiegte sich in seine Berührung.

Jake schloss die Augen und zwang sich, langsamer zu machen. Er berührte sie und erkundete die Topografie ihres Körpers. Ihr Bauch war flach und von Muskeln gestählt, die Brüste weich und rund.

„Schön", flüsterte sie. Sie legte ihre Hand auf seine und führte sie höher.

Sie hielten beide den Atem an, als seine Finger ihre Brustwarze fanden, die er in einem atemlosen Kreis nachzeichnete. Die weiche Knospe wurde zu einer harten Perle, als er seine Finger darum kreisen ließ.

„Jake..." Ella krümmte sich ihm entgegen. Er öffnete den Mund und küsste ihren Hals. Sie zog ihre Arme nach hinten, um ihm besseren Zugang zu ermöglichen, bis er beide Hände an ihren Brüsten hatte und sie sanft knetete.

Ja ... Ja...

Ella sagte nichts, aber ihr Atem klang keuchend, was ihn zum Weitermachen anregte.

Sag mir, was du willst, und ich werde es für dich tun, wollte er sagen. *Sag mir, was du magst.*

Sie fing seine rechte Hand ein und führte sie an ihrem Bauch hinunter, bis sie auf ihrem Venushügel lag. Gleichzeitig rutschte sie zur Seite und drängte ihren Arsch gegen seine Leiste. Sein Schwanz schmerzte vor Begierde. Und als sie seine Hand noch weiter hinunterschob, hätte er fast gestöhnt.

Berühre mich. Berühre mich dort, sagte ihr unausgesprochener Befehl.

Er führte seine Hand an den Kurven ihres Körpers entlang und rieb sie, bis sie unter seiner Hand tanzte. Dadurch rutschte ihr Kleid ein paar Zentimeter hoch und er fantasierte darüber, noch mehr zu sehen. Sie tiefer zu berühren. Sie dort zu lecken. Er küsste sich seinen Weg zu ihrem Ohr, wo ihr Duft am intensivsten war.

Sie unterdrückte das Wimmern und Stöhnen, das jede andere Frau vor sich hin murmeln würde, weil Ella solche Dinge nicht tat. Sie zeigte keinerlei Emotionen, kein Zeichen von Schwäche. Aber die Bewegungen ihres Körpers schrien geradezu vor Lust und Verlangen. Sie rieb ihren Hintern an ihm, klammerte sich mit den Händen in sein Hemd und zog es aus seinem Hosenbund.

Ich begehre dich sehr, heulte ihr Körper, als sie sich in seinen Armen umdrehte und zu einem tiefen, lustvollen Kuss an ihn schmiegte.

Ihre Brust hob sich und ihre Brustwarzen wurden so hart, dass er sie durch den Stoff seines Hemdes spüren konnte. Gerade als er dachte, Ella würde ihre Beine um ihn schlingen und sich von ihm hineintragen lassen, unterbrach sie den Kuss und schnappte nach Luft.

„Jake…“

Sie atmete schwer und er schluckte. Das war er. Der *Stopp*-Moment, den er die ganze Zeit gefürchtet hatte.

„Ich will das genauso sehr wie du, aber…“

„Aber was?“, fragte er und griff nach ihrer Hüfte. Wenn sie ihm befehlen würde, sie loszulassen, dann würde er es tun, aber verdammt – dazu bräuchte er ein mentales Brecheisen.

„Ich kann es nicht. Wir dürfen das nicht.“

Er schüttelte den Kopf. Hätte sie gesagt, *Ich will es nicht,* wäre er zurückgewichen und hätte ihr Raum gegeben. Aber sie klammerte sich noch immer an sein Hemd. Ihr Körper blieb an seinen gedrückt und ihre Augen schimmerten voller Hoffnung. Und Augen logen nicht. Besonders nicht Ellas Augen.

„Was hindert uns?"

Sie schüttelte den Kopf und sah sich verzweifelt um, als wollte sie auf irgendeine äußere Kraft – auf irgendeinen Druck, widerstehen zu müssen, – hindeuten. Aber was könnte das sein? Sie waren nicht mehr in der Armee. Niemand würde sie dafür verurteilen, sich auf ihn einzulassen. Also was war es dann?

„Ich bin gefährlich für dich", sagte sie.

Er schnaubte. Gefährlich waren Überseeeinsätze und feindliches Territorium. Gefahren lauerten in den Schatten, aber nicht im Herzen. Wie sollte dieses intensive Gefühl der Sehnsucht denn irgendetwas anderes als gut sein.

„Manchmal denke ich, dass ich mich am lebendigsten fühle, wenn ich in Gefahr schwebe", murmelte er.

Ellas Augen verdunkelten sich kurz, bevor sie schwach zu lächeln begann. „Das kann ich nachempfinden."

Er schob seine Hände über ihre Schultern und wollte sie am liebsten ganz nah an seine Brust ziehen. Er konnte die Anzahl der Menschen, die ihn verstanden, an einer Hand abzählen. Und bis auf Ella waren es alles Männer. Wie viele Leute verstanden Ella so, wie er es tat. Sehr wenige Frauen, darauf würde er wetten, und noch weniger Männer. Das machte sie doch perfekt füreinander, oder nicht?

Die Palmenwipfel bewegten sich schneller und drängten ihn weiter.

„Und weißt du, wann ich mich sonst noch lebendig fühle?", wagte er zu sagen.

Sie schüttelte den Kopf und wartete.

„Wenn ich bei dir bin."

Sein Puls hämmerte in seinen Adern und seine Sinne fühlten sich schärfer an als je zuvor. Jeder tiefe Atemzug war wie eine Reinigung der Seele und wie ein Schritt in Richtung Zukunft.

Ellas Mund öffnete sich, aber dann schluckte sie. „Ich meine es ernst, Jake. Ich bin eine Gefahr für dich. Vertrau' mir."

Vertrau' mir war Ellas Codesprache für *Frag' nicht.* Er neigte sein Kinn, bis er seine Stirn an ihre lehnen konnte und versuchte, es zu verstehen. „Hast du einen lang verschollenen Mafia-Onkel, der einen Killer auf mich ansetzen wird?"

Sie schüttelte den Kopf, wodurch sich auch seiner bewegte. „Nein."

„Was ist es dann? Du willst es doch, oder nicht?"

Ihre Atemzüge waren ungleichmäßig. „Ich will es mehr, als du es dir vorstellen kannst."

Er bezweifelte es. Es war nicht nur die Sehnsucht in seinem Schwanz, die ihn dazu brachte, sie zu begehren. Auch sein Herz sehnte sich nach ihr.

„Ich wünschte, ich könnte es erklären...", murmelte sie.

Aber sie erklärte es nicht und er wollte sie nicht drängen. Denn wenn man Ella bedrängte, führte das nur dazu, dass sie sich zur Wehr setzte.

Er senkte seinen Kopf zu ihrem Ohr und knabberte an ihrem Ohrläppchen. „Komm schon, Kitt. Du hast früher auch gefährlich gelebt. Das kannst du doch bestimmt noch eine Nacht tun."

Ihre Hände wanderten ziellos über seine Brust und das Zucken ihrer Finger deutete auf ihren inneren Kampf hin.

„Nur eine Nacht...", flüsterte sie.

Er strich ihr Haar zurück und küsste sich seinen Weg von ihrem Ohr bis zu ihrem Mundwinkel. „Es wäre doch schade, die Hochzeitssuite nicht richtig zu nutzen."

Sie fing sein Kinn mit der Hand ein. „Was wäre, wenn ich Ja zu einer Nacht sagen würde?"

Jake antwortete nicht. Er hatte das Gefühl, dass diese Frage eher an sie selbst gerichtet war. Er antwortete ihr jedoch auf eine andere Art, indem er seine Hände über ihren Körper gleiten ließ.

Ich verspreche, dass ich es so richtig gut für dich machen werde.

„Wie wäre es, wenn wir uns auf wilden, zügellosen Sex einigen?", fuhr Ella fort.

Er neigte sein Kinn zu einem Nicken, das noch nicht einmal annähernd das *Bitte, bitte* in ihm zu kommunizieren begann.

„Wie wäre es, wenn wir uns darauf einigen würden, es bei nur einer Nacht zu belassen?", fragte sie.

Er bezweifelte, dass er dies könnte, aber zum Teufel. Er nickte knapp. Es war eine hypothetische Frage, nicht wahr?

Ella holte tief Luft und schaute nach unten. Auf seine Brust? Auf die Beule in seiner Hose? Versuchte sie, in sein Herz zu sehen? Er wünschte, dass sie dies könnte, denn dann würde sie wissen, wie sehr er sie liebte.

„Versprich' mir, dass heute Abend nur heute Abend ist." Sie klammerte sich an sein Hemd.

Er hielt den Atem an und war nicht bereit, ihr dieses Versprechen zu geben. Glücklicherweise äußerte sie sofort ihre nächste Forderung.

„Versprich' mir, dass wir uns morgen um morgen kümmern."

Das bekäme er hin. „Ich verspreche es."

Seine Worte klangen tief, knurrend und grollend und Ellas Augen blitzten auf. Sie starrten sich volle zehn Sekunden lang an, bevor ihre Lippen zuckten. Und als wäre dies ein geheimes Signal gewesen, ging plötzlich alles los.

Sie pressten ihre Lippen aufeinander und umschlangen ihre Körper. Ella schmeckte ihn und erforschte seinen Mund, während er ihren perfekten Hintern knetete. Es war genau wie in ihrer ersten gemeinsamen Nacht vor so langer Zeit. Diese animalische Intensität, das unbändige Verlangen. Aber es war gleichzeitig auch ganz anders, denn anstatt sie aus ihrer Tarnkleidung schälen zu müssen, hatte er es dieses Mal nur mit diesem Kleidchen zu tun.

„Halte dich fest", murmelte er und zog ihre Hüfte höher.

Sie spreizte die Beine um seine Taille und ließ sich von ihm hineintragen. Ihre Münder lösten sich jedoch nicht voneinander und sie stießen ein paarmal gegen Wände und die Couch. Aber Ella war zäh – und gierig – und es machte ihr überhaupt nichts aus. In dem Moment, in dem sie das Schlafzimmer erreichten, ließ sie ihre Füße zu Boden sinken und zerrte an seinem Hemd.

„Das musst du loswerden, Soldat."

„Ja, Ma'am", sagte er, obwohl sie diejenige war, die die meiste Arbeit tat. Und zwar schnell. Sie öffnete seinen Gürtel, zog ihm die Hose aus und schloss ihre Hand um seinen Schwanz.

Oh ja, sagten ihre großen Augen, als sie ihm die Boxershorts hinunterzog und ihn herausspringen ließ.

Jake hätte an Ort und Stelle über sie herfallen können, aber sie war immer noch angezogen.

„Nein, nicht", murmelte er und hielt ihre Hände fest, bevor sie sich das Kleid über den Kopf ziehen konnte. „Das mache ich."

Normalerweise reagierte Ella nicht gut auf Befehle, aber dieser schien sie nicht zu stören. „Nur zu, McBride."

Er drehte sie so um, dass sie mit dem Rücken zu seiner Brust stand und dem raumhohen Spiegel an der Längsseite des Bettes zugewandt war.

„Spielverderber", protestierte sie, als er ihre Hände von seinem Schwanz wegzog. Er musste es tun, wenn er zu irgendetwas anderem fähig sein wollte, als ihr das Kleid mit den Zähnen hinunterzureißen.

„Oh, wir werden spielen", grummelte er und deutete mit einem Nicken auf den Spiegel. „Schau zu."

Ella streckte ihr Kinn trotzig hoch, aber ihre Augen funkelten vor Lust. Der Spiegel zeigte sie – vollständig bekleidet, wenn auch nicht für lange – und ihn. Er war splitterfasernackt, stand aber geschützt hinter ihr, so dass seine Monstererektion Gott sei Dank nicht zu sehen war. Hinter ihnen waren der Rest der Suite und die tanzenden Schatten der Nacht zu sehen.

Er glitt mit den Händen an ihrem Körper auf und ab und neckte sie, indem er zu schnell über ihre Brüste strich. Dann griff er mit einer Hand nach ihrem Haar, um den Verschluss an der Rückseite ihres Kleides freizulegen.

„Weißt du was?", murmelte er, während er versuchte, herauszufinden, wie man das verdammte Ding öffnete.

„Was?"

„Dich aus einem Kleid zu schälen, ist sogar noch besser, als dich aus der Uniform auszupacken."

Sie kicherte und tippte ungeduldig mit dem Fuß auf. „Aber es ist langsamer."

„Langsam?“ Er zog das Kleid über ihre Schulter und warf es zur Seite. Aber verdammt, darunter trug sie ein dünnes, seidiges Ding. Noch eine Schicht?

Sie kicherte erneut. „Ich hab es doch gesagt. Langsam.“

„Langsam kann gut sein“, sagte er und strich mit den Händen über ihre Tätowierungen. Eines Tages würde er sie nach diesen Motiven fragen. Aber im Moment...

„Wie kann langsam den gu... oh!“, quietsche sie, als er ihre Brustwarze durch die Seide hindurch zwickte. Ihre Augen wurden glasig, als sie sie beide im Spiegel beobachtete.

„Siehst du? Gut.“ Sein Schwanz streckte sich ihr entgegen und unterstrich seinen Punkt.

Das Unterkleid war das glatteste, seidigste Ding, das er je berührt hatte. Ein Meer aus glänzendem Elfenbein außer dort, wo die Spitzen ihrer Brustwarzen darunter hervorragten. Er sammelte die feine Seide in seinen Händen zusammen und schob es gerade weit genug hoch, um ihr Höschen zu erreichen und es hinunterzuziehen. Ella half ihm mit einem Wackeln ihres Hinterns, das er nicht zu kommentieren wagte. Er würde niemals auch nur ein Wort zu den Jungs an Koa Point sagen, aber Mann, schätzten sie Ella falsch ein, wenn sie nur die burschikose Seite in ihr sahen. Unter all dem steckte eine sinnliche Frau mit Bewegungen, die einen Mann um den Verstand bringen konnten.

Ein Geräusch der Lust stieg in seiner Kehle auf, als er darüber nachdachte. Niemand bekam diese Seite von Ella zu Gesicht. Niemand außer ihm.

Er konzentrierte sich wieder auf den Spiegel, plötzlich begierig, mehr zu sehen. Das Höschen war weg, so dass sie in der Sekunde, in der er sie aus ihrem Unterrock befreite...

Wie aufs Stichwort hob sie die Arme und wow. Eine schnelle Bewegung, und das Seidenkleid flatterte über ihren Kopf und zu Boden.

Sie öffnete ihren BH und warf ihn zur Seite. Jake konnte nur starren. Diese festen runden Brüste. Ihr glatter Bauch. Das einladende Geflecht der Locken am Ansatz ihrer Beine.

Ella lachte und schlang ihre Arme nach hinten um ihn. „Nicht dein erstes Rodeo, Cowboy.“

Nein, das war es nicht, aber wow. Sie hatten ihre eine gemeinsame Nacht im hinteren Teil eines Versorgungszeltes verbracht. Dort hatte es kein Licht, keinen Spiegel und ganz sicher keine Rosenbilder an den Wänden gegeben, um eine romantische Stimmung zu erzeugen. Er nahm ihre Brüste in seine Hände und strich mit den Daumen über die Brustwarzen. Sie streckte sich ihm entgegen.

„Hat dir schon jemals jemand gesagt, wie wunderschön du bist?"

Er war sich ziemlich sicher, dass sie ihm unter normalen Umständen, hätte er dies zu ihr gesagt, eine reingehauen hätte. Aber er konnte einfach nicht anders.

„Hat dir schon jemals jemand gesagt ... oh!" Sie unterbrach ihre neunmalkluge Antwort und streckte sich ihm mehr entgegen, als er die Bewegung wiederholte. Dann griff er hinunter und berührte sie zwischen den Beinen. Sie stöhnte auf.

Jake hätte Stunden damit verbringen können, Ellas Geheimnisse aufzudecken. Aber irgendwann blitzten ihre Augen auf und es war plötzlich so, als wäre ein Schalter umgelegt worden. Seine sanften Berührungen wurden zu drängendem Fummeln und einen Augenblick später lagen sie auf dem Fußboden.

„Ich kann gar nicht glauben, dass wir eine ganze Hochzeitssuite haben und es auf dem Teppich tun", kicherte Ella, als er in der Nachttischschublade nach einem Kondom suchte.

Er riss die Packung mit den Zähnen auf und kniete sich über sie. „Wir sparen uns die schöne Seidenbettwäsche für die nächste Runde auf." Vielleicht könnte er es dann ruhiger angehen, denn diese Runde würde alles andere als langsam werden.

„Nächste Runde", sagte Ella und spreizte die Beine breit. Beiläufig, behaglich, so als würden sie dies jeden Abend tun. „Mir gefällt, wie das klingt."

Er rollte das Kondom auf seinem harten Schwanz ab und ließ sich dann auf die Ellbogen sinken. Er schaute hinunter. Gott, war es heiß zu sehen, wie sie die Hüfte hob und begierig darauf war, sich mit ihm zu vereinen.

„Schöne Aussicht." Ella winkelte seinen Schwanz zu ihrem Eingang hin.

Er blickte auf und sah, dass sie ihren Kopf zur Seite gedreht hatte und sie im Spiegel beobachtete.

„Ich wusste gar nicht, dass du eine voyeuristische Seite hast, Kitt."

„Es gibt eine Menge Dinge, die du nicht über mich weißt, McBride."

Als er ihre Hände über ihrem Kopf festhielt und sie fragend drückte, blitzten ihre Augen auf.

Ja, sagten sie. *Ich will dich. Hart. Schnell. Tief.*

Er stieß vorwärts und glitt in einem harten Stoß in sie hinein.

Ella stöhnte und krümmte sich unter ihm. Sie krallte sich ihre Fingernägel in seine Hände. „Noch mal", keuchte sie einen Augenblick später. „Mach das noch mal."

Er entzog sich ihr, bis nur noch die Spitze seines Schwanzes ihren Eingang berührte, und stürzte sich erneut hinein. Sie schrie auf.

„Jake ... noch mal... "

Obwohl ihr Körper sich dehnte, um ihn in sich aufzunehmen, blieb der Druck um seinen Schwanz so köstlich schmerzend eng. Sie reagierte auf jeden seiner Stöße mit einem schnellen Zucken ihrer inneren Muskeln, was ihn laut aufstöhnen ließ. Er spähte ebenfalls in den Spiegel und obwohl es befriedigend war, zu sehen, wie sein Körper kraftvoll in ihren stieß, konnte nichts Ellas Anblick übertreffen, als sie völlig den Verstand verlor. Ihr Haar war um ihren Kopf gefächert. Die Brüste weiche Kissen, die vor Schweißperlen glitzerten. Ihr Mund öffnete und schloss sich mit einem Dutzend geflüsterter Forderungen, die niemand außer ihm jemals hören würde.

„So gut ... oh, Jake ... mehr... "

Er gab ihr alles, was er hatte, stieß hart zu und hielt nur inne, um ihr Bein an seiner Seite höher zu ziehen und weiter nach vorn zu drängen. Die Stöße wurden zu einem stetigen Rhythmus, der immer schneller wurde, bis er ins Stocken geriet und mit einem letzten Stoß...

Jake warf den Kopf zurück, als er in ihr explodierte.

Ella erschauderte, als sie mit einem lang gezogenen Schrei, der immer weiter andauerte, zum Höhepunkt kam. Jake schloss die Augen, um das süße Brennen zu genießen. Dann entspannte sich ihr Körper und sie strich mit den Händen sanft über seinen Rücken. Jake sank auf ihre Brust herab und drückte sie mit seinem Gewicht zu Boden. Sie konnte sich nicht bewegen. Ella schlang ihre Arme und Beine um ihn und seufzte, als er einen dieser sauerstoffarmen Momente erlebte, wie er sie sonst nur nach den härtesten, längsten Läufen verspürte. Er keuchte an ihrer Haut. Dann rollten sie sich beide langsam, widerwillig, zur Seite.

Verdammt. Er musste sich des Kondoms entledigen, aber er wollte ihre Umarmung nicht verlassen. Ella stöhnte, als er ins Badezimmer eilte, um es zu entsorgen. Dann kicherte sie.

„Was?", fragte er und prägte sich ihren Anblick ein, bevor er sich wieder zu ihr legte. Ella, völlig nackt und befriedigt, die Beine immer noch gespreizt, um diesen Platz für ihn zu reservieren.

Er schmiegte sich wieder an sie und ließ sich von ihr streicheln. Auch daran erinnerte er sich. Das letzte Mal, als sie die Nacht zusammen verbracht hatten, hatte sie jede Sekunde ihrer Ruhephase darauf verwendet, mit ihm zu kuscheln. Was nicht ganz so gut wie Sex war, aber doch verdammt nah dran. Auf eine gemütliche Art und Weise, wie Hühnersuppe für die Seele.

Sie kicherte und murmelte an seiner Schulter. „Weißt du, was Kai gesagt hat?"

Er blinzelte sie an. Was zum Teufel hatte Kai mit überwältigendem Sex zu tun?

„Er hat gesagt, wir sollen uns den Abend freinehmen und das Beste daraus machen." Sie lachte leise und zog ihr Bein an seiner Seite höher. „Ich schätze, dann sollten wir das auch tun."

„Jawohl, Ma'am", hauchte Jake.

Kapitel 11

Sie hatten das Beste aus der Nacht gemacht, entschied Ella, als sie ein paar Stunden später nackt auf der Couch lag. Überwältigend guter Sex auf dem Fußboden hatte zum süßesten, sinnlichsten Sex geführt, den sie jemals in einem Bett gehabt hatte – und ja, die Seidenbettwäsche war auch sehr nett gewesen. Vor allem, während sie auf Jake gesessen und seinen Anblick genossen hatte. Er hatte mit glasigen Augen, befriedigt und bis zu den Eiern tief in ihr dagelegen, und mit den Händen über die Seide gestrichen.

Als sie hinterher den Zimmerservice riefen, war sie so sehr in ihre Nacktheit und Sinnlichkeit vertieft, dass sie die Tür fast nackt geöffnet hätte.

„Hoppla", sagte sie und ließ Jake stattdessen einen Bademantel anziehen – ihren, nicht seinen – und die Tür öffnen. Als er den Wagen ins Wohnzimmer rollte, musste sie einfach über den flauschigen Kragen des Bademantels streichen. „Ich glaube, du lernst deine feminine Seite kennen."

Jake ließ seinen Blick über ihren Körper schweifen. Seine Augen sagten *du bist diejenige, die ihre feminine Seite kennenlernt.*

Nun, möglicherweise. Vielleicht war das so. Niedliche Outfits und glitzernde Stöckelschuhe waren vielleicht nicht ihr Ding, aber nackt mit diesem Hengst eines Mannes in den Laken zu wühlen, brachte definitiv ihre mädchenhafte Seite zum Vorschein. Wer hätte gedacht, dass Flirten so viel Spaß machen konnte? Sie hatte außerdem auch den Vorzug entdeckt, ihr Haar offen zu tragen. Das Schwingen und Wippen schien Jake zu faszinieren. Sein Blick schweifte von dort über ihre

Schultern und zu ihren Brüsten, wo er eine atemlose Minute lang verharrte, bevor er ihn von ihr losriss.

Der gute alte Jake. Gute Manieren. Keine Spur eines sexistischen Schweins. Und Gott, dieser Mann war ein Titan im Bett. Was sie natürlich gewusst hatte, denn es war ja nicht das erste Mal, dass sie zusammen waren. Aber in mancher Hinsicht fühlte es sich wie das erste Mal an – das erste Mal außerhalb militärischer Einsatzregeln und zu ihren eigenen Bedingungen.

Natürlich löste dies nicht den Kern des Gestaltwandler-Mensch-Problems, das sie ihm immer mehr erklären wollte. Aber sie war entschlossen, all dies für eine Nacht beiseitezuschieben.

„Nicht zu kühl?" Jake streichelte abwesend ihr Bein.

Sie saßen beide seitlich auf der Couch. Er an einem Ende, sie am anderen und ihre Beine in der Mitte überkreuzt. Jake zeigte über seine Schulter in die Richtung der weit geöffneten Balkontüren. Die blumenbedruckten Vorhänge flatterten im Wind, als wollten sie sagen, *Wollt ihr nicht wieder hier hinauskommen?*

Sie grinste, denn Jake und sie hatten nach dem Abendessen eine gute Stunde auf dem Balkon verbracht. Nur ein Bruchteil dieser Zeit war der Aussicht gewidmet gewesen. Sie war auf die Knie gegangen und hatte ihr brennendes Verlangen, ihn zu schmecken, befriedigt. Und wow, sie hatte genossen, dass Jake zur Abwechslung einmal ihrer Gnade ausgeliefert war. Von Zeit zu Zeit hatte sie aufgeschaut und beobachtet, wie er nach dem Geländer griff und seinen Kopf in Ekstase zurückwarf. Er war viel besser darin als sie, Geräusche zu unterdrücken, aber sie hatte ihm trotzdem hin und wieder ein kehliges Stöhnen entlockt, besonders als er kam.

Sie trank einen weiteren Schluck Champagner und schmatzte mit den Lippen. Ja, das hatte ihr gefallen. Vielleicht würde sie dies bald wieder machen müssen.

„Kühl? Nein, es ist angenehm." Sie strich mit der Ferse über sein Bein, ließ ihren Blick der Bewegung folgen und genoss den Anblick der Muskeln seiner Oberschenkel, bevor sie sich auf seinen Bauch konzentrierte. Viele Typen beim Militär hatten tolle Bauchmuskeln, aber Jake...

Er schaute auf und erwischte sie dabei, wie sie ihn – erneut – heimlich beobachtete. Er grinste.

„Definitiv nicht kühl?" Seine Augen tanzten übermütig.

Ella überlegte, welche Antwort schneller zu Sex führen würde, und entschied sich dafür, ihre Knie ein wenig weiter zu öffnen. Jake blickte hinunter und dann zurück in ihr Gesicht. Sie hatte sich schon seit Tagen nicht mehr verwandelt, was sie wild und ungestüm werden ließ.

„Verspürst du das Bedürfnis, mich aufzuwärmen oder abzukühlen?", fragte sie und ließ ihre innere Marilyn Monroe sprechen.

Jake schob den Couchtisch beiseite und kniete sich neben sie. „Lehn dich zurück", murmelte er und griff hinter sich.

Sie zog eine Augenbraue hoch, weil ein Mädchen nicht einfach tat, was ein Mann verlangte.

Es sei denn, er hat meisterhafte Hände und eine wirklich begabte Zunge, summte ihre innere Füchsin.

Also gut, vielleicht würde sie tun, was ihr gesagt wurde … nur dieses eine Mal. Sie rutschte auf der Couch hinunter, lehnte sich zurück und beobachtete ihn. Vor lauter Vorfreude breitete sich eine Gänsehaut auf ihrem Körper aus. Sie hatten bereits ihre Narben verglichen und sich gegenseitig an den Zehen gekitzelt. „Welche Form der Folter hältst du als Nächstes für mich bereit?"

„Folter, hmm? Mach' die Augen zu."

Sie überlegte einen Moment und tat dann, was er befahl. „In Ordnung, aber keine Handschellen, McBride. Keine Augenbinde. Keine Fesseln."

Er lachte leise. „Nicht mein Ding, es sei denn, du möchtest es irgendwann einmal probieren."

Irgendwann. Ihre innere Füchsin seufzte. Ihr gefiel, dass es klang, als hätten sie viele Jahre vor sich.

„Lieg einfach still", murmelte Jake.

Sie schnupperte. Der reichhaltige Duft von Hyazinthen in einer Vase auf dem Tisch und ein berauschender Hauch von Jakes frischem Leder-und-Bergamotten-Duft stiegen ihr in die Nase. Er bewegte etwas und sie hörte ein Klirren. Dann hörte sie einen winzigen Tropfen – und noch einen. Wassertropfen, die leise zu Boden fielen. Sie hielt den Atem an und wartete, als Jake ihren Bauch mit seiner flachen, schwieligen Hand berührte. Er kreiste mit einem beherzten Finger über ihre Haut und dann...

„Oh!", quietschte sie und krümmte bei der plötzlichen Kälte den Rücken.

„Und ich dachte, du wärst hart, Kitt", neckte er sie und zog die Hand weg.

Fast hätte sie geschummelt – war das ein Eiswürfel? –, aber er hielt ihr die Augen zu. „Bist du bereit oder nicht?"

Sie lehnte sich zurück und befahl ihren Muskeln, sich zu entspannen. „Bereit. Wenn es sein muss."

„Oh ja, es muss sein."

Was verdammt gut war, denn jetzt, da sie eine Ahnung hatte, was er im Schilde führte, sehnte sie sich verzweifelt nach mehr. Es war unglaublich, was ein Eiswürfel auf nackter Haut bewirken konnte. Natürlich hätte Jake schmutziges Geschirr über ihren Körper reiben können und sie hätte ebenso vor Vergnügen gejault, so überdreht war sie.

Will meinen Gefährten, heulte ihre Füchsin. *Sofort.*

Es schien, als sehnte sie sich nach mehr von Jake, je mehr sie von Jake bekam. Was mit dem übereinstimmte, was sie gehört hatte – dass sich die Lust zwischen Schicksalsgefährten verstärkte, bis sie sich durch einen Biss miteinander verbanden. Und selbst danach ließ der Sexualtrieb niemals nach und blieb eine befriedigende, rituelle Wiedervereinigung der Seelen auf Lebenszeit.

In diesem Fall war sie so gut wie tot. Schlimmer noch, Jake wäre so gut wie tot.

Morgen, flüsterte ihre Füchsin. *Morgen finden wir eine Lösung. Ruiniere den heutigen Abend nicht mit solchen Dingen.*

Der Eiswürfel berührte erneut ihren Bauch und sie jaulte.

„Du hast gesagt, dir ist nicht kalt", neckte Jake sie.

„Ist mir auch nicht." Sie öffnete ihre Beine noch ein paar Zentimeter weiter.

„Was soll dann die Gänsehaut?"

Sie grinste. „Die kommt nicht von der Kälte. Genau genommen ist mir sogar ziemlich heiß.“

„Gut“, murmelte er in einem sündig gemeinen Tonfall.

Jake bewegte sich und der Eiswürfel rutschte auf ihrer Mitte höher. Sie verspannte und krümmte sich, als auch die letzten wenigen verbliebenen Nervenenden zum Leben erwachten, die noch nicht vor Begierde gezittert hatten.

„Schön“, flüsterte sie, als er mit dem Eiswürfel kreisförmig über ihre Brust glitt. „Oh!“

Sie musste einfach zappeln und quietschen, als er den Eiswürfel erst um die eine und dann die andere Brust herumbewegte. Ihre Brustwarzen wurden so hart, dass sie schmerzten, und sie war versucht, sich selbst zu berühren. Aber es war nicht nötig, wie sich herausstellte, denn Jake beugte sich eine Sekunde später über sie und saugte ihre Brustwarze zwischen seine Lippen.

Bei diesem Gefühl bebte ihr ganzer Körper. Der kalte Eiswürfel auf einer Brustwarze und die Hitze von Jakes Mund auf der anderen. Dann wechselte er die Seiten und küsste eine Brust, während er den Eiswürfel auf die andere schob. Sie wand sich und war unfähig, still zu halten, wagte es jedoch nicht, sich wegzubewegen. Sie warf einen Arm über den Kopf und streckte ihm ihre Brüste entgegen. Mit der anderen Hand fuhr sie durch sein Haar, um seinen Kopf näher an sich zu ziehen.

„So schön“, murmelte sie und schloss die Augen.

„Ja?“, fragte er mit einer Stimme, die durch ihre Brust vibrierte.

Zur Hölle ja, hätte sie fast geantwortet.

„Was ist dann damit?“ Er stupste ihre Knie weiter auf, griff nach ihrer Hand und führte sie nach unten.

Ella riss die Augen auf. Er wollte, dass sie sich selbst berührte?

„Nicht schummeln“, sagte er, als er sie erwischte.

Sie schloss die Augen wieder und gehorchte, ohne nachzudenken. Er hatte sie wirklich in seinen Bann gezogen.

„Aber du schummelst“, betonte sie und versuchte, beiläufig zu klingen, als er ihre Hand mit seiner bedeckte und begann, sie kreisend zu bewegen.

„Darauf kannst du Gift nehmen. Und jetzt sei still. Und atme."

Sie hatte noch nicht einmal bemerkt, dass sie den Atem angehalten hatte, denn alles war so unwirklich. Sich selbst zu berühren war nichts Neues – nicht, wenn man bedachte, wie sehr sie sich in den vielen vergangenen Monaten nach Jake verzehrt hatte –, aber sie hatte es noch nie getan, wenn jemand dabei zusah.

„Mach weiter", flüsterte er.

Er drehte sich um, um einen neuen Eiswürfel zu greifen und wandte sich dann wieder ihren Brüsten zu. Sie fing an, sich selbst kühner zu streicheln und stellte sich vor, es wäre er. Sie strich mit den Fingern durch ihre Schamlippen und spürte, wie sie immer feuchter wurde. Dann schob sie einen Finger tiefer und ließ ihn kreisen.

„So ist es gut", murmelte Jake und saugte an ihrer Brust.

Es war regelrecht elektrisierend. Sie stöhnte bei jeder Bewegung von Jakes Lippen und bei jedem Stoß ihrer Finger. Dann begann sie zu zucken und keuchte immer heftiger.

„Jake", stöhnte sie.

„Hör nicht auf", sagte er und war fast genauso atemlos wie sie.

Sie öffnete die Augen – und verstieß gegen die Regeln, aber okay, – und starrte. War es wirklich sie, die von diesem Muskelpaket eines Mannes vernascht wurde? Und berührte sie sich wirklich selbst so hart und tief?

Ja, stöhnte ihre Füchsin in Ekstase. *Ja.*

Die feuchten Überreste eines Eiswürfels schwammen zwischen ihren Brüsten und ihre Haut glitzerte. Sie wechselte zu ihrer rechten Hand, während sie mit der linken blind herumtastete, bis sie gegen Jakes langen, harten Schwanz stieß. Mit von ihrem eigenen Körper nassen Fingern begann sie, auf und ab zu gleiten.

„Komm her zu mir", murmelte sie, als ein Rauschen in ihren Ohren aufstieg.

Jakes Muskeln waren hart wie Stahl und seine Stimme klang angespannt: „Noch eine Sekunde."

Es fühlte sich gut an und war äußerst verlockend, sich selbst über den Abgrund zu treiben. Aber sie könnte sich jederzeit selbst befriedigen. Auf gar keinen Fall wollte sie kommen, ohne dass Jake tief in ihr vergraben war.

„Was für eine Art, unsere Flitterwochen zu verbringen", scherzte sie.

Jake schenkte ihr ein angespanntes Lächeln. „Noch drei Sekunden."

Sie warf den Kopf zurück und zuckte noch mehr. Drei Sekunden würde sie schaffen.

„Drei ... zwei... " Jake unterstrich den Countdown mit abwechselndem Knabbern und Lecken. „Eins."

Er löste sich von ihr und griff nach einem Kondom. In seiner Hast stieß er den Champagnerkübel um. Das Eis prasselte über den Boden und glitzerte wie ganz viele Diamanten. „Hoppla."

„Macht nichts. Komm her zu mir, Soldat."

Die Couch stand mitten im Wohnzimmer und sie warf die Kissen zur Seite, um Platz für Jake zu machen. Eine Sekunde später kletterte er über sie und hielt lange genug inne, um ihr einen Kuss zu geben. Sie streckte sich ihm entgegen. Als sie sich mit einem gierigen, *Zeig mir, was du kannst*-Nicken zurücksinken ließ, wurde er ganz ernst. Einen Augenblick später drang er tief in sie ein.

Ella stöhnte laut und gab sich nun keine Mühe mehr, es zu verbergen. Dieser Mann gab ihr das Gefühl, lebendig zu sein. Wunderschön. Dass sie jemanden wie ihn verdiente. Also ja. Sie würde heulen, so viel sie wollte, und ihn wissen lassen, wie gut er sie fühlen ließ.

„Ja", stöhnte sie, als er wieder und wieder in sie stieß.

Ja, heulte ihre Füchsin, beäugte seinen Hals und fantasierte über einen Paarungsbiss.

Ella kniff die Augen zu. Jake tat es schon wieder – er machte sie so wild, dass die tierische Seite in ihr in den Vordergrund rückte. Und zum allerersten Mal konnte sie sich vorstellen, wie sich ihre Mutter gefühlt haben musste. Der instinktive Drang, sich zu verpaaren. Dieser *Ich kann nicht ohne dich leben*-Übermut, der eine Frau – und einen willigen Mann – dazu treiben könnte. Aber auf der anderen Seite dieser unsichtbaren Linie lauerte der Tod. Genauso wie die Schatten der Nacht dort lauerten, wo die Lichter ihrer Suite verblassten.

Mit einem entschlossenen Schnaufen drängte Ella die Gedanken in den Hintergrund. Heute Nacht war heute Nacht und sie wollte das Beste daraus machen, egal was geschah.

Jake erhob sich auf die Knie, zog ihre Hüfte von der Couch hoch und stieß tiefer in sie hinein. Ella schoss das Blut in den Kopf und ihr wurde vor Verlangen schwindelig.

„Drei … zwei… ", grunzte er und begann einen neuen Countdown.

Auf *eins* zog sie ihre Muskeln um seinen Schwanz zusammen. Die sengende Hitze in ihrem Inneren ließ sie aufstöhnen.

Jake warf den Kopf zurück und fletschte die Zähne. So wie das Tier, von dem sie sich wünschte, dass er es werden könnte. Sie zitterten beide und stöhnten. Schließlich sanken sie auf die Couch zurück, während sie immer wieder über seinen nackten Rücken streichelte.

„Jake", flüsterte sie in die Dunkelheit und wünschte, sie könnte hinzufügen, *mein Gefährte.*

Gefährte, wiederholte ihre Füchsin traurig. *Mein Gefährte.*

Kapitel 12

Es gehörte zu Jakes üblicher Morgenroutine, aufzuwachen, auf den Sonnenaufgang zu warten, über den bevorstehenden Tag nachzudenken und dabei die Tatsache zu verfluchen, dass er nicht gut geschlafen hatte. Aber als er in der Hochzeitssuite aufwachte, war dies in keiner Weise ein üblicher Morgen. Die Sonne schien bereits auf die Ostseite des Balkons. Er hatte wie ein Stein geschlafen und konnte an nichts anderes denken, als an einen wahr gewordenen Traum. Eine Nacht mit Ella. Reden. Berühren. Still nebeneinanderliegen und sich in die Augen starren. Er hatte all dies tun dürfen und war noch dazu mit ihr in den Armen eingeschlafen.

Die Dusche lief und wow – der Wecker zeigte bereits 7:30 Uhr. Sein Körper war immer noch warm an der Stelle, an der sie sich an ihn gekuschelt hatte. Auch sein Arm war noch immer ausgestreckt, um sie schützend festzuhalten. Irgendwie war es Ella geglückt, aus dieser schützenden Höhle zu schlüpfen, ohne ihn dabei zu wecken. Aber wenn es jemanden gab, der so etwas konnte, dann wäre sie es.

Die Tür zum Badezimmer öffnete sich und sie kam gefolgt von einer Dampfwolke hinaus.

Als sie ihn sah, lächelte sie. „Guten Morgen.“

Und besser noch, sie erstrahlte praktisch, als sie die fünf Schritte zur Couch gelaufen kam und sich für einen Kuss über ihn beugte. Sie hatte ein Handtuch um ihr Haar und ein weiteres um ihren Körper geschlungen, obwohl das Letztere hinunterrutschte, als sie sich neben ihn setzte. Und dieser Kuss… Sanft. Geübt. Voller unausgesprochener Worte.

„Guten Morgen.“ Er atmete ihren frischen nach Shampoo duftenden Geruch ein und strich mit der Hand über ihre nackte

Schulter.

Wow, glänzten ihre Augen und genauso ihre Wangen. Man könnte sagen, sie strahlte. Er war sich ziemlich sicher, dass auch er ein albernes Grinsen trug und ebenfalls glühte.

„Ich schätze, wir sollten besser aufstehen", sagte sie, obwohl sie so aussah, als würde sie ihm lieber auf der Couch Gesellschaft leisten. „Uns steht ein großer Tag bevor."

„Ein großer Tag", wiederholte er. Er war immer noch so überwältigt, dass ihm die Worte klobig auf seiner Zunge vorkamen.

Ellas sonniger Gesichtsausdruck wurde kurz darauf nüchtern und sie griff nach seinen Händen. „Hör' mal, Jake. Ich muss dir etwas sagen."

Er setzte sich auf und nickte. Es klang irgendwie verdächtig, aber andererseits hatte sie nicht gesagt, *wir müssen reden,* was Code für *Es war eine tolle Nacht, aber es wird nie zwischen uns funktionieren,* war.

Sie holte tief Luft und spitzte die Lippen, schien aber noch nicht ganz bereit zu sein, die Katze aus dem Sack zu lassen. Er rieb mit den Fingern über ihren Arm und wartete.

„Erinnerst du dich, was ich gestern Abend gesagt habe?", fragte sie schließlich.

Seine Gedanken rasten von *Ich bin gefährlich für dich* zu *Ich will es mehr, als du dir vorstellen kannst* und zu *So gut ... oh, Jake ... mehr...* Dann gab es noch das gefürchtete *Wie wäre es, wenn wir uns darauf einigen würden, es bei nur einer Nacht zu belassen?* Also was meinte sie?

„Ähm, meinst du den Teil über keine Handschellen, keine Augenbinde, keine Fesseln?", scherzte er.

Sie fing an zu lächeln und schlug ihm gegen den Arm. „Nicht diesen Teil, McBride."

„Das dachte ich mir irgendwie", murmelte er und hielt den Atem an, als sie wieder ernst wurde.

„Den Teil darüber, dass ich nicht mit dir zusammen sein darf."

Er nickte ganz leicht und versuchte, sich gedanklich eine überzeugende Rede zurechtzulegen. Etwas wie, *Das kaufe ich dir nicht ab. Kennst du nicht auch diese Momente, in denen du etwas fühlst, was du nicht wirklich erklären kannst, aber auf das du besser hören solltest? Das ist einer dieser Momente. Das sind wir. Wir sollten zusammen sein. Wir müssen zusammen sein.*

Nur wenige Menschen spürten eine so unglaubliche Chemie zueinander, wie er und Ella sie hatten – zumindest niemand, den er kannte – und er dachte an all die Männer, die er zu früh hatte sterben sehen, bevor sie sich um die wirklich wichtigen Dinge im Leben kümmern konnten. Bevor sie die Briefe ihrer Liebsten beantworten oder sich dazu durchringen konnten, zu sagen, was gesagt werden musste. Oder schlimmer noch, die letzten sterbenden Worte, gesprochen zu einem Kameraden anstelle einer Geliebten. *Sag ihr, dass ich sie liebe. Sag ihr...*

Er schluckte schwer, bewegte seine Lippen und hoffte, es herauszubekommen. Es gab einen richtigen Zeitpunkt, einer Frau ihren Freiraum zu lassen, aber auch die richtige Zeit, offen zu sein. Für das zu kämpfen, woran man glaubte.

Aber Ella kam ihm zuvor. Sie zog ihn in eine gewaltige Umarmung und vergrub ihr Gesicht an seiner Schulter. „Ich möchte es dir sagen, aber ich weiß nicht wie.“

Er zog sie fest an sich und löste sich dann langsam wieder von ihr, um ihr in die Augen zu sehen. „Dann lass mich dir etwas sagen. Wir haben für so viele Dinge gekämpft, du und ich. Wir können auch um uns kämpfen.“

Ihre Augen leuchteten auf, hoffnungsvoll und doch traurig. „Was ist, wenn dich das umbringt, Jake? Was ist, wenn...“

Das hatte er nicht gerade erwartet. „Viele Dinge hätten mich umbringen können. Aber das haben sie nicht, also muss ich mein Glück beim Schopf packen.“ Er atmete tief durch, denn es war an der Zeit, ihr die eine Sache zu erzählen, die er noch niemandem anvertraut hatte. „Vor einem Jahr im März, etwa einen Monat, nachdem wir uns gesehen hatten...“

Genau genommen, waren es zweiunddreißig Tage und fünf Stunden gewesen, seit er sie gesehen hatte, aber diesen Teil ließ er weg.

„... wir waren auf dem Weg, um irgendwo in der Nähe von Kamdesh einen Konvoi zu schützen. Unser Humvee sollte der zweite Wagen in der Reihe sein. Der zweite, okay? Aber weil es bei einer anderen Einheit zu einer Verzögerung kam, wurden wir an die Spitze gesetzt. Keine große Sache, oder?"

Ella sah ihn mit einem *Oh scheiße*-Ausdruck in den Augen an, als er fortfuhr.

„Die anderen Jungs haben aufgeholt und dann unseren ursprünglichen Platz eingenommen. Und eine Stunde später..." Er hielt inne, um sich mit der Hand über den Oberschenkel zu reiben. „Wir sind in einen Hinterhalt geraten. Unser Fahrzeug hat die Minen verfehlt. Aber das zweite Fahrzeug wurde getroffen und in Stücke gerissen. Das hätten eigentlich wir sein sollen."

Er legte die Nase in Falten und zuckte beim Echo der Explosion in seinen Gedanken zusammen. Eine Zeit lang hatte er sich einfach leer gefühlt, aber dann hatte Manny dieses Gespräch angezettelt. Dieses *Wir müssen unsere zweite Chance nutzen*-Gespräch.

Ella griff nach seiner Hand, sagte jedoch kein Wort.

„Danach haben wir uns alle einmal ernsthaft selbst angeschaut. Jeder von uns hat versucht, herauszufinden, was wirklich zählte. Und wir haben einander versprochen, dass wir unsere zweite Chance nutzen werden, wenn wir aus dem Dienst austreten. Manny hat sich also einen Traum erfüllt, indem er eine Autokarosseriewerkstatt eröffnet hat. Junger hat sich auf den Weg gemacht, um ein paar Berge zu besteigen..."

Ella lachte leise. Liebevoll. Junger war einer dieser legendären Typen gewesen, den jedermann mochte. Jake fragte sich, ob Ella wusste, dass er tot war – und ob Hoovers verrückte Theorie stimmte.

Jemand schaltet uns aus, einen nach dem anderen.

Er schüttelte das nervöse Gefühl ab und fuhr fort. „Chalsmith schwor, sich mit seiner Ex zu versöhnen und um mehr Zeit mit den Kindern zu bitten. Hoover wollte für seine Lokalzeitung Bericht erstatten..." Er ließ den Teil weg, dass er *zu einem paranoiden Wahnsinnigen geworden war.* „... und ich beschloss, in alle fünfzig Staaten zu reisen."

Sie lächelte. „Angefangen mit Hawaii?"

Er schüttelte den Kopf. „Nein. Ja. Ich meine..." Sein Mund war höllisch trocken, so dass der Rest nur zäh herauskam, aber wenigstens kam er heraus. „Das habe ich nur gesagt. Aber in Wirklichkeit wollte ich dir folgen." Dann fing er an zu stammeln, denn scheiße, das klang überhaupt nicht richtig. „Ich meine, um dich zu finden. Ich meine... "

Mist. Er wäre besser dran gewesen, hätte er seinen Schädel ein paarmal gegen die Wand geschlagen. Ellas Mund klappte auf. „Du wolltest mich finden?"

„Ich wollte es und wollte es gleichzeitig auch nicht. Nun, ich wollte es nicht zugeben. Ich habe mir Sorgen gemacht, dass du den Typ, der ich damals war, meinem jetzigen Ich vorziehen würdest."

Sie schüttelte sofort den Kopf und küsste seine Fingerknöchel. „Du bist derselbe Typ. Nun, nein, nicht ganz. Aber ich glaube, ich mag diesen Kerl hier sogar noch mehr."

Sein Herz schlug so stark, dass es schmerzte.

Ihre Augen strahlten. Tatsächlich glühten sie fast. „Deshalb will ich dir nicht wehtun, Jake."

„Dann sprich mit mir. Sag mir, was los ist. Lass es uns gemeinsam lösen."

Sie wandte den Blick ab. „Es ist schwer, zu erklären. Und auch schwer, zu verstehen. Sogar ein wenig beängstigend."

Was zum Teufel könnte das nur sein? Jake drückte ihre Hände. „Das Einzige, was mir Angst macht, ist Reue."

Ellas Kehle wippte, als sie schwer schluckte. Dann atmete sie tief ein und sagte: „Es ist so. Es liegt daran, wer wir sind. Du bist ein Mann und ich bin – verdammt noch mal." Sie wurde vom Klingeln des Telefons unterbrochen. Ihr Telefon, nicht das Hoteltelefon. Und die einzigen Personen, die ihr privates Handy anriefen, waren die Männer ihrer Einheit.

Jake lehnte sich zurück und zwang sich, Ella Freiraum zu geben. Aber eigentlich wollte er das Telefon am liebsten aus dem Fenster werfen, die Tür abschließen und sie für den Rest des Tages für sich allein behalten. So lange, bis sie endlich alles ans Tageslicht gebracht hatten. Oder besser noch, für den Rest der Woche. Vielleicht sogar für den Rest seines Lebens.

„Ja?" Sie hörte zu und setzte sich gerader auf. „Verstanden. Wir beginnen unsere Patrouille um acht." Eine weitere Sekunde verging, in der Ella zuhörte, und dann nickte sie. „Roger."

Es war kein langes Telefonat, aber während sie sprach, schlich sich die Außenwelt in ihre kleine Privatsphäre zurück. Jake konnte spüren, wie sie wie ein dunkler Nebel unter der Tür hereinschlüpfte. Sein Blick fiel auf die Uhr. Ellas ebenso. 7:40 Uhr.

Das Strahlen verschwand aus ihren Augen, als sie das Gespräch beendete. „Das war Kai. Er möchte, dass wir heute früher anfangen."

Jake zwang sich, nicht die Stirn zu runzeln. Sich verändernde Pläne waren beim Militär ganz normal. Aber Kais Timing hätte nicht schlechter sein können.

„Ich schätze, wir müssen uns beeilen", seufzte er und wünschte, er hätte noch weitere fünf Minuten von der Zeit, die sie vor dem Anruf gehabt hatten.

Ella öffnete den Mund, schloss ihn wieder und nickte schließlich. „Ich schätze schon." Sie schloss ihre Hand fester um seine. „Aber wir werden reden. Sobald wir diesen Hochzeitsempfang hinter uns haben und sich alles wieder beruhigt hat. Ich verspreche, dass ich dir alles erklären werde."

Dann beugte sie sich für einen Kuss vor. Für einen langen, andauernden, wehmütigen Kuss, der ihm das Versprechen gab, das er brauchte.

Sie erhob sich langsam und täuschte einen beiläufigen Tonfall vor. „Ich habe bereits geduscht." Jake zwang sich, aufzustehen. *Zurück an die Arbeit, Soldat. Das Vergnügen ist vorbei.* „Dann bin ich wohl der Nächste."

Und einfach so gingen sie beide wieder in den Arbeitsmodus über. Was bedeutete, im Militärstil zu duschen – schnell und effizient – und sich anzuziehen. Ella trug ein blaues Kleid, das zur Farbe ihrer Augen passte, und er eine Stoffhose und ein Polohemd, damit er im Resort nicht auffiel. Da sie verdeckt arbeiteten, würden sie nicht am Hochzeitsempfang teilnehmen, sondern lediglich das Gelände im Auge behalten. Für den Empfang selbst hatte Silas zusätzliche Sicherheitskräfte angeheuert, aber Jake und Ella waren diejenigen, die ein Gespür dafür entwickelt hatten, was fehl am Platz war und was nicht.

Innerhalb von fünfzehn Minuten waren beide bereit, zu gehen. Als sie das Zimmer verließen, griffen sie automatisch nach ihren Händen, so wie sie es die ganze Woche getan hatten. Aber es war auf hundert unsichtbare Weisen anders. Sein Puls überschlug sich hoffnungsvoll und sein Körper kribbelte überall. Er erinnerte sich an alles, was sie getan hatten. Ihre Hand passte perfekt in seine und sie hielt ihn fest, als wollte sie sagen, *Meiner.*

Jake verbarg ein Lächeln und drückte ihre Hand auf die gleiche Weise. *Meine.*

Silas' und Cassandras Hochzeitsfeier sollte im Ballsaal des Resorts stattfinden. Und obwohl es erst in ein paar Stunden losgehen würde, herrschte bereits reger Betrieb, als Jake und Ella das Erdgeschoss erreichten. Caterer entluden ihre Lieferungen, Angestellte bauten Tische auf und Floristen huschten umher, um Blumensträuße zu verteilen.

„Wow. Das sieht aber nach einer Wahnsinnsfeier aus", sagte Ella laut.

Jake küsste ihre Hand. „Nichts kann besser sein als unsere."

Sie strahlte – buchstäblich – und Jake lächelte. Technisch gesehen waren sie verheiratet. Sie hatten vielleicht keine Feier gehabt, aber irgendwie schien es, als wäre es doch so gewesen. So als hätten sie ihre Zeremonie am Vorabend unter dem Banyanbaum abgehalten und als hätte die Feier auf ihrem Balkon unter den funkelnden Sternen stattgefunden.

Nach dem Frühstück – während dem er in die eine Richtung blickte und die Tür der Lobby im Auge behielt, und Ella in der anderen Richtung das Kommen und Gehen der Caterer beobachtete –, machten sie einen Spaziergang. Sie achteten darauf, weiter wie das glückliche Paar zu wirken. Dann hielt Ella ihre Kamera und ein Buch über hawaiianische Blumen hoch und sprach so laut, dass jeder Passant sie hören konnte. „Ich glaube, ich möchte gern ein paar neue Kameraeinstellungen probieren. Ist das in Ordnung, Liebling?"

Fotografieren war das Codewort für das Ablaufen des Resortgeländes. Jake würde dasselbe auf der anderen Seite tun. Sie gingen also getrennte Wege, um jeweils einen anderen Teil des Resorts abzudecken. Danach überwachte Ella das Geschehen von einem Liegestuhl am Swimmingpool aus, während Jake zum Golfplatz ging, um Ausrüstung abzuholen. Vor den Fenstern des Ballsaals gab es ein großes Übungsgrün – der perfekte Ort für ihn, um die Dinge im Auge zu behalten. Er konnte überhaupt nicht golfen, aber das Gewicht des Golfschlägers in seiner Hand war angenehm. Eine Waffe, sollte er eine brauchen. Aber es gab keinerlei ungewöhnliche Aktivitäten und alles schien wie immer, zumindest soweit es bei einem größeren gesellschaftlichen Ereignis möglich war.

„Sollen wir etwas trinken gehen, Liebling?", fragte er, als er Ella um elf wiedertraf.

„Das klingt großartig. Im Teehaus?"

Das Teehaus bot einen Blick auf das Pologelände und sie hatten es bereits als erstklassigen Beobachtungsplatz identifiziert. Jake saß in einem Winkel, der ihm ungehinderte Sicht auf jedes Fahrzeug erlaubte, das über die Einfahrt zum Resort fuhr, während Ella ihren Blick auf die Strandseite, ihre schwächste Flanke, richtete. Schließlich machten sie einen weiteren Spaziergang und prüfen die Umgebung noch einmal. Als sie Hand in Hand von dieser Runde über das Gelände zurückkehrten, kam Kai gerade in die andere Richtung geschlendert. Sie grüßten einander nicht öffentlich, aber Jake lenkte Ella unauffällig zu einer Bank, wo er innehielt, um seinen Schnürsenkel zuzubinden. Kai tat so, als würde er für ein Telefongespräch stehen bleiben, und verhielt sich genauso, als spräche er mit jemandem am anderen Ende der Leitung, anstatt ihnen zuzuflüstern.

„Alles ruhig?"

Ella nickte ganz leicht, ohne sich umzusehen. „Alles ruhig. Habt ihr etwas über Goode herausgefunden?"

Kais Gesichtszüge wurden härter. „Nein, aber wir sind dran. Glaub mir, wir sind an der Sache dran."

Jake wollte es hoffen. Nur wenige Männer hatten ihn je so beunruhigt wie Goode.

„War gestern Abend alles ruhig?", murmelte Kai.

Jake behielt seinen Blick fest auf die Schnürsenkel gerichtet. *Ruhig* war vielleicht nicht das richtige Wort dafür, aber er wollte nichts verraten.

„Ja." Ella behielt ein völlig ernstes Gesicht.

Jake richtete sich auf und nickte Kai zum Abschied knapp zu. Aber gerade als sie aneinander vorbeigingen, bebten Kais

Nasenlöcher. Er riss den Kopf herum.

Oh scheiße. Jakes Herz wurde schwer, als Kai ihn überrascht anstarrte.

„Ihr beide strahlt heute Morgen richtig. Ihr nehmt eure Tarngeschichte wohl ziemlich ernst, was?", neckte Kai.

Jake war noch nie so nah dran gewesen, einen Mann zu schlagen, den er respektierte. Ella, das musste man ihr lassen, errötete nicht und rollte auch nicht mit den Augen. Sie lächelte nur süß und spielte ihre Rolle weiter. Obwohl sie ihre rechte Faust ballte. Kai musste es gesehen haben, denn er lachte und begann, sich zu entfernen.

„Wie Georgia Mae sagen würde: *so, so.* Genießt den Rest eurer Flitterwochen, Kinder. Sorgt nur dafür, dass ihr weiter nach Bösewichten Ausschau haltet."

Kapitel 13

Jake griff nach Ellas Ellbogen und ging mit aufgewühltem Magen weiter. Ella hatte sich bereits verkrampft und er konnte spüren, wie ihre Vorbehalte zurückkehrten. Die Sorge, den Status als einer der Jungs zu verlieren. Die Angst, verurteilt zu werden.

„Hey", flüsterte er. „Es geht Kai nichts an."

Ihr Blick zuckte nach unten und sie drehte sich in einer vagen Bewegung in Richtung Lobby um. „Ich denke, ich schaue kurz in unserem Zimmer vorbei."

Er trat in den Dreck und sah ihr nach. Das war der Code für eine kurze Pause, da Silas darauf bestanden hatte, dass sie während der Arbeit so wachsam wie möglich blieben, aber dennoch. Ella lief vor ihm weg und es tat weh, sie gehen zu sehen.

Er ging zurück in die Lobby und holte sich eine Zeitung, während er in aller Ruhe die wachsende Menge im Ballsaal beobachtete. Es gab jedoch nichts Ungewöhnliches.

„Herr Bürgermeister, Mrs. Tang", rief jemand.

Eine Schar älterer Damen aus irgendeiner Art Tierschutz-Wohltätigkeitsgruppe erschien ebenfalls. Sie plapperten aufgeregt durcheinander.

„Ich freue mich so, dass sie heiraten", zwitscherte eine.

Eine andere Frau strahlte. „Ich wusste es sofort, als ich sie das erste Mal zusammen gesehen habe."

Jake ließ sich das durch den Kopf gehen. Er hatte es auch sofort gewusst, als er Ella zum ersten Mal gesehen hatte. Er hatte dieses Gefühl von *für immer* verspürt, als wäre sie jemand, der perfekt zu ihm passte. Damals war er ein Narr gewesen und hatte es geleugnet, aber diesen Fehler würde er nicht noch einmal machen.

Als Nächstes kamen Boone und Nina an. Boone, der einen seiner seltenen *Ich trage tatsächlich einen Anzug mit Krawatte*-Momente hatte, zog die anerkennenden Blicke der Damen auf sich. Und Nina sah absolut strahlend aus – oder war das Rosa auf ihren Wangen etwas zu Rot? Boone und die älteren Damen waren sehr um sie bemüht, als sie sich auf einen Stuhl hinabsenkte und ihrem Gesicht Luft zufächelte.

„Mir geht es gut. Alles gut. Kein Problem."

„Ich schwöre, diese Babys könnten jede Minute kommen", flüsterte eine der älteren Damen einer anderen zu.

Gott, Jake wollte es nicht hoffen.

Der Trubel nahm zu, als die Gäste in einem stetigen Strom ankamen. Die meisten der einheimischen Damen trugen bunte für die Inseln typische Kleider mit weißen Blumen, die sie hinter ein Ohr gesteckt hatten. Andere kamen in Aufmachungen, als würden sie einer Hollywoodgala mit Rotem Teppich beiwohnen. Und die Männer trugen alle elegante Anzüge und Krawatten. Jake musterte jedes Gesicht. Er suchte nach jemandem, der möglicherweise einen gezwungenen *Ich schwöre, ich führe nichts im Schilde*-Ausdruck zeigte. Denn wer wusste es schon? Er könnte sich eine Frau vorstellen, die eifersüchtig auf Cassandra war, weil sie sich den begehrtesten Junggesellen Mauis geschnappt hatte. Oder einen Mann, der sich für etwas aus Silas' Vergangenheit rächen wollte.

Allein beim Gedanken daran verspannte sich jeder Muskel in Jakes Körper. Hoovers Worte hallten in seinen Gedanken wider, *Ich sag es dir, Mann. Jemand schaltet uns aus, einen nach dem anderen.*

Es sollte Silas' Hochzeit nicht betreffen, aber Jake war sich plötzlich nicht mehr so sicher. Was wäre, wenn wirklich jemand hinter seiner Einheit her war – und was, wenn diese Person ihn hier auf Maui verfolgte? Das verdoppelte das potenzielle Risiko dieser öffentlichen Veranstaltung. Jake musterte die Menschenmenge, das Personal und die Räumlichkeiten auf jedes verräterische Detail, auf irgendein kleinstes Zeichen. Aber es gab nichts Verdächtiges. Nur eine fröhliche Menge und die

Klänge eines Streichquartetts, das zu spielen begann. Nicht die geringste Spur des Gefühls, *beobachtet zu werden*, wie es Manny, Chalsmith oder Junger in den Sekunden verspürt haben mussten, bevor ihre Leben verfrüht beendet worden waren. Oder dieses Gefühl, bei dem sich die Haare in seinem Nacken aufstellten. Welches er gehabt hatte, bevor er fast von diesem Auto überfahren worden wäre. Im Gegenteil, die Palmen, die den nahe gelegenen Strand säumten, wogten und tanzten, als würden sie sagen: *Das ist Maui. Eine kleine Ecke des Paradieses. Entspanne dich.*

Nein, er würde sich nicht entspannen. Das konnte er nicht. Er war bei der Arbeit.

Also begab er sich an einen besseren Beobachtungspunkt und teilte die Menge weiter mental in Sektionen ein, die er eine nach der anderen auf Anzeichen von Schwierigkeiten inspizierte. Ella kehrte von ihrer Pause zurück, begab sich jedoch sofort zur Veranda des Resorts, um die Dinge von dort aus zu beobachten.

„Irgendetwas?", murmelte Kai im Vorbeigehen.

Jake schüttelte unmerklich den Kopf. Nichts. Ella wich ihm aus, was scheiße war. Aber was die Feierlichkeiten betraf, war alles in Ordnung – bis jetzt. Trotzdem wurde es immer schwieriger, den Überblick zu behalten. Bei einer schwangeren Frau, einigen ziemlich anständig herausgeputzten Jungs und dem Nervenkitzel einer Hochzeit wurden die Gäste immer aufgeregter. Als Silas und Cassandra schließlich mit Hunter als Chauffeur in einem Rolls Royce auftauchten, warteten bereits ein Dutzend Reporter auf den Stufen des Resorts. Und sogar Jake musste staunen. Hätte ihn damals – als er Silas zum ersten Mal traf – jemand gefragt, ob der in Tarnkleidung gehüllte, kampferprobte Kommandant das Zeug zu einem *Ich bin so verliebt, dass Sterne in meinen Augen funkeln Fast-Ehemann* hatte, hätte Jake gelacht. Aber dort stand er. Silas, der nur Augen für seine zukünftige Braut hatte, herausgeputzt in einem Smoking. Cassandra sah großartig aus und ging bewundernswert gut damit um, im Rampenlicht zu stehen. Sie hielt inne, um zu lächeln und mit jedem Gast zu sprechen – wirklich zu sprechen –, der begierig darauf war, ihre Hand zu schütteln.

Sobald das Pärchen des Tages im Ballsaal verschwand, schaute sich Jake genau um. Er setzte sich schließlich auf einen Hocker an der Bar des Restaurants, wo er das Geschehen belauschen und durch die offenen Ballsaaltüren spähen konnte. Ein Löffel klirrte gegen ein Glas und das Geschwätz verstummte.

„Nun, ich denke, es ist an der Zeit zu beginnen." Silas brachte mit seinem tiefen Bariton auch die letzten Stimmen zum Schweigen.

Ella kam zur Bar und schlüpfte auf einen Hocker neben Jake, neigte den Kopf und hörte ebenfalls zu.

„Jemand hat gesagt, er wäre überrascht, mich verlobt zu sehen", begann Silas. „Glauben Sie mir, wenn ich sage, dass mich das selbst am meisten überrascht."

Jake lächelte schwach, als ein leises Lachen durch den Raum ging.

„Manche Überraschungen sind, nun ja – sie sind nicht so gut", fuhr Silas fort.

Jakes Wange zuckte, als er an den Tag des Hinterhalts dachte.

„Aber andere Überraschungen sind gut. Wirklich gut", sagte Silas. „Die Art, bei der man sich fragt, warum sich das Schicksal entschieden hat, einem Mann so viel zu schenken."

Ja, Jake kannte auch dieses Gefühl. Ella kennenzulernen hatte sich so angefühlt – und der vergangene Abend auch. Er sah sie an, aber ihr Blick war fest auf die Tür gerichtet.

Silas fuhr fort, aber im Empfangsbereich klingelte ein Telefon und draußen dröhnte ein Sportwagen vorbei, so dass Jake nur Bruchstücke aufschnappte.

„Liebe… "

„… Pflichten, die manchmal erdrückend erscheinen… "
Ella nickte, als ob sie genau wüsste, was Silas meinte.

Ein Caterer kam mit einem vollen, klappernden Geschirrwagen vorbei und übertönte das meiste des nächsten Teils von Silas' Rede.

„… aber wenn das Schicksal spricht, ist es am besten, darauf zu hören. Und ich habe gelernt, dass kein Mann immun ist, wenn… "

Ein Mann in der Lobby begann, in sein Telefon zu sprechen. Was auch immer Silas als Nächstes sagte, ging dadurch verloren. Aber Hunter, der in der Nähe der Türen stand, verzog drollig sentimental das Gesicht. Boone hatte denselben Blick, als er Nina küsste. Sie befanden sich in Jakes Sichtlinie, an der Seite des Ballsaals, und die Spiegel ermöglichten ihm einen flüchtigen Blick auf Kai, der nach Tessas Hand griff.

„Schicksal", flüsterte Ella. Sie sah Jake in die Augen.

Schicksal, hätte er fast wiederholt. Gab es so etwas wirklich?

Einen Augenblick später blinzelte Ella und verkrampfte sich erneut. Sie fingerte an der silbernen Halskette herum, die sie immer trug.

„Mein Onkel Filimore hat es am besten gesagt, denke ich...", fuhr Silas fort.

Jake sah sich um. Es wäre praktisch, einen klugen Onkel zu haben, aber zur Hölle. Er wusste, was er wollte. Was er brauchte.

Sein Blick fiel auf Ella. Er würde es ihr bei der ersten Gelegenheit sagen, die er bekam.

Ella flüsterte: „Sieht aus, als hätten wir alles unter Kontrolle." Dann stand sie auf und sprach mit lauterer Stimme: „Oh! Ich glaube, das Licht ist genau richtig für die Blumen am Bürgersteig dort drüben. Ich komme gleich wieder, Liebling. Sollen wir uns bald in unserem Zimmer treffen?"

Das war das Signal für ihn, Pause zu machen, und er zwang seine Stimme, locker zu klingen. „Sicher."

Sie hatte natürlich recht. Die Reden würden wahrscheinlich noch eine Weile andauern. Er würde seine Konzentration brauchen, wenn das Kommen und Gehen beim Servieren des Essens begann. An den Türen der Lobby standen zwei große Männer und mehrere weitere waren überall auf dem Gelände verteilt – die zusätzlichen Sicherheitskräfte, die Silas für den Tag angeheuert hatte – jetzt war also der perfekte Zeitpunkt für seine Pause.

„Bis gleich, Liebling." Er ließ Ellas Hand erst in letzter Sekunde los.

Aber wir werden reden. Sobald wir diesen Hochzeitsempfang hinter uns haben und sich alles wieder beruhigt hat. Ich verspreche, dass ich dir alles erklären werde.

Jake knirschte mit den Zähnen und hoffte, dass Ella ihre Meinung nicht ändern würde. Er fuhr mit dem Aufzug hinauf, betrat die Suite und verzog sofort das Gesicht. Das Zimmermädchen war da gewesen und hatte jeden Hinweis auf die vergangene Nacht verschwinden lassen. Das Bett war mit frischen, gespannten Laken gemacht und jeder Hinweis auf die Intimität, die er und Ella in der vergangenen Nacht erlebt hatten, war damit zunichtegemacht worden. Der Couchtisch stand wieder gerade, die Kissen zierten die Couch und waren aufgeschüttelt worden. Kein Champagnerkübel mehr. Noch nicht einmal eine kleine Pfütze, die ihn an den besten Teil erinnerte. Alles war glänzend und steril, so als hätte er sich die Nacht nur eingebildet.

Er setzte sich auf einen Balkonstuhl und griff nach der Puzzleschachtel, um etwas zu haben, womit er sich beschäftigen konnte. Wenn er zehn Minuten lang nichts tun müsste, würde er durchdrehen.

Hoch. Links. Runter. Er schob eine Reihe der Quadrate zur Seite und die andere nach oben. Dabei ordnete er die sich bewegenden Teile in ihrem acht mal acht großen Feld auf dem Deckel neu an. Irgendwann würde es ihm gelingen, die Schachtel zu öffnen und er würde herausfinden, was sich darin befand. Selbst wenn sie leer war, wäre das in Ordnung. Er würde das Muster einfach wieder vermischen und es noch einmal versuchen. Oder er würde sich eine neue Puzzleschachtel suchen und...

Etwas klickte und der Deckel drückte leicht gegen seinen Daumen. Er ging nicht auf, aber er musste nah dran sein. Er beugte sich über die Schachtel und verschob ein paar weitere Quadrate. Drei Züge später hatte er das Elfenbeinstück zwei Schritte nach unten und einen Schritt von dem Mahagonifeld wegbewegt, wie ein Springer auf einem Schachbrett. Dann schob er ein weiteres Feld nach links und bewegte das Sandelholzstück näher zur Mitte. Und...

Klick! Der Deckel sprang unter seiner Hand auf.

Er starrte eine Minute darauf und staunte, dass er den Code

endlich geknackt hatte. Er war auch ein wenig enttäuscht, denn womit würde er sich nun beschäftigen?

Er drückte den Deckel auf. Er war dick und schwer und enthielt einen verborgenen Mechanismus, der es den Quadraten ermöglichte, sich zu bewegen und das Schloss auszulösen. Dadurch blieben im unteren Teil des Kästchens, das in vier Quadrate unterteilt war, nur wenige Zentimeter Höhe übrig. Drei waren leer, aber das vierte enthielt ein weißes Stoffstück.

Er schaute auf und hätte fast gesagt, *Ella, sieh dir das einmal an.*

Aber da war niemand. Niemand, mit dem er diesen kleinen Sieg teilen konnte.

Das Tuch entpuppte sich als ein kleiner Beutel, der überall ganz weich war bis auf einen länglichen Klumpen in der Mitte. Die leichte Polsterung hatte es – was auch immer das war – davor bewahrt, sich zu bewegen und ein Geräusch zu machen. Wusste die Dame, die ihm die Puzzleschachtel verkauft hatte, dass sie nicht leer war? Jake löste die Schnur, die um das Täschchen geschlungen war und hoffte, dass es sich nicht um eine Art Familienerbstück handelte. Denn das würde ihn dazu verpflichten, die Dame aufzuspüren, um dafür zu sorgen, dass sie es zurückbekam.

„Jetzt komm schon heraus", murmelte er und zog einen Wattebausch aus dem Beutel. Dann faltete er ihn vorsichtig auf, um den Inhalt zu enthüllen. Keine Perle. Auch keine Murmel. Eher wie ein länglicher Stein, aber die Farben...

Jake hielt den Atem an, als ein Sonnenstrahl auf die Oberfläche des Steines fiel. Einige Stellen funkelten rosa, andere weiß, wieder andere grün – ein ganzer Regenbogen von Farben wirbelte durch den Stein. Er spitzte die Lippen in einem unterdrückten Pfeifen. Was auch immer das für ein Stein war – vielleicht ein Opal? – es war ein Prachtexemplar. Die Farbe leuchtete blau, wenn er seine Hand in eine Richtung anwinkelte, und veränderte sich zu Orange, wenn er sie zur anderen Seite neigte. Orange, wie der äußere Ring von Ellas Iris. Er neigte den Stein nach links und rechts und fragte sich, ob...

Alarmiert riss er den Kopf herum. Nicht wegen irgendjemandem oder irgendetwas Bestimmtem, sondern aufgrund eines Gefühls der Anspannung in seinem Bauch. Ein schlechtes *Mach dich bereit, Soldat*-Gefühl, dass er zuvor nur wenige Male verspürt hatte. Das Gefühl drohenden Unheils, wie ein kurz vor der Explosion stehendes Geschoss.

Er stand schnell auf, steckte den Stein ein und blieb völlig regungslos. Er versuchte, herauszufinden, was das Problem war. Aber es gab nichts – keinen Schrei, keine Explosion, kein auffallender Motor oder ein außer Kontrolle geratener Lastwagen. Trotzdem klopfte sein Herz heftig und sein Blut geriet in Wallung. Etwas stimmte nicht. Irgendetwas stimmte definitiv nicht.

Er eilte hinunter und nahm die Treppe anstelle des Aufzugs. Und zwar vier Stufen auf einmal. Als er in der Lobby ankam, hörte er ein besorgtes Stimmengewirr.

„Holt ihr etwas zu trinken.“

„Rufen Sie einen Krankenwagen.“

„Legen Sie ihre Füße hoch.“

Er eilte zur Quelle der Aufregung in den Ballsaal hinein.

„Ich habe dir doch gesagt, dass die Babys bald kommen werden“, bemerkte eine der älteren Damen.

Boone sah aus, als würde er kurz vor einem Herzinfarkt stehen. Nina war blass, versicherte jedoch all den Menschen, die sich um sie scharten, dass es ihr gut ginge. Alles war gut. Und schließlich machte es klick. Ninas Wehen hatten eingesetzt. Aber das würde doch nicht so einen verrückten Gefahrenreflex auslösen, oder? Jake wirbelte herum und überblickte die Szene.

Hunter sprach in dringendem Ton in ein Telefon. Silas winkte die Gäste zurück, um Nina Freiraum zu geben.

„Hol' den Wagen“, sagte jemand.

„Nein, rufen Sie einen Krankenwagen.“

„Ehrlich, es geht mir gut...“ Nina unterbrach ihr letztes Wort mit einem Keuchen und hielt sich den Bauch.

„Krankenwagen“, bellte Boone. „Bleib' ruhig, Liebling“, sagte er zu Nina, obwohl er derjenige war, dessen Gesicht sich weiß wie die Wand färbte.

„Es tut mir so leid“, sagte Nina und klammerte sich an Cassandras Hand.

„Machst du Witze?" Cassandra grinste. „Die perfekte Entschuldigung, die Veranstaltung abzuwickeln. Ich kann es kaum erwarten, eure Babys kennenzulernen. Ich wette, du auch nicht."

Nina strahlte, schnappte nach Luft und lächelte schließlich wieder.

Jake eilte zu den Türen der Lobby, denn dieser Tumult war nicht das Problem.

Nicht, dass es keine große Sache war, dass Nina in den Wehen lag, aber es rechtfertigte nicht diese *Alle Mann an Deck*-Reaktion, die ihn so aufwühlte. Er eilte hinaus und sah sich um.

„Wo ist Ella?", fragte er Kai.

Kai winkte in eine vage Richtung, während er in sein Telefon bellte. „Wann können Sie den Krankenwagen hier haben?"

Jake rannte hinaus auf den Rasen, sah sich überall um und rief in Gedanken nach Ella. Wo war sie? Was ging vor sich?

Ein roter Blitz raste die Einfahrt hinunter und verschwand aus seinem Blickfeld. Jakes erster Gedanke war, dass es Boone sein musste, der mit Nina im Ferrari ins Krankenhaus raste. Aber er hatte Boone gerade im Ballsaal gesehen, also...

Er wirbelte herum und sprintete zu Toby hinüber – der jetzt wieder Parkwächter war – und ihm breit grinsend entgegenkam. „Sie müssen so aufgeregt sein."

Nicht wirklich, nein. Nina bekam die Hilfe, die sie brauchte. Aber wo zum Teufel war Ella?

„Eine Hochzeitsreise und ein neues Grundstück ... direkt hier auf Maui", sagte Toby und nickte fröhlich. „Mann, manche Leute können sich so etwas nur wünschen."

„Das Grundstück gehört mir nicht wirklich", murmelte er und fragte sich, woher Toby von dem Grundstück wusste, dass Ella, Kai und Hunter von ihrer Pflegemutter geerbt hatten. Er lief direkt an Toby vorbei, denn das war im Moment nicht wichtig. „Wie dem auch sei, meine Frau verkauft es."

Meine Frau. Jake schockierte sich selbst damit, wie ernsthaft er dieses Wort ausgesprochen hatte.

Toby sah verwirrt aus. „Sie meinen, sie kauft es. Ich dachte, das hätte er gesagt."

„Verkaufen“, grunzte Jake und sah sich um. Er, sie – Toby war offensichtlich verwirrt. Aber verdammt. Konnte der Junge nicht sehen, dass er im Moment keine Zeit zum Plaudern hatte?

Er wollte gerade loslaufen, als Tobys Worte ihn aufhielten. „Ihrer Frau geht es doch besser, oder?“

Jake wirbelte herum. „Wie meinen Sie das?“

Toby machte eine vage Bewegung. „Nun, als sie ohnmächtig wurde...“

„Als sie *was*?“

Toby zeigte über seine Schulter. „Vor ein paar Minuten. Sie ist plötzlich ganz schwach geworden, einfach so. Gut, dass dieser Typ bei ihr war.“

Jakes Gedanken rasten. Ella wurde nicht ohnmächtig. Ella gähnte noch nicht einmal. Sie zeigte niemals Schwäche. Vielleicht hatte der ahnungslose Junge Ella mit Nina verwechselt, die in den Wehen lag, oder so etwas.

„Es geht ihr gut. Der Krankenwagen ist unterwegs, um sie in den Kreißsaal zu bringen.“

Toby schüttelte den Kopf. „Nicht Miss Miller. Ihre Frau. Sie ist ohnmächtig geworden. Genau dort drüben.“

Er zeigte auf eine Baumgruppe am Rand des Rasens.

Jakes Herz überschlug sich. „Wo ist sie jetzt?“

Toby zeigte auf den Parkplatz. „Jemand hat ihr in den Schatten geholfen.“

„Jemand?“, forderte er und war nur einen Herzschlag davon entfernt, zum Parkplatz zu sprinten. Meinte Toby Boone? Kai? Oder vielleicht Hunter? „Der große Kerl?“

Toby nickte. „Ja, der große Kerl. Der mit dem roten Geländewagen.“

Jake hielt inne. Hunter fuhr normalerweise den Land Rover. „Großer Typ, braune Haare, brauner Bart?“

Toby starrte ihn an. Gott, es war, als würde er mit einem Eichhörnchen Scharade spielen.

„Nein, kein Bart. Der andere Mann. Der Immobilienmakler.“

Nichts von dem, was Toby sagte, ergab irgendeinen Sinn. „Welcher Immobilienmakler?“

„Der wirklich große Typ mit dem rasierten Kopf.“

Jake wollte gerade sagen, dass der Immobilienmakler überhaupt nicht so aussah, als ihm plötzlich bewusst wurde, wer es tat. Seine Gedanken rasten.

Roter Geländewagen, der aus dem Resort raste. Großer Kerl. Rasierter Kopf.

Sein Magen überschlug sich. Gideon Goode?

Jake raste zum Parkplatz. Toby folgte ihm. „Was ist los?"

Alles Mögliche war los. Zum einen wurde Ella nicht ohnmächtig. Gideon Goode hatte auf dem Resort Gelände nichts zu suchen und war auch kein Immobilienmakler. Und außerdem...

Jake blieb mitten auf dem Parkplatz stehen und drehte sich in alle Richtungen. „Welcher Schatten?"

Toby holte auf, schnaufte und zeigte. „Dort drüben."

Dort drüben stand eine schiefe Palme, unter welcher niemand zu sehen war. Jake rannte hin und ging auf die Spurrillen im Boden zu. Die Spuren eines schweren Fahrzeugs mit ineinandergreifendem, verzahntem Profil. Etwas glitzerte zu seinen Füßen und er hockte sich hin, um es aus dem Schlamm zu kratzen.

„Was ist das?", fragte Toby.

Jake nahm das Gewirr mit zitternden Fingern in die Hand. Eine schlichte Silberkette. Ellas Silberkette.

Im nächsten Augenblick rannte er auf den pinkfarbenen Jeep zu und tastete unter dem Teppich nach dem Schlüssel. Eine Sekunde später erwachte der Motor zum Leben. Jake raste vom Parkplatz. Die Reifen quietschten und die Gäste warfen ihm missbilligende Blicke zu. Aber er ignorierte sie. Die Tore des Resorts standen weit offen, als ein Krankenwagen hineinfuhr. Jake wich ihm aus, während er in seiner Tasche nach dem Telefon suchte. Augenblicke später bog er bereits auf den Highway und beschleunigte. Er drückte die Tasten seines Telefons.

„Komm schon", murmelte er und hoffte, Kai würde abheben. „Komm schon..."

Kapitel 14

Ella atmete scharf ein und trat in der Dunkelheit um sich. Aber ihr Bein bewegte sich kaum und alles war vernebelt. Schlimmer als vernebelt – alles war schwarz, als hätte jemand eine Decke über sie geworfen. Ihre Schultern schmerzten. Der Geschmack von Galle füllte ihren Mund und in ihrem Kopf drehte sich alles. Was war los? Warum lag sie auf dem Boden?

Sie versuchte, nach ihrem Gesicht zu greifen, aber ihre Hände steckten hinter ihr fest. Ein leises, grummelndes Lachen ertönte, aber es war weder nah noch fern. Irgendwie war es unmöglich, die Entfernung einzuschätzen.

„Wie lange hält das Zeug an?", fragte eine schroffe Stimme, die sie nicht erkannte.

„Das kommt auf den Gestaltwandler an. Aber da sie nur ein kleiner Fuchs ist, könnte es noch ein paar Minuten dauern", sagte eine noch tiefere Stimme.

Hey, wollte sie protestieren. *Ich bin nicht klein.*

Aber sie konnte nicht sprechen und sich auch kaum bewegen. Mit ihren Händen auf dem Rücken gefesselt konnte sie nur schwach zappeln. Davon stieg die Übelkeit wieder in ihr auf. Also gab sie auf und rollte sich nur auf die Seite. Sie würde sich vielleicht übergeben, aber zumindest würde sie so nicht an ihrem eigenen Erbrochenen ersticken.

„Bist du dir sicher, dass sie ein Fuchs ist?", fragte der andere Mann.

Die tiefe Stimme lachte leise. „Vertrau' mir. Ich habe die beste Nase in der Gestaltwandlerwelt."

„Ich glaube, sie wacht langsam auf."

Wovon wachte sie auf? Ella erinnerte sich nur an eine kurze Patrouille über das Gelände des Resorts. Silas' Rede über Liebe und Schicksal hatte so herzergreifend auf ihre Tränendrüse gedrückt, dass alle ihre Emotionen gleichzeitig an die Oberfläche gespült worden waren. Also war sie hinausgeeilt, um sich von all den glücklich verpaarten Pärchen zu distanzieren, die etwas feierten, was sie nie haben würde.

Jake. Sie wollte seinen Namen flüstern. Nach seiner Hand greifen und ihm in die Augen sehen. Um es zu erklären. An diesem Morgen war sie bereit gewesen, nach einem Weg zu suchen, wie ihre Beziehung funktionieren könnte. Aber dann hatte Kai angerufen, um den Tag mit ihr zu besprechen, und allmählich war ihr die Torheit ihrer Fantasie klar geworden. Wenn sie Jake wirklich liebte, würde sie ihn gehen lassen. Die Tatsache, dass sie jetzt um seine Hilfe schreien wollte, war nur ein weiterer Grund, die ganze Sache zu beenden. Er machte sie schwach. Unkonzentriert. Unprofessionell.

Fragmente von Erinnerungen wirbelten durch ihr Gedächtnis, aber sie alle waren durcheinander und bruchstückhaft. Ein fauler Geruch. Ein böses Grinsen. Schritte...

Ihr Körper erstarrte, als ein Gesicht aus dem Nebel in ihrem Geist auftauchte. Gideon Goode, der Gestaltwandler, der das Grundstück auf Pu'u Pu'eo besichtigt hatte. Derjenige, von dem sie angenommen hatte, dass er Geschäftsbeziehungen zu Silas unterhielt. Hatte Silas seine Verbündeten falsch eingeschätzt – oder hatte sie die falschen Zusammenhänge hergestellt?

Er war auf dem Parkplatz des Kapa'akea Resorts aus seinem Geländewagen gestiegen und sah in seinem auf seinen riesigen Körper maßgeschneiderten Anzug wie aus dem Ei gepellt aus. Sie war hinübergegangen, um seine Einladung zu prüfen, und scheiße – in eine Falle getappt.

Miss Kitt. Was für eine Überraschung, Sie hier zu sehen, hatte er aalglatt gesagt.

Mr. Goode. Ihre Einladung bitte.

Sie hatte sogar ihre Hand ausgestreckt und zähneknirschend erwartet, dass er seriös war. Aber Goode hatte anstatt einer Einladung ein Taschentuch hervorgezogen und sich den Mund zugehalten, als müsste er niesen. Dann hatte er über ihre Schulter gezeigt und...

Sie zog ein Gesicht und erinnerte sich an die wenigen Dinge danach. Sie hatte sich – wie eine Amateurin – umgedreht, um zu sehen, worauf er zeigte. Dann hatte sie Schritte und das zischende Geräusch eines Sprays gehört. Ein brennender Gestank war ihr in die Nase gestiegen. Plötzlich hatte sich die Welt gedreht und ihre Knie hatten nachgegeben. Sie hatte noch nicht einmal einen Blick auf den Mann werfen können, der sich von hinten herangeschlichen hatte, sondern nur eine Lunge voll von diesem widerlichen Gestank genommen. Und dann war sie gestürzt... Sie fiel ... und fiel...

Ich hab' dich, Schätzchen, hatte Goode gegluckst und sie wie eine Puppe hochgehoben.

„Ich hab' dich", murmelte er auch jetzt.

Etwas Warmes berührte ihr Bein und sie zuckte weg. Dann rumpelte das Fahrzeug über eine Bodenwelle und schüttelte sie auf dem Sitz durch.

Scheiße. Goode brachte sie irgendwo hin – was nie ein gutes Szenario war, auch wenn es bedeutete, dass ihre Freunde im Moment nicht in Gefahr schwebten. Aber scheiße. Sie selbst schon.

Das Gewicht drückte erneut auf ihr Bein – eine breite, schwielige Hand – und sie zuckte zusammen, als sie auf und ab streichelte. Der Wagen schlingerte und Goode lachte leise. Bei dem Geräusch lief es ihr, ebenso wie von seiner Berührung, eiskalt den Rücken hinunter.

„Eine nette kleine Füchsin haben wir hier. So ein unerwarteter Bonus für diese ganze Reise, meinst du nicht auch, Burman?"

Sie zuckte zurück und versuchte, ihre Augen zu öffnen. Aber als sie dies tat, wurde sie von einer weiteren Welle der Übelkeit übermannt. Sie kniff sie wieder zu.

„Was wird denn die Chefin dazu sagen?", fragte die zweite, nasalere Stimme – Burman, nahm sie an.

Goode schlug mit der Faust auf das Armaturenbrett und brüllte: „Moira ist nicht meine Chefin, verstanden?"

Ella riss den Kopf herum. Moira?

„Entschuldigung", murmelte Goodes Komplize. „Aber Moira wollte doch, dass wir die Schwangere ausschalten, oder?"

Ella riss die Augen weit auf. *Nein, nicht Nina. Bitte nicht Nina...*

Goode grummelte. „Wir würden noch nicht einmal in ihre Nähe kommen. Moira wollte, dass wir den Gestaltwandlern hier auf Maui eine klare Botschaft senden. Und das haben wir getan. Und in der Zwischenzeit kann ich mich um meine eigene Wunschliste kümmern. Eine Win-Win-Situation. Hast du das kapiert?"

„Ich hab's kapiert, ich hab's kapiert", beeilte sich der zweite Mann, zu sagen. „Also bekommt Moira die Füchsin... "

„Ich bekomme die Füchsin", donnerte Goode. „Sie passt perfekt zu dem, was ich bereits am Laufen habe. Moira bekommt, was sie wollte – und mehr nicht."

Ellas Gedanken überschlugen sich. Also waren Silas' Befürchtungen durchaus begründet gewesen – Moira hatte es einmal mehr auf die Gestaltwandler von Koa Point abgesehen. Sie hatte es nicht gewagt, das Anwesen direkt anzugreifen, aber offensichtlich hatte sie genug Geld, um Goode anzuheuern, der selbst auch einen gewissen Groll zu hegen schien...

„Und wie willst du diese Füchsin von der Insel schaffen?", fragte Burman, nachdem eine weitere Minute verstrichen war.

Ella spitzte die Ohren und hielt den Atem an.

Goode schnaubte. „Habe ich dir überhaupt nichts beigebracht? Es ist nur eine kleine Planänderung. Ich brauche nur einen Privatjet. Wenn ich sie meinen Kunden zur Verfügung stelle, wird sie die Kosten dafür mehr als zurückverdienen. Aber eins nach dem anderen." Ella zuckte zusammen, als seine Hand wieder auf ihrem Bein landete, dieses Mal über ihrem Knie. „Wir benutzen unseren Köder, um uns McBride zu angeln und ihn auszuschalten. Dann können wir uns um unser nächstes Ziel kümmern. Und dann um das nächste und das nächste, bis die ganze Einheit bekommen hat, was sie verdient."

Sie erstarrte. Jake? Was wollte er mit Jake?

„Wie Hoover?", schnaubte Burman. „Den können wir jederzeit ausschalten. Kein Problem."

Goode tätschelte sanft ihre Hüfte und ließ sie schließlich in Ruhe. „Sie haben es verdient, weil sie meine Lieferung vermasselt haben, und sie werden dafür bezahlen. Sobald wir mit dieser Einheit fertig sind, können wir wieder an die Arbeit gehen. Und noch dazu mit einer neuen Ressource."

Ella war schon oft als taktische Ressource bezeichnet worden. Aber Goodes Tonfall deutete auf etwas völlig anderes hin. Etwas, das sie krankmachte.

Sie zwang sich, die Augen zu öffnen. Zunächst war alles verschwommen. Dann nahmen zwei ausgebeulte Umrisse und ein Lichtstreifen Gestalt an – die Vordersitze des Geländewagens. Sie war auf den Rücksitz geworfen worden. Als sie nach unten blickte, sah sie ein dickes Seil, das um ihre Knöchel geschlungen worden war. Ihr Kleid war hochgerutscht und sie zuckte zusammen. Instinktiv bewegte sie die Hände, um den Saum hinunterzuziehen. Aber ihre Hände waren hinter ihrem Rücken gefesselt und bei der Bewegung schossen Schmerzen durch ihre Schultern.

Scheiße. Wie hatte sie dies geschehen lassen?

Sie dachte darüber nach und war wütend auf sich selbst, nicht vorsichtiger gewesen zu sein. Silas' Rede war ihr ans Herz gegangen und sie hatte an nichts als Jake denken können.

Zeit, ans Überleben zu denken, befahl sie sich selbst.

Aber verdammt. Selbst jetzt konnte sie nicht aufhören, an ihn zu denken. Die Anziehungskraft ihres Gefährten war so stark, so alles verzehrend...

Konzentriere dich, Kitt, bellte sie innerlich.

Ein Telefon klingelte und der Mann auf dem Beifahrersitz antwortete: „Hallo? Ja, alles bereit." Er schaute auf seine Uhr. „Voraussichtliche Ankunft in etwa dreißig Minuten."

Ella verdrehte ihre Handgelenke, aber es nützte nichts. Wer auch immer diese Knoten gebunden hatte, wusste genau, was er tat. Durch die Bewegung scheuerte das Seil noch tiefer in ihre Haut. Sich in ihre Fuchsform zu verwandeln würde nicht helfen, nicht mit auf den Rücken gebundenen Armen. Sie würde sich beim Versuch beide Schultern auskugeln. Gestaltwandlerheilung war zwar schnell, aber auch nicht augenblicklich. Sie wäre sogar noch hilfloser, als sie es jetzt war.

Sie knirschte mit den Zähnen. *Hilflos* war überhaupt nicht ihr Ding. Sie war auch kein *Opfer*. Sie war eine Kriegerin, verdammt noch mal.

Also denk' nach, tadelte sie sich selbst. *Und zwar schnell.*

Sie rutschte auf ihrem Sitz herum und versuchte, ein Gefühl dafür zu bekommen, wohin das Auto fuhr und wie lange sie schon bewusstlos gewesen war. Ein flüchtiger Blick zwischen die Vordersitze ermöglichte es ihr, die Uhrzeit auf dem Armaturenbrett zu erkennen. Es war 15:18 Uhr, sie war also nicht lange ohnmächtig gewesen. Das Rollen der Reifen füllte sich schnell genug an, um darauf hinzudeuten, dass sie sich auf dem Highway befanden. Die Sonne funkelte zwischen den Bäumen und erzeugte einen blitzähnlichen Effekt, der ihre Übelkeit noch verschlimmerte.

Waffen. Kommunikation. Munition? Sie ging in Gedanken durch, was ihr zur Verfügung stand. Was so gut wie nichts war. Irgendwann zwischendurch musste sie ihr Telefon verloren haben, und die einzige Waffe, die ihre Rolle als Hochzeitsreisende erlaubt hatte, war das Messer, das an ihren Oberschenkel geschnallt war. Sie rollte sich langsam nach links, bis sich der Griff in ihren Oberschenkel bohrte. Zumindest hatte sie das. Die Frage war nur, wie sie herankommen sollte.

Goode bewegte den Rückspiegel, um sie anzusehen, und sie wandte ihren Blick – leider zu spät – von ihm ab.

„Ah. Miss Kitt. Wie schön, Sie wiederzusehen. "

„Sprich für dich selbst, Arschloch. "

Er grinste. „Es tut mir leid, Sie von dieser rührseligen Veranstaltung weggeholt zu haben. Es gibt doch nichts Schöneres, als ein Gestaltwandlerpaar, das ewige Liebe findet. " Seine Stimme triefte vor Sarkasmus.

Der Mann auf dem Beifahrersitz schnaubte und Ella wollte sie am liebsten beide schlagen. Liebe war nichts, worüber man sich lustig machen sollte. Sie war ein Schatz, wie Georgia Mae stets zu sagen pflegte.

„Was wollt ihr? "

Goode lachte leise. „Ich will eine Menge Dinge. Aber das ist eine lange Geschichte. Vielleicht erzähle ich sie dir hinterher. "

Sie kniff die Augen zusammen und wünschte, sie könnte seine Gedanken lesen. Hinterher?

Goode justierte den Rückspiegel neu und beobachtete die Straße hinter sich. Burman drehte sich um, um dasselbe zu tun. „Noch keine Spur von ihm.“

Es drehte Ella den Magen um. Keine Spur von wem? Jake? Aber warum?

„Vielleicht solltest du etwas langsamer fahren“, murmelte Burman.

Sie wollten verfolgt werden? Wer zum Teufel wollte das?

Ella schloss die Augen und versuchte, ihre Gestaltwandlerfreunde zu erreichen. *Boone. Kai.*

Keine Antwort.

Silas! Hunter?

Sie versuchte einen nach dem anderen.

Cruz … Tessa … Dawn? Irgendjemand!

Für gewöhnlich dauerte es ein oder zwei Momente, um die Art von geistiger Verbindung herzustellen, die nötig war, um ihre Gedanken in die Köpfe ihrer Freunde zu schicken. Aber ihr war immer noch schwindelig und es ging auch noch irgendetwas anderes vor sich. Etwas Chaotisches, das Kai, Hunter und die anderen dazu brachte, sich gegenseitig Befehle entgegenzuschleudern. Scheiße. Hatte es eine Art Angriff gegeben?

„Wir hätten uns keine bessere Ablenkung wünschen können.“ Burman lachte.

Goode nickte. „Ja – und keine bessere Versicherungspolice.“ Er warf einen Blick auf Ella. „Ich habe einen zusätzlichen Mann in Bereitschaft. Wenn du irgendwelchen Ärger machst, sind diese Babys tot.“

Sie erstarrte. Ninas Babys? „Was für ein Monster bist du denn?“

Goode lachte nur und riss eine Hand hoch. „Du weißt ja, wie es ist. Leben sind nicht viel wert. Sie sind leicht ersetzbar.“

Ihr Mund klappte auf. Es waren Babys, um Himmels willen. „Wenn du ihnen irgendetwas tust… “

„Mach’ es nicht notwendig und ich werde es nicht. Hast du das verstanden?“

Sie war versucht, zu glauben, dass er bluffte, denn niemand kam an Boone, Hunter und den anderen vorbei, um diese Babys zu bedrohen. Aber zum Teufel. Sie wollte auch nicht mit unschuldigen Leben spielen.

Sie hielt vollkommen still, schloss die Augen und versuchte erneut, ihre Freunde zu erreichen. Die Übelkeit ließ nach, aber das Chaos bei ihnen ging weiter, so dass es unmöglich war, mit einem Hilferuf durchzukommen. Was sie ohnehin nur ungern tat. Sie rief nicht nach der Kavallerie. Sie *war* die Kavallerie.

Außer jetzt. Sie war wie eine gottverdammte Gans gefesselt, anstatt sich darauf vorzubereiten, mit geladenen Waffen zur Rettung zu stürmen.

Jake, flüsterte ihre Füchsin.

Sie schloss die Augen, dachte an sein Gesicht und tat ihr Bestes, um in seinen Kopf zu dringen. Aber Menschen beherrschten die feine Kunst nicht, ihren Geist für die Gedanken anderer zu öffnen. Alles was sie spürte, war eine vage Wolke aus Angst und Besorgnis.

Gott, was konnte sie tun? Sie brauchte Hilfe, aber Jake konnte es nicht mit zwei Gestaltwandlern aufnehmen. Als Mensch hatte er gegen sie keine Chance.

Goode drehte sich um und richtete seinen Blick auf Ella. Seine Augen streiften über ihren Körper, als würde er sie mit seinem Blick ausziehen. Dann grinste er. Er *grinste*, als ob sie zurücklächeln würde. Als er die Hand nach ihr ausstreckte, versuchte sie nach hinten zurückzuweichen, aber sie hatte keinen Platz. Sie konnte ihre Beine nur fest zusammenkneifen, während Goode mit einem Finger von ihrer Hüfte zu ihrem Knie strich. Dann hielt er sich den Finger unter die Nase, schnüffelte tief und schaute finster.

„McBride", grunzte er verärgert.

Ella knirschte mit den Zähnen. Natürlich würde ein Gestaltwandler die kleinen Reste von Jakes Duft auf ihrem Körper wahrnehmen. Nach allem, was sie getan hatten, konnte selbst eine Dusche den Geruch nicht völlig entfernen.

„Ich habe es dir doch gesagt." Burman lachte.

„So ein Glückspilz", räumte Goode ein. „Er muss eine Wahnsinnsnacht genossen haben. Aber ich schätze, es ist irgendwie Tradition, einem Verurteilten seinen letzten Wunsch zu erfüllen.“

Ella schlug gegen die Rückseite von Goodes Autositz. „Lasst ihn in Ruhe!“

„Glaubst du etwa, ich bin den ganzen Weg nach Maui gekommen, um Hallo und Auf Wiedersehen zu sagen?“, höhnte Goode. „Ich bin hier, um ihm die Kehle aufzuschlitzen, und das werde ich auch tun. Ein Mann, der das Geschäft eines anderen Mannes vereitelt – ein Geschäft, das Millionen wert war – kommt nicht einfach so davon.“

Ellas Herz schlug wie wild. Jake war ein guter Soldat. Ein guter Mann. Aber Goode – großer Gott, der Mann war verrückt.

Goode schaute auf seine Uhr und zeigte auf Burman. „Besorge mir diesen Jet. Ich will, dass er um sechs bereitsteht. Spätestens um sieben.“

„Es könnte schwierig werden, dies so kurzfristig zu arrangieren“, warnte Burman.

„Mach es einfach“, brüllte Goode und wurde rot. Dieser Mann hatte eine millimeterkurze Zündschnur. „Und wenn du fertig bist, stelle eine Verbindung zu Norris her. Ich will ihm die guten Neuigkeiten erzählen.“ Goode grinste, als er eine weitere abrupte Stimmungsschwankung hatte, und schaute auf sie zurück.

Ella lief es kalt den Rücken hinunter. Der Mann war nicht ganz bei Sinnen.

„Oh, ich werde dich nicht umbringen, meine Süße“, sagte er und las ihren Gesichtsausdruck falsch. „Du bist lebendig viel wertvoller für mich. Aber dieser Mensch ist überhaupt nichts wert. Genau genommen schuldet er mir fünf Millionen Dollar. Und da ich bezweifle, dass dieses Landei so viel auf dem Konto hat, wird er, genau wie alle anderen, mit seinem Leben bezahlen.“

„Außer Hoover“, sagte der andere Kerl. „Und die anderen. . . “

„Zum Teufel mit Hoover!“ Goode explodierte und Burman zuckte zusammen. Einen Moment später rückte Goode seinen Kragen zurecht und sprach mit gemäßigter Stimme weiter.

„Vielleicht werde ich Hoover gar nicht umbringen. Man könnte niemanden dafür bezahlen, so nützlich zu sein, wie er es war. Es war schon fast eine Freude, dabei zuzusehen, wie er alle paranoid gemacht hat."

Ella schluckte. Es war ganz sicher keine Freude, Goode zuzusehen. Was für ein Verrückter.

Der Geländewagen wurde an der nächsten Ampel langsamer und hielt neben einem Lastwagen an. Ella schaute auf und versuchte verzweifelt, den Fahrer mit Blicken auf sich aufmerksam zu machen. Aber die Scheiben von Goodes Fahrzeug waren getönt, so dass niemand sie sehen konnte – was wahrscheinlich besser war. Was würde es nützen, einen Menschen mit hineinzuziehen?

Es drehte ihr den Magen um. Jake war auch ein Mensch.

Das Fahrzeug beschleunigte und sie hörte, wie Burman in sein Telefon murmelte. „Ein Viersitzer wäre in Ordnung. Spätestens 19:00 Uhr. Ja, Houston." Er drückte seine Hand über das Mikrofon und sah Goode an. „Umsteigen in L.A.?"

Goode schüttelte den Kopf und sah absolut tödlich aus. „Ich brauche etwas Besseres, Burman."

Burman sprach wieder mit der Person am anderen Ende der Leitung. „Der Boss will einen Direktflug. Mach' es möglich." Er hörte eine Weile zu und nickte dann. „Gut. Und sag unserem Lieferanten Bescheid, dass wir Frischware haben, die sich zu den anderen Mädchen gesellen kann."

Ellas Mund klappte auf. Betrieben diese Verrückten eine Art Sexring?

Goode warf ihr einen Blick zu und lächelte erneut. „Ich kann mir schon vorstellen, wie viel sie für dich bezahlen werden."

Ella trat gegen seinen Sitz und fletschte die Zähne. Wenn sie darüber nachdachten, sie als Sexsklavin zu verkaufen, dann konnten sie sich auf etwas gefasst machen. Sie würde ihnen die Eier abreißen.

Aber Goode lachte nur. „Eine temperamentvolle Gestaltwandlerin. Und noch dazu eine Füchsin."

Sie funkelte ihn böse an, aber Goode sprach einfach weiter.

„Der Blick ist perfekt. Weiter so. Meine Kunden lieben eine Frau, die sich gut wehren kann. Sie fühlen sich dann umso stärker, wenn sie bekommen, was sie wollen." Seine Augen sprühten vor Erregung, als könnte er sich die Szene direkt vorstellen. Schlimmer noch – als würde er sich selbst in dieser Szene sehen.

Ella zuckte zusammen. Sie war definitiv eine fähige Kämpferin. Aber Goode hatte sie überrumpelt und wenn sie weiter gefesselt blieb, konnte sie nur wenig tun. In Gedanken suchte sie verzweifelt nach einem Ausweg. Irgendwann würde er sie aus dem Geländewagen aussteigen lassen müssen und wenn sie schnell genug wäre...

Flucht reicht mir nicht, warf ihre Füchsin ein. *Ich will Rache.*

Kein Scherz. In der Sekunde, in der sich Ella befreien konnte – irgendwie – würde sie sich mit ausgefahrenen Krallen auf Goode stürzen. Er mochte vielleicht einen Größenvorteil haben, sowohl als Mensch als auch in seiner Gestaltwandlerform, aber sie kannte Tricks, um das zu umgehen.

Sie holte tief Luft. Realistisch betrachtet, wäre jede Chance, die sich ihr bieten würde, nur äußerst kurz und sie müsste schnell handeln. Sie spielte in Gedanken ein Dutzend verschiedener Szenarien durch, von denen die meisten damit begannen, nach ihrem Messer zu greifen. Sie würde es aus der Scheide reißen, es tief in Goodes Herz versenken und so drehen, dass er in kürzester Zeit verbluten würde. Seine Gestaltwandlerheilung wäre dann wirkungslos. Dann würde sie sich in ihre Fuchsform verwandeln, um den zweiten Mann anzugreifen. Ein Plan mit vielen Unbekannten, aber was sonst sollte sie tun?

Sie schwang ihre Füße auf den Fahrzeugboden und spannte ihre Bauchmuskeln an, so als würde sie Rumpfbeugen machen. Es gelang ihr, sich auf dem Rücksitz aufzusetzen.

Goode deutete mit einem Nicken nach vorn. „Schöne Aussicht, nicht wahr?"

Ihre Augen huschten umher und sie versuchte, sich zu orientieren. Goode fuhr direkt am Flughafen vorbei und den Highway 350 entlang – die Straße nach Hana. Fast sofort wurde die Fahrbahn enger und krümmte sich mit jeder Kontur der gewaltigen Küstenlinie. Der Weg nach Hause.

Ella runzelte die Stirn. Zuhause. Es war schon schlimm genug gewesen, Goode bereits einmal auf ihrem Grundstück zu sehen. Aber es war nur schwer zu ertragen, dass er sie jetzt wie eine gefesselte Trophäe dorthin zurückbrachte.

„Endlich daheim, kleine Füchsin", sagte Goode und bestätigte ihre Befürchtungen. „Dieses beschissene Grundstück ist der perfekte Ort für das, was ich im Sinn habe."

Ihr Mund klappte auf. Warum brachte er sie nach Pu'u Pu'eo? Das abgelegene Gelände wäre ein guter Ort, wenn man eine Geisel für ein oder zwei Wochen verstecken wollte. Aber Goode hatte von einer Flucht gesprochen. Was hatte er also vor?

Jake, heulte ihre Füchsin. *Er will Jake dort umbringen.*

Ihr Blut gefror zu Eis in ihren Adern. All die Faktoren, die das Gelände zu einem idealen Gestaltwandlerheim machten – die abgelegene Lage, der dichte Wald und das völlige Fehlen von Nachbarn – machten es auch zu einem idealen Ort für einen Gestaltwandlerkampf. Kein Mensch würde dort über sie stolpern.

Kai! Hunter! rief sie in Gedanken. Sie beschränkte sich auf das Wesentliche und versuchte, ihnen mit Bildern des Grundstücks, auf dem sie alle aufgewachsen waren, Hinweise zu senden. Früher oder später mussten Kai und Hunter es doch bemerken und...

Später könnte es zu spät sein, bellte ihre Füchsin.

„Wir sind fast da...", murmelte Goode und bog in eine scharfe Kurve.

Aufrecht zu sitzen ließ sie sich weniger wie ein Sack Kartoffeln fühlen, aber es tat höllisch weh, da ihre Arme hinter ihrem Rücken gefesselt waren. Jedes Mal, wenn Goode den Geländewagen in eine Linkskurve schwenkte, stieß sie gegen die rechte Tür und stauchte ihre Schulter. Und wenn Goode das Fahrzeug nach rechts lenkte, drohte sie, seitlich umzufallen.

Sie verdrehte sich, um nach hinten zu sehen. Der Kofferraum war bis auf zwei Reisetaschen leer. Keine Folterwaffen, keine automatischen Gewehre. Goode schien bereit für eine schnelle Abreise zu sein. Und das bald.

Hinterher, hatte er gesagt.

Er meinte, nach Jakes Tod. Dessen war sie sich jetzt sicher.

Das werde ich nicht zulassen, schwor ihre innere Füchsin.

Der Wagen bog um ein paar weitere Kurven, von denen ihr jede einzelne so vertraut war wie ihr Handrücken. Dort war Peahi, wo ein paar Dutzend Surfer auf dem Ozean wippten und auf die perfekte Welle warteten. Auf der rechten Seite wucherte die Vegetation über den Hügel und bildete eine dicke Wand aus tropischem Urwald, den sie als Kind erkundet hatte. Sie passierten einen gegabelten Wasserfall, an dem ein Reisebus angehalten hatte, um den Touristen die Gelegenheit für Fotos zu geben.

Als der Geländewagen langsamer wurde und die asphaltierte Straße verließ, tönten ihre inneren Alarmglocken lauter. Das Getriebe stöhnte und das Fahrgestell quietschte, als Goode den Geländewagen auf Allradantrieb umschaltete und bergauf fuhr. Mein Gott, er brachte sie wirklich nach Hause.

Unser Revier, knurrte ihre Füchsin. *Unser Vorteil.*

Sicher – wenn sie sich bewegen könnte. Sie verdrehte ihre Handgelenke stärker und ignorierte den brennenden Schmerz.

„Weißt du, was ausgleichende Gerechtigkeit wäre?" Burman lachte Goode an. „Wenn du das Grundstück tatsächlich kaufen würdest."

Goode lachte. „Nein, solche beschissenen Hütten sind nicht mein Ding. Es ist nicht mal die Hälfte des geforderten Preises wert."

Ella zerrte an ihren Fesseln und gelobte, sie beide zu erdrosseln. Es war lächerlich, sich die Worte eines Verrückten zu Herzen zu nehmen, aber sie tat es. Dieses kleine Häuschen bedeutete ihr mehr, als sie jemals mit Worten erklären konnte – etwas, das Jake auf Anhieb verstanden und respektiert hatte. Es spielte keine Rolle, dass sie sich stets nach der Wüste des Südwestens gesehnt hatte. Sie wusste Maui für alles zu schätzen, was es ihr gegeben hatte. Ein liebevolles Zuhause. Ein stabiles Leben. Eine Familie, die sie so akzeptierte, wie sie war.

Aber Goode respektierte nichts und ihn das Grundstück auch nur betreten zu lassen, fühlte sich für Ella so falsch an, wie ein Schlag in Georgia Maes ehrliches, hart arbeitendes Gesicht.

„Patel“, rief Goode und grüßte einen großen Mann mit langen, blonden Haaren, der neben dem Tor wartete.

Als Goode anhielt, stieg Burman aus dem Geländewagen, riss kurzerhand an der Kette und schob das Tor auf. Mit einem Grinsen, das sagte, *Siehst du meine Kraft? Siehst du, was ich kann?* hielt er die zerbrochene Kette hoch

Ella rollte mit den Augen. Sie hatte selbst auch Gestaltwandlerkräfte. Und diese Kette war rostig gewesen. Er müsste viel mehr tun, um sie zu beeindrucken.

Einen Augenblick später wurde die Tür des Geländewagens aufgerissen. Goode packte sie bei den Knöcheln und zog sie wie einen zappelnden Fisch heraus. Dann warf er sie mit einem festen Klaps auf den Hintern über seine Schulter. „Stell' mich nicht auf die Probe, Schätzchen. Glaub' mir, du willst nicht, dass ich wütend werde.“

Ein tiefer, schwelender Hass erhitzte ihr Blut und sie musste sich sehr zusammenreißen, um stillzuhalten. Innerlich gelobte sie Rache. In dem Augenblick, in dem sie die Chance bekäme, würde Goode sterben.

Sie wusste, dass dieser Gedanke in Anbetracht von Goodes Größe ein gewisses Maß an Mut erforderte. Aber wenn sie nicht an sich selbst glaubte, würde sie sich einem schrecklichen Schicksal unterwerfen. Also nein. Sie würde nicht aufgeben. Niemals.

Der vertraute Duft ihres Heims spülte über sie, aber es fühlte sich alles so falsch an. Und das nicht nur, weil sie kopfüber hing. Patel, der dritte Mann, schlich zu einer Seite davon und trampelte durch die Überreste von Georgia Maes Kräutergarten. Burman verpasste dem hölzernen Tiki, welches Hunter mit vierzehn Jahren geschnitzt hatte, einen Tritt und ging dann weiter. „Willst du sie auf der Veranda haben, wo er sie sehen kann?“

„Nein. Ich bringe sie rein. Aufs Bett, wo sie hingehört.“

Wenn Ella die Hände frei gehabt hätte, hätte sie ihm die Augen ausgekratzt. Aber so konnte sie nichts tun, als mitzuspielen und sich bereit zu machen, anzugreifen, sobald Goode sie absetzte.

Aber verdammt. Goode hatte es erwartet. Er stampfte die Stufen hinauf, streifte durch das kleine Haus und trat eine Tür auf. Dann warf er sie auf Georgia Maes knarrendes Bett und drückte sie nieder. Er beugte sich über sie, bis er nur Zentimeter von ihrem Gesicht entfernt war, und grinste wie verrückt.

„Willst du fliehen, Schätzchen? Willst du spielen?"

Sie spürte, wie das Tier in ihm knurrte. Er sehnte sich nach einer Jagd. Dieser Mann war ein Monster. Furchterregend.

„Tolles Spiel", murmelte sie und wandte ihr Gesicht seitlich ab.

Goode packte sie am Kinn und zwang sie, ihn anzusehen. Sein fauler Atem schwemmte über sie, als er sie fest bei den Schultern packte. „Oh, eine Verfolgungsjagd wird Spaß machen. Ich verspreche es dir."

„Du bist doch krank."

Goode grinste und legte eine Hand auf ihren Bauch. „Vielleicht werde ich zuerst eine andere Art von Spaß mit dir haben. Meine Kunden mögen Frischfleisch, aber ich vermute, du hättest noch genügend Kampfgeist übrig... "

Beim Geräusch von Reifen, die auf Kies knirschten, riss er den Kopf herum. Es war weit entfernt und so leise, dass nur empfindliche Gestaltwandlerohren es wahrnehmen konnten. Aber etwas steuerte definitiv auf das Grundstück zu.

„Er kommt", rief Burman, eher amüsiert als beunruhigt.

Goode grinste breit und zog sich zurück. „Perfekt."

Und noch bevor Ella ihm wie geplant in die Eier treten konnte, überwältigte er sie mit einer heftigen Ohrfeige. Er befestigte ihre Fesseln neu, um sie ans Bettgestell zu binden. Sekunden später stapfte er zur Tür.

Ella schrie innerlich. *Nein, Jake. Nein! Hole die anderen. Hole Hilfe! Riskiere dein Leben nicht.*

Aber es war zu spät. Jake gab kaum einen Laut von sich, aber der Wind hatte seinen Duft herübergeweht. Ihre Fuchsohren stellten sich auf, als sie die leisen Geräusche vorsichtiger Schritte im umliegenden Wald hörte.

Goode lachte erwartungsvoll. „McBride."

Kapitel 15

Jake rannte geduckt und blieb hinter einem Baum stehen, bevor er zum nächsten eilte. Beim Klang seines Namens hielt er inne.

„Wir wissen, dass du dort draußen bist", verkündete Goode in seinem arroganten Ton.

Jake runzelte die Stirn. Er hatte keinen Laut von sich gegeben. Wie zum Teufel konnte Goode wissen, dass er sich annäherte?

Er richtete sich langsam auf. So viel zum Überraschungsmoment – dem einzigen Vorteil, den er gehabt hatte. Er bewegte seine Finger über sein Telefon und rief Kai ein weiteres Mal an. Er hatte während der ganzen Fahrt versucht, Boone und Kai zu erreichen – die einzigen beiden Jungs, deren Nummern er hatte. Jeder gute Soldat wusste es besser, als sich ohne Verstärkung oder einen soliden Plan in feindliches Territorium zu stürzen. Aber scheiße. Weder Boone noch Kai hoben ab. Wie es schien, waren sie zu beschäftigt mit dem Baby-Notfall.

Nun, das hier war auch ein Notfall. Ella war entführt worden und jede Sekunde zählte. Es war ein Wunder, dass er den Weg zu dem abgelegenen Grundstück gefunden hatte. Er war nicht sonderlich aufmerksam gewesen, als Ella mit ihm dort hingefahren war. Aber an jeder verwirrenden Kreuzung oder versteckten Kurve hatte er seinen Weg so sicher gewusst, als hätte ihm ein Navigationsgerät den Weg gewiesen. Irgendwie konnte er Ella dort draußen spüren und das zog ihn an.

„Verdammt", murmelte er und steckte das Telefon ein. Dann trat er ins Freie hinaus und an den unteren Rand des abschüssigen Grundstücks. Keine Splitterschutzweste, kein Helm, keine Waffe. Nur rasende Gedanken und ein hämmerndes Herz.

„Es wurde Zeit, dass du kommst." Goode stand groß und mächtig auf der Veranda und machte seine Position sofort klar. *Ich bin hier der Boss und du hast keine Chance.*

Jake blinzelte nicht einmal. Goode war vielleicht der Boss des Mannes, der am Fuße der Treppe stand, aber ganz sicher nicht Jakes Boss. Sowohl Goode als auch der andere Kerl schienen unbewaffnet, jedoch überaus zuversichtlich zu sein … aber warum? Was hatten sie vor? Wollten sie ihn mit bloßen Händen in Stücke reißen?

Etwas an der Art, wie Goodes Augen funkelten, deutete darauf hin, dass er damit gar nicht so falsch lag.

„Wo ist sie?", forderte Jake.

„Ich habe sie genau da, wo ich sie haben will." Goode lachte höhnisch.

„Einen Dreck tust du", bellte Ella von irgendwo im Haus.

Jake trat einen halben Schritt nach vorn, bevor er sich selbst fing. Gott sei Dank war Ella am Leben. Bei Bewusstsein und offensichtlich verärgert. Er erinnerte sich an den Grundriss des Hauses und versuchte, sie zu lokalisieren.

Goode lachte. „Ein temperamentvolles kleines Ding. Genau wie ich sie mag." Dann rückte er sich den Schritt seiner Hose zurecht und rief Ella zu: „Keine Sorge, Schätzchen. Du wirst nicht lange warten müssen. Ich komme gleich."

Jake knirschte mit den Zähnen. Goode wollte ihn anstacheln. Er musste seine Emotionen außen vor lassen, wenn er einen Ausweg aus dieser Situation finden wollte.

„Du und dein beschissener Ja-Sager, Burman?", schnappte sie zurück. „Oder meinst du Patel, wo auch immer der ist?"

Es waren also drei Männer. Jake sah sich um. Goode und ein schwarzhaariger Typ – Burman, wie er annahm – standen am Fuße der Treppe, aber der dritte versteckte sich irgendwo. *Gut gemacht Ella,* dass sie die Nerven behielt und ihm diese Information übermittelt hatte. Natürlich hatte er es von Ella auch nicht anders erwartet. Ihre Worte deuteten auch darauf hin, dass sie nicht bewacht wurde, so dass sie vielleicht eine

Möglichkeit hätte, sich aus den Fesseln, die sie wahrscheinlich gefangen hielten, zu befreien.

Jake richtete seine Aufmerksamkeit wieder auf seine Widersacher, als der dritte Mann, Patel, aus seinem Versteck auftauchte. Ein großer Kerl mit langen, blonden Haaren. Einen Moment lang konnte Jake nur eine Silhouette sehen und schüttelte zunächst das Gefühl ab, dass er ihm irgendwie vertraut vorkam. Jetzt zählte nur, Ella Zeit zu verschaffen, um sich zu befreien. Natürlich bräuchten Burman oder Patel nur einmal abzudrücken und er wäre tot. Aber seltsamerweise hatte bis jetzt niemand eine Waffe gezogen.

„Du wolltest das Anwesen so sehr, dass du die Eigentümerin entführt hast?", fragte er und sah sich heimlich nach etwas um, das er als Waffe benutzen konnte.

Goode überschaute die Szene von der Veranda aus. Er hatte die Arme verschränkt und stand mit einem bösen Grinsen im Gesicht dort. „Es gibt so vieles, was du nicht verstehst."

Jake hatte keine Lust, mit dem Mann zu sprechen, aber er musste Goode am Reden halten – und ihn im Idealfall sogar von der Veranda locken, um seine Aufmerksamkeit von Ella abzulenken. „Warum erklärst du es mir dann nicht?"

Goode gab kein Signal, aber Burman nickte und begann, Jake zu umkreisen. Er schien ihn einzuschätzen und ließ ein unausstehliches Grinsen aufblitzen, das sagte, *Ich weiß etwas, das du nicht weißt.*

Jake drehte sich langsam mit, während er ein Auge auf Goode und Patel behielt, die sich nicht rührten.

„Kollateralschaden. Weißt du, was das bedeutet?", rief Goode, als Burman eine Stelle hinter Jake erreichte, die ihn zwang, hin und her zu schauen, um alle im Blick zu behalten. Jeder Muskel in seinem Körper spannte sich an. Es wäre der perfekte Moment gewesen, von entgegengesetzten Seiten auf ihn zu springen, aber Goode schien die Spannung ausdehnen zu wollen.

Jake machte sich nicht die Mühe zu antworten. Natürlich wusste er, was ein Kollateralschaden war.

„So könnte man Miss Kitt bezeichnen."

Jake ballte die Fäuste. Das war sie verdammt noch mal nicht.

„Wenn du sie auch nur anfasst, werde ich…"

„Oh, das habe ich bereits." Goode grinste anzüglich. „Tatsächlich habe ich vor, noch mehr davon zu tun. Das Witzige daran ist, dass ich gar nicht wegen ihr nach Maui gekommen bin."

Jake zwang sich, seinen inneren Soldaten auf der Hut zu halten und nicht dem Gorilla zu unterliegen, der ihn drängte, sofort auf Goode zu springen. Etwas blitzte hinter Patel auf – die Machete, die Jake zuvor in einem Baumstumpf steckengelassen hatte. Er rechnete sich aus, wie viele Schritte er bräuchte, um dorthin zu gelangen, bewegte sich jedoch nicht. Noch nicht.

Ein Vogel stürzte über seinen Kopf hinweg, warf einen Schatten auf ihn und flatterte dann in den Wald.

„Weshalb bist du dann hier?", murmelte Jake nur halb aufmerksam, während er versuchte, eine Art Plan zusammenzuschustern.

Goode lachte. „Ich bin deinetwegen hier."

Jake hielt sofort inne. Was zum Teufel?

Das hätte er auch gesagt, wäre der Vogel nicht zurückgeflogen. Dieses Mal tiefer und direkt über Burmans Kopf hinweg. Der schwarzhaarige Mann duckte sich und fluchte, als der Vogel auf die Veranda zuflog und direkt auf Goode zielte. Eine große Eule mit graugefleckten Flügeln, die wie die Schatten des Waldes aussahen.

„Miststück", murmelte Goode und schlug mit der Hand durch die Luft.

Die Eule wich aus und landete auf dem niedrigen Ast eines riesigen Regenbaumes an einer Seite des Grundstücks.

Jake sah Goode an. Miststück? Von allen Dingen, die man einen Vogel nennen konnte…

Er drückte eine Hand über seine rechte Hosentasche, denn verdammt. Sein Oberschenkel juckte darunter. Es juckte wirklich wie verrückt, genau wie damals, als Manny ihm bei einem seiner vielen Streiche eine scharfe Chilischote in die Tasche geschoben hatte.

Patel wich von Goodes Seite und bewegte sich durch das fleckige Licht. Jake erstarrte. Er kannte diesen Kerl. Ein großer Mann mit langen Haaren. Der Fahrer des Wagens, der versucht hatte, ihn zu überfahren?

Seine Gedanken rasten. Es war also kein Streich gewesen. Aber was zum Teufel wollten sie?

„Ihr seid wegen mir hier?" Jake streckte kapitulierend die Hände hoch. „Ihr habt mich. Lasst Ella gehen. Sie hat nichts damit zu tun."

Goode schmunzelte. „Ah, aber tatsächlich hat sie das. Moira wollte Silas die Botschaft schicken, dass sie überall und jederzeit zuschlagen kann. Und das ist geschehen. Dass dir die kleine Füchsin etwas bedeutet, ist sogar noch besser. Ich nehme an, sie bedeutet dir sogar sehr viel. Ich werde sie mitnehmen, um es dir heimzuzahlen."

Jakes Gedanken rasten. Moira. Füchsin? Was meinte Goode damit?

„Es mir heimzuzahlen", wiederholte Jake mit völlig monotoner Stimme. Er kannte den Kerl noch nicht einmal.

Eine zweite Eule flog in Sichtweite – so groß, dass die Luft um ihre Flügel herum pfiff. Der Vogel umkreiste Jake und fegte über Burman hinweg, so dass er sich ducken musste. Dann landete sie anmutig auf einem Baum gegenüber der anderen Eule. Dort schüttelte sie ihre Flügel aus und starrte Burman mit riesigen, intelligenten Augen an.

Nur ein paar Freunde von mir, hatte Ella zuvor gescherzt.

Es war verblüffend, wie die Vögel Jake das Gefühl gaben, dass sie ihre Positionen zur Verstärkung bezogen. Aber zum Teufel. Freunde von Ella waren Freunde von ihm. Wenn Goode und Patel aus seiner Sicht auf zwölf Uhr standen, befanden sich die Eulen auf neun und drei Uhr. Burman war der Sekundenzeiger dieser Uhr, der sich hin und her bewegte und Jake auf Trab hielt. Aber die Eulen machten auch Goode und seine Männer nervös, so dass sie die Köpfe drehten, genau wie Jake es getan hatte. Er war sich nicht ganz sicher, ob die Eulen tatsächlich helfen würden, aber er begrüßte die Ablenkung, die sie boten.

Goode warf jedem der Vögel einen finsteren Blick zu und fuhr fort: „Natürlich muss ich es dir heimzahlen. Es sei denn, du hast fünf Millionen Dollar für mich. Die würde ich stattdessen gerne nehmen."

Der Typ war verrückt. Ganz eindeutig verrückt. Aber je länger er sprach, desto mehr Zeit hatte Ella, sich zu befreien.

Komm schon, Ella, drängte Jake sie in Gedanken.

Es war verrückt, aber er hätte schwören können, dass er eine Art Antwort spürte. Wie ein kleines Kitzeln am Rande seines Geistes, das sich irgendwie wirklich wie Ella anfühlte. So als würde sie grunzen, *Gib mir noch eine Minute und dann werde ich dafür sorgen, dass diese Arschlöcher bedauern, jemals geboren worden zu sein.*

Er schob die rechte Hand an sein Bein und war versucht, die heiße Stelle an seinem Oberschenkel zu kratzen.

„Warum sollte ich dir fünf Millionen geben?", fragte er und drehte sich auf der Ferse um, um Burman im Auge zu behalten.

„Weil du mich damals in Kamdesh so viel gekostet hast."

Jake erstarrte. Was dumm war, denn hätten Burman oder Patel besser aufgepasst, hätten sie seine Überraschung ausnutzen können, um ihn anzuspringen. Glücklicherweise kreischte eine Eule der anderen etwas zu und lenkte sie damit ab.

Kamdesh. Der Hinterhalt. Der Tag, an dem seine Einheit die Position mit einem anderen Fahrzeug getauscht hatte, dass wenig später in Stücke gerissen worden war.

Ich sag es dir, Mann. Jemand schaltet uns aus, einen nach dem anderen.

Jake starrte Goode an. „Der Tag, an dem meine Einheit überlebt hat und eine andere getroffen wurde?" Wollte der Wahnsinnige eine Million für jedes der verlorenen Leben?

Goode spottete. „Als ob ich mich darum schere, wer lebt und wer stirbt. Das Geld sollte durchkommen. Ich hatte alles vorbereitet – das erste Fahrzeug mit dem Geld sollte durchkommen, während die anderen in die Luft gejagt werden sollten. Aber du hast alles ruiniert."

Welches Geld? wollte Jake am liebsten brüllen, aber er war immer noch erschüttert von dem *Als ob ich mich darum schere, wer lebt und wer stirbt*-Teil.

Goode schaute auf die Uhr und schnippte mit den Fingern nach seinen Männern. „Kümmert euch um ihn. Wir haben genug Zeit verschwendet."

Patel grinste. „Du meinst auf die spaßige Art, oder?"

Jake zog eine Grimasse und fragte sich, welche Art Spaß dieser Typ wohl meinte. Würden sie ihn ein paarmal mit dem schwersten Lastwagen, den sie finden konnten, überfahren?

„Auf die schnelle Art", erwiderte Goode schnippisch und funkelte Jake finster an. „Es sei denn, du willst ein Geschäft machen?"

Jake verzog das Gesicht. Augen logen nie und er konnte Tod in Goodes Augen sehen. Er konnte versprechen, was er wollte; es würde kein Geschäft geben. Zumindest keins, das damit endete, dass Goode seinen Teil der Abmachung einhielt.

Dennoch bluffte er, um Zeit zu gewinnen. „Sicher. Ein Geschäft. Du lässt Ella gehen."

Goode lachte. „Ich liebe es, wie du den edlen Krieger spielst. Ihr nicht, Jungs?" Die anderen beiden lachten. „Deshalb sind Typen wie ihr pleite nach Hause gekommen, während wir reich zurückkamen."

Jake versuchte, es zu verstehen. Kamdesh. Fünf Millionen. Welche Art schmutziges Geschäft hatte Goode ausgehandelt? Drogen … Prostituierte … Waffen?

„Bastard", spie Jake.

Innerhalb eines Augenblicks wurde Goode von cool und gelassen zu feuerrot vor Wut. Offenbar hatte *Bastard* einen Nerv getroffen. „Schnappt ihn euch. Tötet ihn. Reißt ihn in Stücke", brüllte er.

Jake trat einen Schritt zurück. Oha. Der Kerl war verrückt. Ganz eindeutig verrückt. Dann riss er seinen Kopf zu einem knurrenden Geräusch nach rechts herum, wo Burman stand. Das Knurren eines Tieres – und noch seltsamer, die Augen des Mannes glühten rot. Jakes Nackenhaare stellten sich auf, als Burman die Zähne fletschte und die Arme hob.

Patels Lachen veranlasste Jake, sich in seine Richtung umzudrehen, wo der Mann in aller Ruhe sein Hemd und seinen Gürtel auszog. Die Eule im Baum hinter Patel flatterte mit den Flügeln und bewegte sich unruhig von einem Fuß auf den anderen. Als Burman stöhnte, wirbelte Jake herum und...

„Was zum..." Er verstummte. Burman hatte eine Art Krampfanfall.

„Diese Freunde von dir", brüllte Goode und verspottete Jake, „die Männer der OD-X Einheit. Ist dir je etwas Seltsames an ihnen aufgefallen?"

Jake starrte Burman an, als der auf alle viere fiel und seinen Rücken krümmte. Sein T-Shirt zerriss in der Mitte und die Schatten, die über seine nackte Haut spielten, nahmen ein gestreiftes Muster an.

„Etwas nicht ganz Menschliches?", fuhr Goode fort und schien von der bizarren Szene begeistert zu sein. „Übermenschlich, könnte man sagen."

Er versuchte, Goodes Geschwätz auszublenden, und wirbelte herum, um nach Patel zu sehen. Der trug nun nur noch seine Unterhose und hängte seine Hose in aller Ruhe ordentlich über einen nahe gelegenen Ast. Die Eule schrie bösartig und Goodes Worte schwirrten Jake durch den Kopf.

Nicht ganz menschlich... Übermenschlich...

Ja, er hatte ein paar wilde Gerüchte über Silas' Truppe gehört. Gerüchte, die kein vernünftiger Mensch glauben würde.

Er trat zwei Schritte zurück. Die Luft knisterte geradezu vor Energie und sein Oberschenkel juckte. Hinter ihm ertönte ein leises Knurren und als er sich umdrehte...

Jake verschluckte sich an seinem eigenen Ausruf. Burman war verdammt haarig und hatte außerdem einen Schwanz. Und Streifen. Und riesige, weiße Reißzähne.

Jake wich langsam zurück. Burman war ein gottverdammter Tiger und allem Anschein nach auf Blut aus.

„Was zum..." Jake zuckte herum.

Dort, wo Patel gestanden hatte, zuckte ein großer, wütender Löwe in langsamen, gierigen Zügen mit dem Schwanz.

Jake wich noch einen Schritt zurück und griff nach der einzigen Waffe, die er finden konnte – einem kräftigen Ast von dem Stapel, den er und Ella aufgetürmt hatten, als sie das Grundstück geräumt hatten. Die Machete wäre um einiges besser gewesen, aber sie befand sich auf der anderen Seite bei der

Veranda. Er riss seinen Kopf zwischen den beiden Katzen hin und her, die mit den Schwänzen peitschten und ihre Zähne zeigten. Großer Gott, was zur Hölle war hier los?

Goode gackerte vor Freude. „Eine tolle Waffe hast du da, Soldat."

Jake stählte seine Nerven und umklammerte den Ast fester. Ella. Es war alles für Ella. Vielleicht konnte sie entkommen. Vielleicht hatten Boone oder Kai seine Nachrichten endlich erhalten und waren auf dem Weg.

„Lauf, solange du es noch kannst, Soldat", zog Goode ihn auf. „Lauf, solange du es noch kannst."

Jake knirschte mit den Zähnen und näherte sich mit dem Rücken dem nächsten Baum. „Vielleicht solltest du laufen."

Der Löwe und der Tiger pirschten sich in sanften, schwingenden Schritten näher an ihn heran. Ihre Schulterblätter hoben sich bei jedem Schritt. Links, rechts. Links, rechts...

„Na sicher." Goode grinste. „Als ob dir deine Gestaltwandlerfreunde zu Hilfe kommen würden. Menschen sind entbehrlich. *Du* bist entbehrlich. Sie werden sich nicht die Mühe machen, dir zu helfen. Oh, vielleicht kommen sie, um die temperamentvolle kleine Füchsin zu retten... "

Goode deutete auf das Haus. Meinte er etwa Ella?

„... aber wenn sie es tun, wird sie längst weg sein und ihrer neuen Arbeit nachgehen. Vielleicht werde ich sie sogar von Zeit zu Zeit besuchen, um in der Genugtuung zu schwelgen, dass sie einst dir gehört hat."

„Einen Teufel wirst du tun", spie Jake und zwang seinen Verstand, nicht mehr zu versuchen, alles zu begreifen. Er musste irgendeine Art von Plan schmieden, um Ella zu retten.

Goode schnippte mit den Fingern. „Ich sagte, schnappt ihn euch!"

Der Löwe machte sich zum Sprung bereit. Aber der Tiger war einen Augenblick schneller und flog bereits durch die Luft. Er raste auf Jake zu. Als er die riesigen, weißen Krallen und die aufblitzenden Streifen sah, riss Jake die Augen weit auf. Aber er hielt seine Hände fest um den dicken Ast geschlungen, schwang ihn herum, und als der den Tiger traf...

Klatsch! Er schleuderte das Biest seitwärts.

Der Tiger jaulte und drehte sich, als er von dem Schlag taumelte.

Jake hatte keine Zeit, den Ast anzustarren und sich zu fragen, ob er mit Kryptonit überzogen war, denn der Löwe kam als Nächstes. Er riss den Ast nach rechts und traf den Löwen mit der Rückhand. Dann starrte er den Ast an, denn, heilige Scheiße. Seine Schläge hatten die Bestien nicht nur zum Stolpern gebracht – sie ließen die Katzen durch die Luft fliegen, als hätten sie nicht einmal ein Viertel ihrer gewaltigen Masse.

Die Hitze in Jakes Tasche nahm zu und er konnte nicht anders, als seine Hand hineinzuschieben und sich zu kratzen. Mit den Fingern schob er den Beutel beiseite, den er sich zuvor in die Tasche gesteckt hatte, und...

Wow. Der Beutel war so warm wie eine heiße Kartoffel. Das war die Quelle des Juckreizes. Oder besser gesagt der Opal war es.

„Was zum Teufel... "

Die Raubkatzen knurrten und umkreisten ihn, als sie sich auf einen weiteren Angriff vorbereiteten. Goode rief dazwischen und fluchte. Jake stellte sich breitbeinig auf und versuchte, ihre nächsten Schritte vorauszusehen. Ihr nächster Angriff war koordinierter. Der Löwe näherte sich von der einen Seite und der Tiger von der anderen. Sie beide knurrten.

„Versucht es nur", murmelte Jake und redete sich ein, dass es nicht furchteinflößend war, ein paar wilden Tieren ihrer Größe auf Augenhöhe gegenüberzustehen. Dass es auch nicht seltsam war, dass ein Opal in seiner Tasche glühte. Dass er damit fertig werden könnte. Er *musste* damit fertig werden.

Der Tiger brüllte und sprang mit weitaufgerissenem Kiefer und aufblitzenden Reißzähnen los. Etwas zischte durch die Luft und Jake hörte sich selbst brüllen. Etwas Graues verschwamm hinter dem Tiger, aber er zwang sich, sich auf den Kiefer des Killers zu konzentrieren. Er schwang den Ast herum und legte seine gesamte Kraft in den Schlag, der die Bestie zur Seite schleuderte. Er nutzte den Schwung und schwenkte den Ast in einem riesigen Bogen herum. Der Löwe hatte ihn fast erreicht und wollte von hinten auf ihn springen. Er war sich sicher, dass es zu spät war. Aber dieser graue Blitz flatterte zwischen ihnen hindurch und der Löwe brüllte. Eine Sekunde später traf der Ast das Maul des Tieres und Jake und das Biest stolperten in entgegengesetzte Richtungen zurück. Der Löwe sprang rückwärts und brüllte wütend in den Himmel.

Eine Eule. Das war eine Eule und sie hatte Jake soeben gerettet. Der Vogel schwang sich höher, um dem Löwen zu entkommen, während die zweite Eule auf die Bestie zuschoss.

„Gottverdammt!" Goode stampfte auf den Stufen der Veranda auf und ließ sie erzittern. „Tötet ihn einfach!"

Jake sah sich um. Anscheinend waren die Eulen auf seiner Seite. Seltsam, aber in Ordnung. Er würde nehmen, was er kriegen konnte. Die Hitze in seiner Tasche pulsierte, als hätte er gerade nach Freiwilligen gerufen und als wäre eine weitere Hand in die Höhe geschossen. Was war mit diesem Edelstein los?

Er hatte keine Zeit, darüber nachzudenken, denn der Tiger bewegte sich bereits wieder. Er war wütender denn je. Und auch schneller. Jake schaffte es gerade noch, den Ast hochzureißen, um das Biest abzuwehren, als sich seine Krallen in seine Schulter bohrten. Blitze von Schmerz schossen durch seine Nerven und er stürzte nach hinten.

Rollen! befahl ihm ein Teil seines Verstandes. *Roll dich herum!*

Er warf sein Gewicht nach links und rang mit der Bestie. Verzweifelt schlug er auf sie ein und versuchte, dem schnappenden Kiefer und den kratzenden Beinen zu entgehen.

„Schnappt ihn!", schrie Goode.

Schlage ihn! Stoße ihn weg! bellte Jake sich selbst an.

Mit aller Kraft, die er aufbringen konnte, versetzte er dem Tiger einen Stoß. Die Bestie flog in die Luft. Sie donnerte gegen einen Baum, wo sie zusammensackte. Jake rollte sich auf die Füße, taumelte dann sofort und griff nach seiner Schulter. Warmes klebriges Blut tröpfelte zwischen seinen Fingern hinunter. Sein Bein schmerzte ebenfalls und ein Blick nach unten offenbarte eine rote Kratzwunde unterhalb seines Knies.

Ast. Finde den Ast, befahl er sich selbst und sagte sich, es wären nur Kratzer und keine Schnittwunden.

„Oha", murmelte er, als er sich nach seinem behelfsmäßigen Knüppel bückte. Eine der Eulen flatterte über ihn hinweg und kreischte den entgegenkommenden Löwen an.

Entgegenkommender Löwe, registrierte sein Verstand gerade noch rechtzeitig, um mit dem Stock nach ihm zu schlagen. Es war kein großer Treffer, aber er hielt die Bestie lange genug auf, so dass die Eule herumschwingen und nach den Augen des Löwen kratzen konnte. Der Löwe trat kriechend den Rückzug an.

„Burman!", brüllte Goode seinen zweiten Komplizen an.

Jake drehte sich und war bereit, es erneut mit dem Tiger aufzunehmen. Aber der lag immer noch in einem Häufchen neben dem Baum und rührte sich kaum.

„Verdammt noch mal!", schrie Goode. „Muss ich alles selber machen?"

Jake blinzelte durch das Pochen des Schmerzes, das er irgendwie nicht ganz abschütteln konnte. Die Vorhänge im Fenster hinter Goode bewegten sich leicht und Jakes Herz schlug bis zum Hals.

„Ella", flüsterte er und hoffte, dass sie einen Weg gefunden hatte, sich zu befreien und durch die Hintertür zu entkommen.

Dann riss er seine Aufmerksamkeit auf Goode zurück, der sein Hemd auszog, genau wie es Patel getan hatte, bevor er sich in eine wilde Bestie verwandelt hatte.

Jake schwang den Ast von einer Seite zur anderen und machte sich auf das Schlimmste gefasst. Die Hitze in seiner Tasche verstärkte sich und Kraft sickerte in seine Beine. Über das Ausmaß seiner Verletzungen machte er sich keine Illusionen, aber er hatte ganz sicher nichts gegen diesen zusätzlichen Energieschub, egal woher er kam.

Er kommt von mir, murmelte eine kleine Stimme in seinem Kopf, als der Edelstein einen weiteren stärkenden Schub Hitze ausstieß.

Jake blinzelte ein paarmal. Scheiße, jetzt sah er nicht nur wilde Tiere, sondern hörte auch noch Stimmen.

Goode warf sein Hemd beiseite und knurrte durch erschreckend lange Zähne. Der Löwe wich nun mit eingezogenem Schwanz zurück. Der Tiger kämpfte sich auf die Füße und schwankte. Goode kauerte sich hinunter, stöhnte und begann, sich zu verwandeln. Seine Beine beugten sich in den Knien zurück und seine Wirbelsäule ragte heraus, als die Haut um sie herum in dickes Fell ausbrach. Als er sich duckte und den Kopf schüttelte, sprossen noch mehr Haare und bildeten eine immer dichtere Mähne.

Jakes Mund klappte auf. Scheiße. Noch ein Löwe? Oder war das ein Tiger? Das gelbbraune Fell an der Hinterseite nahm einen orangen Farbton an und der ganze Körper wurde von dunklen Streifen überzogen.

Ein Löwe. Ein Tiger. Eine Mischung?

„Du Bastard", flüsterte Jake und testete es.

Goode brüllte wütend und bestätigte Jakes Vermutung. Erstens, dass Goode dort drinsteckte und sich der menschlichen Sprache immer noch bewusst war. Und zweitens, dass Goode eine Art bizarre Mischung zweier Spezies sein musste. Mit einem riesigen Minderwertigkeitskomplex und ohne Rücksicht auf menschliches Leben.

Eine der Eulen flatterte mit den Schwanzfedern, als wollte sie sagen, *oh scheiße*.

Oh Scheiße war genau richtig. Goode war riesig. Größer als der größte Löwe oder Tiger. Er setzte eine Pfote vor die andere und pirschte auf Jake zu. Seine Augen glühten mörderisch rot und er knurrte die ganze Zeit.

Stirb, sagte dieses Knurren. *Du wirst sterben.*

Jake umklammerte den Ast noch fester und zeigte seine eigenen Zähne. Aber verdammt. Wie viel würde ihm der Ast helfen? Die Machete wäre besser, aber sie sah nun noch weiter entfernt aus als zuvor. Und selbst mit ihr war er sich nicht sicher, wie viel Schaden er bei einem Biest dieser Größe anrichten konnte.

Die Eulen stürzten los, eine aus jeder Richtung, und bedrängten die Bestie. Aber Goode schnappte nur nach ihnen und kam weiter auf Jake zu. Der Löwe und der hinkende Tiger stolperten an seine Flanken. Sie alle hatten es auf Jake abgesehen.

Was wirst du jetzt tun, Arschloch? fragte Goodes Knurren.

Hinter ihnen ertönte ein weicheres, höheres Knurren und Jake blickte zur Treppe auf.

Auf der obersten Stufe knurrte ein kupferblonder Fuchs. Für einen Fuchs war er riesig, aber er wirkte immer noch zierlich. Weiblich. Das genaue Gegenteil der Katzen, die jetzt auf ihn zukamen. Die orangebraunen Augen der Füchsin blitzten auf und obwohl Jake keine Ahnung hatte, was vor sich ging, wusste er dennoch genau, dass sie es war.

„Ella", flüsterte er und verkniff sich zu sagen, *Lauf um dein Leben,* denn Ella mochte es nicht, wenn man ihr sagte, was sie tun sollte.

Die Füchsin wedelte mit dem Schwanz. Einmal. Zweimal. Und plötzlich ergab alles einen Sinn.

Ich darf nicht mit dir zusammen sein, Jake. Ich bin gefährlich für dich. War es das, was Ella gemeint hatte?

Die Füchsin schnippte mit dem Schwanz und hob die Nase hoch, um die Luft zu schnuppern.

Das ist Burman und das ist Patel, war er versucht zu rufen, aber er wollte ihre Aufmerksamkeit nicht auf sie lenken. *Und dieser hässliche Hurensohn in der Mitte ist Goode.*

Die Füchsin fletschte die Zähne und krümmte sich, bereit, von hinten anzugreifen.

Auf drei, sagten ihre intelligenten Augen.

Jake riss die Augenbrauen hoch. Eine Füchsin, die einen Countdown zählte?

Irgendwie machte sie ihm ihren Plan mit winzigen Bewegungen klar. Was sie zu tun gedachte und in welche Richtung er sich bewegen sollte. Sie kommunizierte all das auf subtile Weise, wie sie es schon früher bei verdeckten Operationen getan hatten. Und zum etwa hundertsten Mal in Jakes Leben wünschte er sich, er könnte Ella sagen, wie unglaublich sie war.

Zwei, signalisierte das Nicken der Füchsin.

Stirb, knurrten die Raubkatzen, ohne zu wissen, dass sie sich hinter ihnen befand.

Jake zeigte seine Zähne. „Versucht es doch, ihr Arschlöcher."

Drei, schnappte die Füchsin, als die Hölle ausbrach.

Kapitel 16

Ella stürzte sich mit allem, was sie hatte, auf Goode. Ihre Wut und die Angst, die in ihrer Seele überkochten, trieben sie an. Das war ihr Mann dort draußen, der in ihrem Namen kämpfte. Und er würde sterben, wenn sie nichts dagegen unternahm. Jakes Schulter war rot gefärbt, sein Bein verwundet, seine Augen von Schmerzen getrübt. Die meisten Menschen sahen wie Rehe im Scheinwerferlicht aus, wenn sie das erste Mal Gestaltwandler sahen – ganz zu schweigen von Gestaltwandern, die auf Blut aus waren. Und doch schaffte Jake es, fest wie ein Felsen dort zu stehen und seinen Ast zu heben. Ein Krieger bis zum bitteren Ende.

„Jake", schrie sie. Aber es klang wie Hundegebell und er verstand sie nicht.

Ihre Handgelenke taten noch immer höllisch weh, selbst jetzt in ihrer Fuchsgestalt. Aber das war nichts im Vergleich zu ihrem verletzten Stolz. Es war schrecklich gewesen, über die rostige Kante des Metallbettgestells zu sägen, aber sie hatte es geschafft. Jetzt legte sie die Ohren an, spannte ihre Muskeln und sprang auf Goodes Rücken. Das musste er sein – die schiere Größe verriet ihn. Und kein Wunder, dass sie bis jetzt nicht in der Lage gewesen war, seine Gestaltwandlerart zu identifizieren. Er war eine seltene Löwen-Tiger-Mischung – ein Liger. Eine unnatürliche Mischlingsart, die oft als Abscheulichkeit bezeichnet wurde, weil sich diese Spezies in der Wildnis nie kreuzen würden. Die Bestie vereinte die Stärke und Wildheit beider Arten in einem riesigen Körper, der jede reinrassige Katze in den Schatten stellte.

Und verdammt, er hatte mit Jake gespielt. Nun, sie würde es ihm zeigen. Niemand legte sich ungestraft mit ihrem Mann an.

Ja, der Liger war fünfmal so groß wie sie selbst. Nein, sie hatte keinen Grund zu glauben, dass sie Goode überwinden und den Nachmittag überleben würde. Aber in diesem Moment ging es nur darum, ihrem Gefährten zu helfen.

Sie knurrte und grub ihre Krallen in Goodes Rücken, während sie ihm ins Ohr biss. *Nimm das, Arschloch.*

Der Liger brüllte. Er hatte vielleicht den Größenvorteil, aber sie hatte das Überraschungsmoment. War es hinterhältig, von hinten anzugreifen? Verdammt ja. Aber das war die Rache dafür, wie Goode sie im Resort ausgetrickst hatte.

Jetzt wird er den Preis dafür bezahlen, knurrte ihre Füchsin und zerfetzte sein Ohr.

Aber verdammt. Selbst dieser empfindliche Teil des Ligers war zäh wie Leder. Wie sollte sie diese Bestie jemals besiegen?

Sie biss härter zu und zerrte daran, bis das Fleisch riss. Die Lichtung wurde von den Geräuschen des Kampfes erschüttert – Fauchen, Brüllen und ihr eigenes kehliges Knurren –, als Goode begann, sich herumzuwälzen, um sie zu zerquetschen. Ella sprang ab und eilte mit einer Schnelligkeit und Wendigkeit, die der Liger niemals erreichen konnte, an Jakes Seite. Eine Sekunde lang dachte sie, Jake würde sie mit dem Ast schlagen, aber als sich ihre Blicke trafen, klappte sein Mund auf und er erstarrte.

Jake, heulte sie. *Ich bin es. Deine Gefährtin.*

Sie sah ihm suchend in die Augen. Verstand er sie? Wusste er, warum sie ihn diese ganze Zeit von sich hatte wegstoßen müssen?

„Ella", flüsterte er ehrfürchtig.

All das geschah in Sekundenschnelle, bevor sie Seite an Seite Stellung bezogen. Nun nicht mehr als Liebende, sondern als Kampfgefährten. Wie die letzten beiden gottverdammten Soldaten, die Fort Alamo bewachten und wussten, dass sie mit ihrem Leben bezahlen würden.

Sie wedelte steif mit dem Schwanz. Der Tod machte ihr keine Angst. Zumindest nicht so sehr wie die Vorstellung, ein langes Leben ohne Jake zu führen. Sie knurrte die sich nähernden Raubkatzen an und Jake schrie: „Zurück!"

Die riesigen, katzenartigen Gestaltwandler wichen nicht zurück, aber sie hielten inne. Bei der Kraft in Jakes Stimme zögerte sogar Goode. Verdammt, sogar Ella schaute auf. Sie hatte schon öfter gesehen, wie Jake seine ruhige, zurückhaltendere Seite in schwierigen Situationen ablegte, aber noch nie auf diese Weise.

„Ich sagte, zurück, und macht, dass ihr von diesem Grundstück verschwindet!", donnerte er.

War es Liebe, die ihn antrieb oder etwas anderes?

Liebe, sagte eine leise Stimme – eine Stimme, die so alt wie die Berge war. *Meine Kraft bündelt nur das, was seine Seele in sich birgt.*

Sie starrte. Diese Stimme gehörte weder Jake, noch stammte sie von einer der Eulen, die den Kampf nervös beobachteten – entfernte Verwandte von Georgia Mae, die diesen Ort bewachten. Es war auch nicht ihre innere Füchsin und ganz sicher nicht Goode oder seine Männer.

Als Jake seine rechte Hand auf seine Tasche drückte, vibrierte die Luft so, wie ein tiefer Bass bei einem Konzert klingen würde. Nur dass es keinen Ton gab.

Seelenstein, flüsterte ihre Füchsin ehrfürchtig. *Das muss es sein.*

Aber wie? Jake wusste nicht, dass es Seelensteine überhaupt gab, und Silas hätte ihm niemals einen der fünf an Koa Point sicher verwahrten Steine geliehen.

Kein Seelenstein, flüsterte die Stimme. *Ich bin ihr Erschaffer.*

Ella riss die Augen weit auf. Heilige Scheiße. Der Urstein? Wo hatte Jake den denn gefunden? Und wie? Warum?

Die Stimme verriet nichts, aber in ihrem Herzen wusste sie es. Schicksal. Es musste Schicksal sein.

Sie schlug hart genug mit dem Schwanz, um Jakes Bein zu treffen, und hob ihr Kinn. *In Ordnung, Schicksal. Du hast uns so weit gebracht. Jetzt hilf uns auf dem Rest des Weges.*

Die alte Stimme brummte, *Das Schicksal bringt die Steine nur ins Rollen. Der Rest liegt in euren eigenen Händen.*

Sie hätte schreien können, denn *der Rest* waren ein Tiger, ein Löwe und ein riesiger Liger, die alle auf Blut aus waren.

Goode brüllte auf eine Art, die sagte, *Schnappt sie euch,* und das Trio stürmte los.

Jake nutzte seine Größe, um sie mit übermenschlicher Kraft zu schlagen. Ella war die kleinste, näher am Boden, und nutzte dies zu ihrem Vorteil aus, indem sie sich unter den Krallen des rasenden Tigers hindurch duckte und nach seinem Hals schnappte. Sie versenkte ihre Zähne tief in seinem Fleisch und biss sich fest. Der Tiger zitterte und brüllte und versuchte, sie mit den Krallen loszureißen. Kreischende Schreie erfüllten die Luft, als die Eulen ihre Feinde im Sturzflug angriffen. Jake grunzte und schwang den Ast. Der Löwe flog mit einem knochenbrechenden Schlag gegen einen Felsbrocken. Ella sprang vom Tiger weg und eilte zurück an Jakes Seite.

Mit dem Rücken zum Baum, sagte sie ihm in einem Fuchswinseln.

„Verschwinde von hier, Ella. Lauf", murmelte er aus dem Mundwinkel.

Sie ließ ihren Schwanz gegen sein Bein schnippen und knurrte. Einen Teufel würde sie tun.

Goode schlich vorwärts und versuchte, Jake mit einer Pfote zu treffen, aber Jake schlug sie weg. Einen Augenblick lang befanden sie sich in einer Pattsituation, in der sich beide Seiten gegenseitig anstarrten. Der Tiger kreiste in die eine Richtung, während Goode in die andere Richtung pirschte. Ella und Jake kreisten ebenfalls und kommunizierten wortlos.

Goode schnippte mit dem Schwanz und kräuselte die Lippen zu einem grausamen Lächeln, das sagte, *Ich werde dich zerquetschen, Kleines.*

Ella knurrte so laut, dass ihr Hals schmerzte. *Es ist nicht die Größe des Hundes im Kampf. Es ist die Größe des Kampfes im Hund.*

Und plötzlich flog sie durch die Luft und auf den Liger zu. Sie realisierte erst einen Augenblick später, was geschehen war. Goode hatte sich nicht auf sie gestürzt. Sie war auf ihn gesprungen und hatte den nächsten Angriff eingeleitet. Ein Anflug von *oh scheiße* traf sie mitten in der Luft. Aber in Sekundenschnelle spürte sie nur noch einen Rausch. Sie hatte schon früher für gerechte Dinge gekämpft, aber Liebe übertraf sie alle.

Liebe macht uns stärker, sagte ihre Füchsin und zielte auf Goodes Ohr.

Ironisch, aber wahr. Seit sie Jake kennengelernt hatte, hatte sie immer Angst gehabt, dass sie schwächer werden würde, wenn sie sich verliebte. Doch das Gegenteil war der Fall.

Du hast dich mit dem falschen Fuchs angelegt, Goode. Sie bohrte ihre Zähne in sein Fell, in der Hoffnung, Jake würde ihren Plan verstehen. Ihre Zähne konnten die dicke Halskrause des Ligers nicht durchbohren, aber wenn sie seinen Kopf zur Seite zog...

Sie verfehlte ihn, drehte sich und biss in sein Ohr. Sie zerrte mit aller Kraft daran. Und *zack!* Jake schlug mit seinem Ast zu. Goode taumelte.

Perfekt! wollte sie jubeln.

Aber es blieb keine Zeit, denn in dem Augenblick, in dem sie davonstolperte, wurde sie vom Tiger verfolgt – Burman. Er brüllte, breitete seine Vorderpfoten weit aus und schlug sie dann zusammen, um sie gefangen zu nehmen. Aber Jake schlug auf die Hinterbeine des Tigers ein, während die Eulen seine Ohren angriffen, so dass Ella dem Maul des Todes entfliehen konnte. Es war furchterregend und aufregend zugleich. Sie wandte sich dem zweimal so großen Tiger zu und schnappte nach seinem Hals. Die Bestie huschte mit einem *Was zum Teufel*-Ausdruck der Überraschung zurück und Ella wandte sich wieder Jake zu.

Nein! bellte sie, als Goode sich auf die Hinterbeine stemmte, um sich über Jake zu erheben. Sie konnte es bereits vor sich sehen – der Liger würde sich auf ihren furchtlosen Gefährten stürzen, ihn zerquetschen und zerreißen. Sich nicht damit begnügen, Jake einfach nur zu töten, sondern ihn in Fetzen reißen.

Jake schwang seinen Ast wie einen Knüppel und wich aus. Er zeigte aufs Haus. „Dort drüben!"

Sie wollte schreien. Nein, sie würde nicht fliehen, während Jake sich opferte. Und nein, sie würde auch nicht Burman folgen, der sich in den Wald davonschlich. Sie würde an Jakes Seite kämpfen.

„Hole sie!", brüllte er.

Sie hielt inne. Was holen?

Goode brüllte und stürzte sich auf Jake.

Nein! schrie sie.

„Hole sie!“, brüllte Jake dieses Mal noch verzweifelter.

Seine Worte waren so unnachgiebig, dass sie sich umsah und versuchte, herauszufinden, was er meinte. Die Hacke, die an der Seite des Hauses lehnte? Der angeschlagene Blumentopf auf der Veranda?

Dort. Das, heulte ihre Füchsin.

Ein Sonnenstrahl funkelte über die Lichtung und reflektierte sich auf einer Metallklinge. Die Machete, die in einem Baumstumpf bei der Veranda steckte.

Ella stürzte los und vollzog die schnellste Verwandlung ihres Lebens. Ihr Vier-Pfoten-Sprint wurde zu einem aufrechten, menschlichen Laufen. Ihre Pfoten weiteten sich zu Händen. In einer wütenden Bewegung riss sie die Machete heraus und wandte sich wieder dem Kampf zu.

„Jake!“, schrie sie und hetzte auf die schwachen Streifen von Goodes Rücken zu.

Jake schlug auf die Schnauze des Ligers ein, aber die Bestie hatte ihn am Boden festgenagelt. Goode riss das Maul weit auf. Seine Zähne blitzten in strahlendem, furchteinflößendem Weiß auf.

„Nein!“, kreischte Ella und schwang die Machete.

Das Ohr des Ligers zuckte und er war gerade lange genug abgelenkt, dass Jake ihn von sich hieven konnte. Er hievte ihn mit einer unheimlichen Kraft, die das Biest zur Seite rollen ließ. Jake folgte ihm mit seinem Körper, bis der Mann und die Bestie ineinander verwickelt waren und miteinander rangen.

Ella widerstand der Versuchung, auf die tretenden Beine des Ligers zu zielen. Das würde diesen Kampf nicht beenden. Nur ein tödlicher Schlag könnte das. Aber Jake war Goodes Brust zu nah, als dass sie es jetzt versuchen könnte.

Jake, schrie sie in Gedanken. *Aus dem Weg. Du musst aus dem Weg gehen.*

Sie konnte sich vorstellen, wie er sie auf die für ihn typische Weise verdrossen ansehen würde. *Ich versuche es ja.*

Goodes Krallen erwischten Jakes Schulter und er stieß ein dumpfes Grunzen aus. Eines dieser Geräusche eines zähen Soldaten, das andeutete, dass er nicht mehr viel Kraft übrig hatte.

„Jake!", schrie sie und legte jedes Versprechen und jede Hoffnung in ihre Stimme. „Jetzt!"

Jake stieß zu und brachte den Liger aus dem Gleichgewicht. Goode rollte zur Seite und entblößte seine Brust. Ella sprang im Bruchteil einer Sekunde los und rammte die Machete tief in das Herz des Monsters. Goode brüllte und krallte nach ihr, aber Jake rang ihn zurück.

Drehe sie, schrie ihre Füchsin. *Dreh' die Klinge um.*

Ella riss die Machete zur Seite und schloss die Augen, als sie sie festhielt. Zu töten war niemals befriedigend, noch nicht einmal eine Bestie wie Goode. Ein grausamer Tod war noch schlimmer. Die Art Tod, die sie wahrscheinlich noch lange, nachdem die Schläge geendet hatten und das erstickte Keuchen verklungen war, verfolgen würde. Aber es gab keinen anderen Weg. Goode hatte schon früher rücksichtslos getötet; er würde es wieder tun, wenn sie ihn nicht aufhielt. Also drehte sie die Klinge und hielt sie fest, bis Goode über den Punkt hinaus ausgeblutet war, dass auch Gestaltwandlerheilung ihm nicht mehr helfen konnte. Und selbst nachdem sein Brustkorb sich zum letzten Mal senkte und schlaff geworden war, hielt sie sie weiter fest. Sie hasste, wozu diese bösartige Kreatur sie gezwungen hatte.

Eine Sekunde lang war die Lichtung völlig still, abgesehen von dem unsicheren Ruf einer Eule. Dann zuckte etwas unter ihrem Körper und Panik, dass Goode möglicherweise doch noch nicht tot war, stieg in ihr auf.

„Ella." Es war Jake, der unter dem Biest hervorkroch.

Für den Zeitraum von drei Herzschlägen starrten sie sich gegenseitig an. Dann zog sie ihn vollständig heraus und drückte ihn in eine Umarmung.

„Jake." Sie bewegte ihre Hände hilflos über seinen Körper. Blut tränkte jeden Zentimeter seiner zerrissenen Kleidung und ihr Herz weinte. Würde Jake auch verbluten?

Er hielt sie fest – wirklich fest, und für einen Moment fürchtete sie, es wäre der eiserne Griff eines sterbenden Mannes. Aber als er seine Hände bewegte, fiel ihr auf, dass seine Muskeln vor Lebenskraft strotzten.

„Das war es, was uns gehindert hat?", flüsterte Jake. Dann grinste er wild, so als spürte er seine Verletzungen kaum. Sie hatte dies schon bei anderen Soldaten gesehen, die vom Adrenalinrausch eines Kampfes auf Leben und Tod berauscht worden waren. „Glaubst du, ich würde mich von vier Füßen und einem Schwanz hindern lassen?" Er starrte auf Goodes leblosen Körper. „Wenn ich nicht halluziniere. Sag mir, dass ich nicht halluziniere."

Sie schüttelte den Kopf. „Wir sind Gestaltwandler, Jake. Goode und seine Männer auch. Und nicht nur sie. Kai. Hunter..."

Er riss die Augen weit auf. „Kai ist ein Tiger?"

Sie schluckte. War Jake schon bereit, von Drachen zu hören? „Es gibt alle möglichen Arten von Gestaltwandlern. Aber Jake, das ist nicht alles."

Er zuckte zusammen und sie konnte nicht sagen, ob er seine Verletzungen zu spüren begann oder ob er nur fürchtete, was sie zu sagen hatte.

„Dann sag es mir", beharrte er. „Verdammt, Ella. Wenn wir das überwinden können, können wir alles überwinden."

Er deutete um sie und ihr Magen drehte sich um. Dies war ein Gestaltwandlerkampf und Jakes Verletzungen waren tief. Schlimmer noch, sie waren ihm von Gestaltwandlern zugefügt worden. Eine winzige Minderheit von Menschen, die von Gestaltwandlern verletzt wurden, wurden danach ebenfalls Gestaltwandler. Zu der Spezies ihrer Angreifer.

Ihre innere Füchsin wimmerte. Jake, ein Liger?

Scheiße. Sie hasste den Gedanken, dass Jake sich in eine Art monströsen Hybrid verwandeln könnte, den Mutter Natur so nie vorgesehen hatte. Aber es war besser als die Alternative – zu sterben. Die meisten Menschen starben an von Gestaltwandlern verursachten Verletzungen. Es war derselbe Prozess, der die Mehrheit der männlichen Menschen tötete, die sich mit Gestaltwandlerweibchen verpaarten. Ihre Körper kämpften zu sehr gegen die Veränderung an.

Sie schloss die Augen und hielt Jake noch fester, als sie ihren Tränen freien Lauf ließ. Wie sollte sie ihm das sagen? Was sollte sie ihm sagen? Er schien jetzt so stark zu sein, aber die Gestaltwandleressenz zirkulierte bereits in seinem Blut und war bereit, sich an die Arbeit zu machen.

Gefährte, wimmerte ihre Füchsin. *Mein armer Gefährte.*

„Hey", flüsterte er und streichelte ihre nackte Haut. „Alles wird gut."

Sie schüttelte den Kopf an seiner unverletzten Schulter und benetzte sie mit Tränen. Der Gefährte ihrer Mutter, Brian, hatte das auch gesagt.

„Jake", murmelte sie und wusste immer noch nicht, was sie sagen sollte.

Etwas fühlte sich warm an ihrer Hüfte an und sie blickte nach unten. Jake verzog das Gesicht und schob seine Hand in seine Tasche. „Ich weiß. Das Ding brennt."

Sie starrte auf den kleinen weißen Beutel, den er hervorzog. „Welches Ding?"

„Das hier." Er öffnete die Schnur an dem Beutel und zog etwas heraus. „Ich habe keine Ahnung warum. Es hat sich nicht warm angefühlt, als ich es gefunden habe."

Ella starrte den glatten ovalen Stein in seiner Hand an. Sprenkel von Blau, Rot und Grün glitzerten über einem schwarzen Kern, als wären verschiedenste Juwelen zu einem einzigen zusammengepresst worden.

Wie das hier, hatte Silas an dem Tag gesagt, an dem er ihr die Illustration der Erschaffung der Seelensteine gezeigt hatte. *Das ist es, wonach wir suchen. Ein Opal. Der Urstein. Der Stein mit magischen Kräften. Die Mutter aller Seelensteine.*

Sie legte ihre Hand um Jakes und wagte weder zu sprechen, noch ihn zu berühren. Sie war zu überwältigt, um klar zu denken. Der Opal war heiß und pulsierte vor Energie.

Er pulsiert mit Macht, sagte ihre Füchsin.

„Es ist seltsam, aber ich hatte das Gefühl, er hätte mir Kraft gegeben. Siehst du?", sagte Jake und rollte ihn in ihre Hand.

In der Sekunde, in der er dies tat, spürte sie einen Energieschub durch ihren Körper schießen. Aber Jake brach gleichzeitig zusammen.

„Jake!", schrie sie auf.

Seine Augen rollten zurück und die Hände zitterten. Seine Stimme wurde zu einem heiseren Flüstern und das Gesicht aschfahl. „Ella ... liebe ... dich... "

„Jake!" Für einen schrecklichen Moment konnte sie ihn nur festhalten.

Gib ihn ihm zurück. Gib ihn zurück, schnell! kreischte ihre Füchsin.

Sie legte den Opal in seine Handfläche und drückte sie zu. „Kannst du das fühlen? Sag mir, dass du das fühlst. Jake, bitte... "

Seine blauen Augen verblassten, die Lider schlossen sich und plötzlich lag er totenstill da.

„Nein... " Ella wehrte die aufsteigende Panik ab und schloss ihre Hände um seine, um den Opal fest in seiner Faust zu halten. „Bitte", flüsterte sie. Nicht zu Jake, sondern zu dem Edelstein. „Bitte beschütze ihn."

Seelensteine sollten doch unglaubliche Kräfte haben, nicht wahr?

„Mach dich an die Arbeit, verdammt!", schrie sie den Edelstein an.

Der tiefste und leiseste Bass, den sie jemals gehört hatte, flüsterte in ihrem Kopf. *Ich habe große Macht. Aber diese Wunden sind schwer. Wenn dieser Krieger leben soll, muss er die Kraft in sich selbst heraufbeschwören. Und du musst dasselbe tun.*

Sie schmiegte sich eng an ihn und sandte ihm all ihre verbliebene Energie – jeden letzten Funken, den sie mit jedem Atemzug bekam. Sie schloss ihre Augen und dachte an all die Erlebnisse, die sie miteinander geteilt hatten – an all die *Das darf ich nicht* und die *Das sollte ich nicht*. Monatelang hatte die Frustration sie innerlich aufgefressen, aber jetzt ließ sie sie ihren Ärger und ihre Entschlossenheit, durchzuhalten, schüren.

Schicksal, du bist ein Arschloch, wollte sich schreien.

Die uralte Stimme schimpfte in ihrem Kopf. *Das Schicksal belohnt die Würdigen.*

Jake ist würdig! erwiderte sie schnippisch.

Es gab keine Antwort, nur ein grimmiges Schweigen, das mehr als tausend Worte sagte. *Er ist würdig. Bist du es?*

Ella umarmte Jake und hielt den Opal dabei fest in seinen Händen. Sie wünschte sich, es würden noch ein paar Tiger aus dem Unterholz heranschleichen, damit sie vor Wut um sich schlagen konnte. Das Schicksal wollte, dass sie sich bewies? Also gut. Das würde sie.

Aber es gab keinen Feind, den sie überlisten musste und keinen Kampf außer dem in ihrem Inneren. Und dann traf es sie wie der Schlag. Sie musste ihre Liebe beweisen, nicht ihre Kampffähigkeiten. Aber wie? Sie liebte Jake von ganzem Herzen. Das hatte sie schon immer getan.

Wir haben ihn aber auch abgelehnt, heulte ihre Füchsin beschämt.

Aber das war zu seinem eigenen Schutz!

Um ihn zu beschützen oder dich selbst zu schützen? weinte die Füchsin.

Der Gedanke warf sie fast um. Hatte sie Jake etwa nicht bedingungslos geliebt?

Du hast ihn bedingungslos begehrt, *aber das ist nicht dasselbe.*

Sie kniff die Augen zu und versuchte, den Schmerz beiseitezuschieben, bis ihr etwas dämmerte. Vielleicht war das ihr Problem. Vielleicht war der Schmerz Teil der Liebe und sie musste es akzeptieren.

Aber ich will es nicht akzeptieren, wollte sie schreien. *Warum sollte Liebe mit Trauer verflochten sein?*

Ihre Gedanken rasten, als sie an die vergangenen anderthalb Jahre dachte. Jedes Mal, wenn sich ihre Wege getrennt hatten, war es auf ihr Drängen hin geschehen. Jake war derjenige gewesen, der sie mit seinen Welpenaugen angesehen hatte, die sagten, *Ich glaube an uns.*

Glaubte sie auch an sie?

Natürlich glaube ich an uns, wollte sie sagen.

Dann zeige es, drängte ihre Füchsin.

Aber Scheiße. Sie hatte schon seit Jahren niemandem mehr Gefühle gezeigt. Eine Frau, die in den härtesten Militärkorps arbeitete, zeigte keine Emotionen. Und sie konnte nicht einfach einen Schalter umlegen.

Die Eulen flatterten in den Bäumen und eine von ihnen rief traurig. Es versetzte sie noch weiter in der Zeit zurück. Zurück in ihre Teenagerjahre, als sie mit ihren Pflegebrüdern und Georgia Mae auf diesem Stück Land gelebt hatte. Schon damals hatte sie emotionale Mauern errichtet. Sie hatte sich hart gegeben, um mit Hunter und Kai mithalten zu können. Gegenüber Georgia Mae hatte sie darauf bestanden, dass sie keine Mädchengespräche brauchte und dass es nicht notwendig war, über ihre Mutter zu sprechen.

Ein harter Kloß schnürte ihr die Kehle zu. Ihre Mutter hatte geliebt und verloren; Ella fürchtete sich vor demselben Schicksal. Also hatte sie sich vor der Liebe verschlossen und Jake von sich gestoßen.

Sie kniff die Augen zu, umarmte ihn fester und versuchte, diesen verborgenen Ort in ihrer Seele für ihn zu öffnen.

„Bitte", flüsterte sie, sowohl zu sich selbst als auch zu Jake. „Bitte."

Langsam begannen die Tränen zu fließen. Tränen, die sie noch nie jemandem gezeigt hatte. Sie strich mit der Wange über seine Schulter und rieb die Tröpfchen in seine Haut.

„Ich liebe dich." Sie umklammerte ihn, als sich der Schmerz in ihrem Herzen aufblähte.

Nimm ihn an, flüsterte der Urstein. *Schmerz ist Liebe.*

Sie dachte daran, wie Jake in der Nacht zuvor im Bett gelegen, sie still gemustert und ihre Haut gestreichelt hatte. Seine blauen Augen hatten mit einer Mischung aus Traurigkeit und Hoffnung gestrahlt – die mutigste Kombination von allen. Sie dachte daran, wie er sich an diesem Tag auf der Veranda geräuspert und leise gefragt hatte: *Was ist es Ella? Was hindert uns?*

Mut. Der Mann hatte ihn zuhauf. Die Art von Mut, die man brauchte, um sich einem mächtigen Feind entgegenzustellen – und die Art von Mut, die einen Mann sein Herz aufs Spiel setzen ließ.

Die Tränen strömten schneller und freier, je mehr Mut sie fand. Den Mut, sich ihrer Liebe zu Jake mit allem zu stellen, was dazugehörte – Höhen, Tiefen, Kompromisse. Und dem schlimmsten von allem, dem Verlust.

„Ich liebe dich", flüsterte sie. „Ich werde dich immer lieben."

Sie zog ihre Trauer an sich, so wie sie einen Strauß verwelkter Blumen an sich drücken würde. Dann weinte sie. Tatsächlich schluchzte sie untröstlich, denn das war es jetzt. Genau das war es, was ihre Mutter durchgemacht haben musste. Die Leere und der Kummer. Die seelenraubende Verzweiflung. Der endlose innere Singsang *bitte, bitte, bitte*, während ein winziger Hoffnungsfunke unsicher flackerte.

Jake lag vollkommen regungslos da und atmete kaum. Starb er?

Bitte, weinte sie. *Bitte, nicht er.*

Sie hielt den *Bitte lass' mich ihn nicht verlieren*-Teil aus ihren stillen Gebeten heraus, denn es ging nicht um ihr eigenes Glück. Es ging um das Leben eines ehrlichen, ehrenhaften Mannes.

Bitte. Bitte lass' ihn leben.

Hitze strömte aus dem Edelstein – Hitze und Energie, die so intensiv waren, dass sie sie durch Jakes Hand spüren konnte.

Bitte...

Die Hitze steigerte sich zu einem regelrechten Brennen und plötzlich atmete Jake tief ein. Beim Ausatmen rasselte es, aber das nächste Einatmen war gleichmäßiger und das danach ebenfalls.

„Jake", flüsterte sie und wagte es nicht, zu hoffen.

Er blinzelte. Seine Augen waren zunächst glasig, wurden jedoch langsam klarer, als er sich auf sie konzentrierte. Dann schaute er verwundert auf seine Hand.

„Vielleicht sollte ich den lieber noch eine Weile behalten", murmelte er heiser. Dann schloss er seine Augen, aber seine Brust hob und senkte sich weiter.

„Du wirst ihn auf jeden Fall behalten", sagte Ella, die versuchte, stark zu sein, aber völlig versagte. In Gedanken murmelte sie tausend Dankesworte. Was wäre denn schon dabei, wenn diese Tortur Jake in einen Tiger, einen Löwen oder sogar einen Liger verwandeln würde? Jake war Jake und sie würde sein Überleben für den Rest ihres Lebens feiern.

Denk doch nur, flüsterte ihre Füchsin. *Wenn der Urstein ihn durch diese Veränderung schützt, wird er ihn auch durch einen Paarungsbiss schützen.*

Ella riss die Augen auf, als ihre innere Füchsin wild mit dem Schwanz wedelte. Konnte das stimmen?

Dumme Füchsin, schimpfte sie einen Moment später und fing sich wieder. Der arme Jake war völlig von Blut und Wunden übersät. Er hatte die denkbar schlechteste Einführung in die Gestaltwandlerwelt erlebt. Jetzt war nicht die Zeit, um an solche Dinge zu denken.

Jake erhob sich trotz ihrer Proteste in eine sitzende Position. „Ähm, Ella?"

Sie schluckte den Kloß in ihrem Hals hinunter und wartete auf mehr.

„Du bist ... irgendwie ... nackt", betonte er.

Sie zog ihn in eine riesige Umarmung. Ja, es gab eine Menge Dinge, die sie ihm über die Gestaltwandlerwelt erklären musste.

Sie wischte sich die Tränen ab. „Wie es scheint, kann ich in deiner Nähe nicht anders."

„Ich kann nicht sagen, dass mich das stört...", begann Jake und versteifte sich dann, als er hinter sie starrte.

Sie wirbelte herum, als ein Knurren in ihre Ohren stieg. Der Löwe war zurück und pirschte mit einem leichten Hinken auf sie zu. Seine Augen glühten rot vor Rachsucht. Hinter ihm raschelten die Büsche. War das der Tiger, der ebenfalls zurückkam?

„Scheiße." Ella sprang auf die Beine und sah sich um. Die Machete war zu weit weg, um sie zu erreichen. Sie hätte keine andere Wahl, als sich zu verwandeln, und dieser Löwe war dreimal so groß wie sie. Jake würde versuchen, ihr zu helfen, was bedeutete, dass er seine Wunden wieder aufreißen würde – bestenfalls. Im schlimmsten Fall...

Ihr werdet sterben, sagte das Knurren des Löwen.

Ella ballte die Fäuste und bereitete sich auf die Verwandlung vor. Sie würde diesen Kampf jetzt auf gar keinen Fall verlieren.

Dann, wie aus dem Nichts, drang das Geräusch von über Kies knirschenden Reifen in ihre Ohren. Sie riss den Kopf herum und erwartete, ein Fahrzeug zu sehen. Aber die schweren Schritte einer riesigen Bestie kamen zuerst und sie erblickte einen riesigen, braunen Fleck, der sich durch die Bäume annäherte.

Ella trat zurück, um Jake zu beschützen. „Gott, nicht noch mehr Gestaltwandler... "

Jake kämpfte sich auf die Beine und schwankte. Eine Hand hatte er fest um den Opal geschlossen. „Noch mehr von Goodes Männern? "

Ein riesiger Grizzlybär raste in Sichtweite und direkt auf den Löwen zu.

„Hunter! " Ihre Stimme zitterte vor Erleichterung.

Der Löwe knurrte überrascht und floh in den Wald. Hunter war ihm dicht auf den Fersen. Der Tiger war ebenfalls irgendwo dort draußen, aber die raschelnden Büsche ließen darauf schließen, dass auch er um sein Leben rannte.

„Hunter? " Jakes Mund klappte auf. „Scheiße, dort kommen noch mehr. " Er zeigte mit der Hand, als zwei Tiger über die Lichtung sprinteten und den anderen hinterherjagten.

Ella schüttelte den Kopf. „Das geht schon klar. Das sind Cruz und Jody. "

Ein Land Rover blieb vor dem Tor stehen und Kai sprang heraus. „Entschuldige", rief er, als er auf Ella zustürmte. „Ich wäre geflogen, aber das wollte ich bei Tageslicht nicht riskieren. "

„Bitte sag mir, dass er den Hubschrauber meint", murmelte Jake.

Ella entschied sich, die Sache mit den Drachen vorerst zu verschweigen.

„Geht es dir gut, Jake? ", rief Kai.

Jake nickte schwach. „Etwas verwirrt ... aber sonst gut. Was ist mit Nina? "

Ella wurde es wieder warm ums Herz. Das war typisch Jake, in einem Moment wie diesem noch an eine andere Person zu denken.

Kai grinste. „Soweit ich weiß, geht es ihr großartig. Den Zwillingen auch. Nur Boone ist fast ohnmächtig geworden."

Während er sprach, zog Kai sein Hemd aus und reichte es Ella. Sich nackt zu sehen, war unter Gestaltwandlern völlig normal, aber trotzdem war sie froh, sich etwas anziehen zu können. Nackt zu sein machte viel mehr Spaß, wenn nur Jake dabei war.

„Also, wie viele andere gibt es? Und wo?", forderte Kai und starrte finster auf Goodes Körper.

Ella zeigte in den Wald. „Ein Löwe, ein Tig… "

Kaum hatte sie das Wort ausgesprochen, ertönte aus den Wäldern ein markerschütternder Katzenschrei.

„Also nur noch ein Löwe", murmelte Kai.

Es raschelte im Gestrüpp, gefolgt von hitzigem Knurren. Dann hörten sie ein durchdringendes Brüllen, einen weiteren Schrei und schließlich wurde der Wald still.

Ella umklammerte Jakes Hand und suchte den Waldrand nach irgendeinem Zeichen ab. Schließlich kamen Hunter, Jody und Cruz zurück auf die Lichtung. Sie atmete auf.

„Gott sei Dank."

Jake drückte ihre Hand. „Bitte sag mir, dass das die Guten sind."

„Das sind die Guten", versicherte Ella und war glücklicher denn je zuvor, ihre Freunde zu sehen.

Cruz und Jody, die Tiger, kreisten umeinander und rieben ihre Körper in langen, beruhigenden Bewegungen aneinander. Sie fingen an der Nase an und endeten am Schwanz. Hunter trottete an der Grundstücksgrenze auf und ab und murmelte irgendetwas in Bärensprache vor sich hin.

Ella führte Jake sanft zur Treppe. Er setzte sich und sie hockte sich vor ihm hin. „Bist du dir sicher, dass es dir gut geht?"

Er nickte und sah dabei eher erschüttert als alles andere aus.

Großer Gott, wie hat er das überlebt? murmelte Kai mit einer tiefen, besorgten Stimme in Ellas Gedanken. Die anderen, noch immer in ihrer Tierform, näherten sich ihnen.

Sie hielt Jakes Hände fest umschlossen und versicherte sich, dass es ihm gut ging. Dann trat sie zur Seite, damit die anderen ihn sehen konnten, und nickte Jake zu. „Zeig ihn ihnen. Lass ihn nur nicht los."

Sein rechter Mundwinkel zuckte nach oben. „Glaub mir, ich habe vor, den noch eine ganze Weile festzuhalten." Er öffnete seine hohlen Hände gerade weit genug, so dass der Opal zum Vorschein kam.

Die Sonne schimmerte auf der gesprenkelten Oberfläche und sandte Strahlen von vielfarbigem Licht aus.

„Heilige Scheiße." Kai wich zurück.

Cruz knurrte überrascht und Hunter schnaubte.

Jake warf den Tieren, die über den Hof gepirscht kamen, um ihn zu inspizieren, einen scharfen Blick zu. „Das kann man wohl laut sagen."

Kapitel 17

Eine Woche später...

Die nächste Woche schwebte Jake zwischen Realität und Träumen. Gute Träume. Hässliche Träume. Auch verwirrende Träume. Und das Beunruhigende daran? Einige davon waren vielleicht gar keine Träume.

Es gab die fiebrigen Träume, während derer er eimerweise schwitzte und gegen den Tod ankämpfte – nicht auf einem Schlachtfeld, sondern in einem Bett. Gut, dass Ella da war und ihn davor bewahrte, in die Grube der Dunkelheit abzudriften, die ihn verschlingen wollte. Der Opal lag in seiner Hand und half ihm, das Fieber mit seiner eigenen durchdringenden Hitze zu bekämpfen. Er verbrachte eine Menge Zeit damit, regungslos dazuliegen, während ein Wirbelwind in ihm tobte. Ein Kampf, in dem sein Körper gegen ... etwas anderes ankämpfte. Gegen etwas Gefährliches, aber doch Verlockendes. Etwas völlig Unbekanntes und doch gleichzeitig Natürliches.

„Ella", flüsterte er von Zeit zu Zeit und wartete darauf, dass sie ihm die Hand drückte, um ihm zu sagen, *Ich bin hier. Ich gehe nirgendwohin, McBride.*

Schließlich schlich sich der Tod von seiner Seite zum Rand des Raumes hinüber, bis er schließlich das Handtuch warf und verschwand. Das Fieber brach und seine Träume wurden zu angenehmen Fantasien – wie Ella zu berühren oder wie Ella ihn berührte. Oder besser gesagt, Ella, die viel mehr tat, als ihn nur zu berühren, was sich so gut anfühlte. Sie sprachen in diesen Fantasien miteinander und das war schön, auch wenn Ella viel zwiespältiger klang, als ihm lieb war.

Jake, du wirst auch ein Gestaltwandler werden.

Ein Gestaltwandler. Das klang cool. Ihm gefiel dieser Traum.

Ein Fuchs, so wie du. Er nickte und lächelte, als wäre es die normalste Sache der Welt.

Du könntest etwas anderes werden, hatte sie mit seltsam erstickter Stimme gesagt. *Du könntest ein Liger werden so wie Gideon.*

Er erinnerte sich, dass er entschlossen den Kopf geschüttelt hatte. *Ich will ein Fuchs sein so wie du.*

Füchse waren zäh, flink und einfallsreich. Füchse durchstreiften die Berge, völlig frei.

Ella hatte geschluckt und war für eine Weile still gewesen, bevor sie geflüstert hatte, *Ich muss dich beißen, bevor deine Verletzungen dich zu einem Liger machen.*

Dann beiße mich, erinnerte er sich, gesagt zu haben – oder hatte er das nur geträumt? – ohne an etwas anderes als an *Ella, ich, gemeinsam* zu denken. Koste es, was es wolle.

So sollte es nicht sein, hatte Ella geweint. Sie hatte wirklich geweint, als sie sich über seinen Hals gebeugt und ihn berührt hatte. *Es sollte schön sein.*

Das ist schön, hatte er ihr versichert, und das war die Wahrheit. Ihr Körper so nah an seinem. Ihre Lippen auf seiner Haut. Selbst das Kratzen ihrer Zähne fühlte sich gut an. Er verspürte den kürzesten Schmerz, bevor ein heißer, stechender Spannungsstoß wie ein Blitz durch seine Adern schoss und jeden Schalter in ihm umlegte. Es erregte ihn auf eine Weise, die damit endete, dass er Ella auf sich zog, bis sie im Cowgirl-Stil auf ihm saß. Es dauerte nicht lange, bis sie stöhnte und ihn ritt. Er stieß in sie und spürte unerklärliche Energie und Lust. Als sie ihre Zähne zum zweiten Mal in seinem Hals versenkte, explodierte er in ihr und heulte vor Vergnügen auf.

Also – Traum? Fantasie? Jake hätte es schwören können, wären da nicht die winzigen Narben an seinem Hals gewesen. Diese kaum vorhandenen Spuren, die er immer wieder berührte und über die er sich wunderte.

All das hätte ihn für die nächsten Tage völlig erledigt und er war in einen tiefen, ruhigen Schlaf gefallen. Keine Albträume mehr. Kein Fieber mehr. Kein Grund mehr, die ganze Zeit den Opal zu halten. Sein Körper heilte nun zur Abwechslung einmal von selbst. Wann immer er aufwachte, lag Ella an ihn gekuschelt neben ihm und weigerte sich, ihn loszulassen.

Ein paar Tage später wachte er schließlich zum ersten Mal völlig klar und wachsam auf. Er öffnete die Augen, ohne sich zu bewegen. Nur für alle Fälle. Wo war er? War wirklich alles in Ordnung?

Einen Augenblick später atmete er auf. Ella lag an seine Brust gekuschelt neben ihm und schlief. Das Licht, das durch die großen Fenster schien, zeigte das satte Rosa der Morgendämmerung, und er und Ella lagen in einem knarrenden Bett. Wie es schien, handelte es sich um das Bett in ihrem Zimmer auf ihrer Seite des Plantagenhauses auf Koakea. Langsam hob er seine rechte Hand und musterte sie. Die Vorder- und Rückseite. Dann ballte er sie ein paarmal zusammen und prüfte die Form. Er hatte ein paar seltsame Träume gehabt, in denen seine Fäuste eher wie Pfoten mit kupferfarbenen Fellbüscheln ausgesehen hatten. Er und Ella waren durch eine Landschaft im Westen gelaufen – nein geflitzt. Sie beide hatten vier Füße gehabt und mit ihren Schwänzen gewedelt.

Er öffnete und schloss seine Faust. Wurde er wirklich zum Tier oder drehte er einfach nur durch?

Irgendwo tief in seiner Seele ertönte ein schwaches, kläffendes Lachen und flüsterte so leise, dass er sich anstrengen musste, es zu hören. *Du drehst nicht durch. Du findest mich nur.*

Wen?

Mich. Dich. Wir sind eins.

Die Vorhänge flatterten in der leichten Brise und Bäume wiegten sich vor dem Fenster. Er erhaschte einen Blick auf den Mond, der auf den westlichen Horizont zusteuerte. Was bestätigte, wie viel Zeit vergangen war. Denn als er den Mond das letzte Mal gesehen hatte, war er viel dünner gewesen. Etwas schwoll in seiner Brust an und er begann zu summen. Er konnte nicht sagen warum. Nur dass es sich gut anfühlte. Er summte noch ein wenig weiter und versuchte einen Ton zu finden, der richtig klang. Schließlich wählte er einen langen, tiefen Ton, der ein wenig wie ein Heulen klang.

Was wahrscheinlich bedeutete, dass er verrückt wurde. Aber wow. So ruhig und friedlich hatte er sich schon seit Jahren nicht mehr gefühlt. So als hätte er irgendwie ein Jahrzehnt vorgespult und endlich seine inneren Dämonen besiegt. Selbst als der Mond aus seinem Blickfeld verschwand, konnte er seine beruhigende Schwerkraft dort draußen immer noch spüren.

„Mmm", murmelte Ella und bewegte sich in seinen Armen.

Jake schmiegte sich an ihre Schulter und atmete tief ein. Ellas Wüstenrosenduft schien reichhaltiger und intensiver zu sein als zuvor, genau wie der Duft der tropischen Blüten, der durch die offenen Fenster hereinströmte. Die salzige Luft kitzelte seine Nase und er vernahm selbst die kleinsten Geräusche – nicht nur die über das Dach streichenden Baumzweige, sondern auch die kratzenden Bewegungen von Insekten draußen.

„Ein perfekter Morgen", murmelte Ella.

Perfekt für einen Lauf, sagte diese innere Stimme. Was lächerlich war. Warum laufen gehen, wenn er mit der Frau seiner Träume im Bett liegen konnte?

Warum faulenzen, wenn wir mit der Frau unserer Träume laufen gehen können? erwiderte die Stimme.

„Geht es dir gut?", flüsterte Ella.

Er nickte langsam. „Ich versuche nur, herauszufinden, welche Teile real und welche Teile ein Traum sind."

Sie küsste seine Fingerknöchel. Ihre Stirn lag in Falten, die Lippen fest zusammengepresst. „Gestaltwandler sind real. Es ist alles real, Jake."

Er hob seine Hände erneut. „Also … können sie sich hin und her verwandeln? Bei Vollmond?"

Die tiefe innere Stimme spottete. *Natürlich nicht nur dann.*

„*Du* kannst dich hin und her verwandeln", sagte Ella. „Zumindest wirst du es bald können. Wann immer du willst. Es hat nichts mit dem Mond zu tun."

Er schaute aus dem Fenster. Seltsam, er hätte schwören können, dass er ihn dort draußen spüren konnte. Als riefe er wie eine unwiderstehliche Sirene nach ihm und flehte ihn an, hinauszukommen und zu spielen.

„Der Mond führt uns manchmal", fügte sie hinzu und folgte seinem Blick. „Auf subtile Weise – ich nehme an, genauso wie er auf Menschen wirkt."

„Und was hat es mit dem Biss auf sich?" Er berührte seinen Hals. Die Narben wirkten wie ein Schalter für seine Lust und er begann, sich erneut an Ella zu schmiegen. Er glitt mit der Nase über ihren Hals, dann hinunter zu ihrer Brust. Es machte ihn verrückt vor Verlangen.

Markiere sie, knurrte die innere Stimme. *Mach' sie zu unserer.*

„Der Biss macht uns zu Gefährten." Sie lehnte sich zurück und ließ ihn erforschen. „Für immer aneinandergebunden. Ich hoffe, dass das für dich in Ordnung ist."

Er lachte an ihrer Haut. Zum Teufel, ja, das war mehr als in Ordnung für ihn. „Ich wünschte nur, wir könnten es noch einmal machen."

Ella lächelte ihn verführerisch an. „Gut, dass wir das können. Wann immer du willst. Du schuldest mir einen Biss, McBride. Der wird das Ritual vollenden. Er wird uns vollenden."

Sein Puls schoss in die Höhe und er riss die Augenbrauen hoch. „Das klingt wunderbar. Aber es ist auch ein wenig einschüchternd. Was, wenn ich es versaue?"

Sie lächelte. „Wenn du auf deine Instinkte hörst, kannst du gar nichts falsch machen."

Instinkte, hm? War das die Stimme, die er gehört hatte?

„Wann?", flüsterte er.

„Wann immer du willst. Wann immer du bereit dazu bist. Das Beste daran ist, dass wir es immer wieder tun können."

Es hätte furchterregend klingen sollen, aber seltsamerweise reizte es ihn – und erregte ihn sehr. „Wie eine Ehe auf Anabolika?", scherzte er.

Ella schüttelte den Kopf, legte eine Hand um seine Wange und sah ihm tief in die Augen. „Sich zu verpaaren ist so viel mehr als das, Jake. Es ist mehr als ein Versprechen oder ein Stück Papier. Es ist für immer – wirklich für alle Ewigkeit."

Er grinste. „Auf manche Ewigkeiten kann ich gern verzichten. Aber eine Ewigkeit mit dir? Ich bitte darum."

Sie schmiegte sich wieder an seine Brust und strahlte Wärme und Erleichterung aus. „Es gibt so vieles, was ich dir erklären muss."

Er kuschelte noch ein wenig länger mit ihr und war fast versucht, sich mit ihr zu lieben. Wenn sie ihm gehörte, konnten sie schließlich so oft miteinander schlafen, wie sie wollten. Und er hatte eine Menge aufzuholen. Aber der Drang, zu laufen, wurde noch stärker und machte es ihm unmöglich, ihn länger zu ignorieren. Er setzte sich langsam und vorsichtig auf und war überrascht, dass nichts zu sehr schmerzte.

Keine Schmerzen. Muss mich bewegen. Verwandeln.

„Jake?" Ella setzte sich auf und berührte seinen Oberschenkel.

Er wollte innehalten und sie küssen. Er wollte seine Finger durch ihr Haar schieben und eine weitere Stunde damit verbringen, ihr herrlich nacktes Fleisch zu küssen. Aber der Instinkt, sich zu bewegen, wurde immer dringender, also stellte er die Füße auf den Boden.

„Nur einen Moment", murmelte er und war sich nicht sicher, welchem Instinkt er folgte. Er wusste nur, dass er ihm sofort folgen musste.

Er stolperte verwirrt zur Tür und auf die lange Veranda hinaus. Warum fühlte sich sein Körper so überraschend gut und gleichzeitig so schmerzend an?

„Geht es dir gut?" Ellas Stimme hallte ihm nach.

Er nickte und hasste es, sie zurückzulassen. Aber er musste unbedingt seine Zehen in die Erde graben. Das Bedürfnis war so stark, dass er sogar dann noch mehr brauchte, nachdem er schon die Verandatreppe hinuntergestiegen war und die feuchte Erde unter seinen Füßen spürte.

Mach' weiter. Schnüffle. Lauf. Roll' dich herum, drängte die innere Stimme.

Sein Rücken fühlte sich zunächst gut, wurde jedoch plötzlich unglaublich steif. Es wurde besser, als er sich krümmte.

„Jake!", rief Ella und eilte an seine Seite.

Er wollte sich umdrehen und ihr versichern, dass es ihm gut ging. Stattdessen fiel er auf die Knie und stützte sich mit den

Armen ab. Er brach nicht zusammen, sondern...

Will mich verwandeln, drängte die heisere Stimme in seinem Inneren. *Lass mich raus.*

„Jake." Ella strich mit den Händen über seinen Rücken.

Mmm. Schön, summte die Stimme.

Es war schön. Er schloss die Augen, presste sein Kinn gegen die Brust und bewegte sich unter ihrer Hand.

„Wow. So schnell?", murmelte Ella.

Jake hatte keine Ahnung, was vor sich ging. Aber er war es leid, diesem Ding in seinem Körper zu widerstehen. Er atmete tief und nahm eine ganze Welt neuer Gerüche und Klänge wahr.

Ella streichelte ihn weiter, was gut war, denn plötzlich schmerzte jedes Gelenk und seine Haut juckte höllisch.

„Zeige ihn mir, mein Gefährte", flüsterte sie.

Was sollte er ihr zeigen? Wie verrückt er war?

Zeige ihr mich, zischte die innere Stimme.

„Es tut nur eine Sekunde lang weh", sagte Ella, obwohl ihre Stimme weit entfernt klang.

Er grunzte, denn es tat wirklich weh. Aber, genau wie Ella gesagt hatte, nur für eine kurze Sekunde. Dann spürte er nichts als das verdammt gute Gefühl von Ellas Fingern auf seinem Rücken.

„Wow. Jake."

Er hielt seine Augen noch immer geschlossen, aber *wow* stimmte. Er roch Blumen und Gras in mehreren Schichten. Schöne, reichhaltige Erde unter seinen vier Füßen, die perfekt geeignet war, um seine Krallen hineinzu...

Seine Gedanken rasten. Was? Wie viele Füße?

Aber Ella streichelte ihn immer weiter. „Du hast es geschafft, Jake. Sieh nur."

Er blinzelte ein paarmal und nieste dann. Die Farbe war aus der tropischen Landschaft gewichen und kleine Schattenstreifen bewegten sich, wenn er den Kopf neigte.

Ella lachte und streichelte ihm die Ohren. Ohren, die nach oben ragten und sich nicht an den Seiten seines Kopfes befanden. „Komm schon, schau."

Er neigte den Kopf zu ihr und erstarrte. Seine Nase ragte weit nach vorn. Die Spitze war dunkel und Schnurrhaare standen auf beiden Seiten ab.

„Der schönste Fuchs aller Zeiten." Ella grinste.

Der schönste *was*? Er wollte brüllen, aber das Einzige, was herauskam, war ein überraschtes Bellen.

„Siehst du?", sagte sie und hielt seinen Schwanz zu einer Seite.

Jake stand vollkommen still. Ein Schwanz? Seit wann?

Gestaltwandler sind real. Es ist alles real, Jake, hatte Ella gesagt.

Es war eine Sache, es jemanden sagen zu hören. Aber es selbst zu erleben – heilige Scheiße.

Ella stürzte sich in einer riesigen, glücklichen Umarmung auf ihn. Lachte sie? Weinte sie? Er wollte sie auch umarmen, gab sich jedoch damit zufrieden, ihr mit einer erschreckend langen Zunge das Ohr abzulenken. Je mehr sein Schwanz wedelte, desto mehr schwang seine Hüfte mit. Er drehte sich für einen Blick um. Wow. Er hatte wirklich einen Schwanz.

„Du bist genauso, wie ich es mir erträumt habe", murmelte Ella in sein Fell.

Anscheinend hatte sie von etwas geträumt, dass einem Wolf sehr ähnlich sah. Nur mit einem flauschigeren Schwanz und roterem Fell, wenn er die Graustufen richtig interpretierte. Und auch so groß wie ein Wolf – ein richtig großer – nur mit einer schlankeren Nase. Er blinzelte ein paarmal.

Kein Wolf. Ein Fuchs, Dummkopf, knurrte die Stimme.

Er drehte sich um und wäre fast über seine eigenen Füße gestolpert. Welche sollte er zuerst bewegen?

Ella grinste breit. „Warte kurz. Ich werde es dir zeigen."

Eine Sekunde später krümmte sie sich vornüber und verwandelte sich ebenfalls. Eine fließende, mühelose Verwandlung, bei der ihre menschlichen Züge allmählich verschwommen und einem geschmeidigen, pelzigen Körper und einem fröhlich wedelnden Schwanz wichen.

Ella, sagte er überrascht, was als Kläffen herauskam.

Sie kläffte zurück. Einen Moment lang standen sie einfach nur da, zwei Füchse, Nase an Nase. Ihre Augen strahlten und die Nase zuckte. Ohne darüber nachzudenken, begann er, sie zu umkreisen und an jedem Zentimeter ihres Körpers zu schnüffeln. Und wow – er konnte die Aufregung an ihr riechen. Die Freude. Sogar einen Hauch von Erregung. Und am besten war, dass er sich selbst an ihr roch – und sie an ihm.

Gefährtin, donnerte die tiefe innere Stimme. *Meine Gefährtin.*

Er wollte sich an ihr reiben. Sie lecken. Mit ihr über die Plantage toben. Er wollte alles auf einmal. Aber zum Teufel – er konnte seine Füße kaum koordinieren.

Ella brach in fröhliches Kläffen aus und tanzte vor Freude um ihn herum. So glücklich und aufgeregt, dass auch er begann, herumzutollen.

Ein Fuchs! Du bist ein Fuchs! Ihre Stimme hallte in seinem Kopf wider.

Ellas orangebraune Augen strahlten und ihr Fell glitzerte in der Morgensonne, so wie ihr menschliches Haar normalerweise schimmerte. Sie neigte den Kopf auch genauso. Ella war also Ella – schlank, zierlich und wunderschön –, während er eine dunklere, XXL-Version von ihr war. Er drehte sich ein paarmal im Kreis und versuchte, einen Blick auf sich selbst zu werfen. Dabei stolperte er fast über seine eigenen Füße. Junge, er hatte eine Menge zu lernen.

Komm schon! Ella sprang los, als wäre das alles ganz einfach. Genauso leicht, wie es für seinen Verstand war, ihr Kläffen in Worte umzuwandeln. Was – wow – ihm einen Augenblick später bewusst wurde. Wie zum Teufel funktionierte das denn?

Kannst du mich hören? Er versuchte, seine Gedanken in ihren Kopf zu drängen.

Natürlich kann ich das.

Er schnaubte. Natürlich? Daran würde er sich gewöhnen müssen, so viel war sicher.

Er machte einen wackligen Schritt nach dem anderen, während Ella um ihn kreiste und immer wieder sein Fell streifte.

Gar nichts dabei, summte sie und umkreiste seinen Körper ein zweites Mal.

Je mehr sie ihn berührte – ihn ablenkte und in Versuchung führte – desto weniger dachte er über die Mechanik des Gehens nach und desto geschmeidiger bewegte er sich. Schon bald trottete er vor sich hin, duckte sich unter Ästen hindurch, die seinen Rücken kitzelten, und nieste vom würzigen Duft exotischer Blumen.

Zeit, dich zu bewegen, Soldat, neckte Ella ihn und raste los.

Schnapp' sie dir, drängte die innere Stimme. *Fange unsere Gefährtin ein.*

Er nahm die Verfolgung auf und wollte aufholen, war jedoch gleichzeitig abgelenkt. Sollte seine Zunge seitlich aus seinem Mund heraushängen oder gehörte sie gerade in die Mitte? Hielt er seinen Schwanz zu hoch oder zu tief?

Ganz egal, sagte die innere Stimme. *Lauf einfach.*

Also jagte er durch den Dreck und seiner Gefährtin nach. Als er den Dreh auf vier Beinen zu laufen raushatte, erreichte er das nötige Tempo, um Ella zu fangen. Aber sie war äußerst wendig und jedes Mal, wenn er ihr auch nur einen Zentimeter zu nahe kam, wich sie mit einer blitzschnellen Bewegung aus, der er kaum folgen konnte. Aber es machte Spaß – die Art von ungeheurem, keuchendem, kindlichen Spaß, den er schon seit Jahren nicht mehr erlebt hatte. Das Plantagengelände, das er so oft patrouilliert hatte, wurde zu einem Spielplatz voller Freude und Staunen. Die fruchtbare, feuchte Erde. Die kratzigen Halme der einheimischen Gräser. Das verwilderte Taro-Feld, durch das er und Ella sprangen. So viele Details, die ihm noch nie zuvor aufgefallen waren, wurden lebendig. Wie hatte er so viele Dinge übersehen können?

Dann kam er knurrend zum Stehen und jedes einzelne Haar an seinem Körper sträubte sich. Etwas stimmte nicht. Etwas stimmte überhaupt nicht.

Was ist los? fragte Ella und machte eine Wendung, um neben ihm zum Halt zu kommen.

Er trat zur Seite und versuchte, seinen Körper zwischen Ella und den Eindringling zu bringen, den er spüren konnte. Dann schnüffelte er und scharrte über den Boden, als er versuchte, den Geruch einzuordnen.

Ella schnüffelte an der Stelle vor seinen Füßen und lachte dann. *Das ist nur Boone.*

Jake knurrte einfach weiter. Boone war ein toller Kerl, aber die Vorstellung, dass ein männlicher Wolf in Jakes Territorium eindringen könnte, löste übermäßige Beschützerinstinkte in ihm aus.

Ella drängte ihren Körper an seinen und beruhigte ihn mit einem schnatternden Geräusch. *Du kennst die Jungs genauso gut wie ich. Sie sind in Ordnung.*

Er knurrte weiter vor sich hin. Jeder andere Kerl, der seiner Gefährtin zu nahe kam, war *nicht* in Ordnung.

Muss die Verpaarung vollenden. Muss sie zu unserer machen, knurrte sein Fuchs in seinen Gedanken. Die Bisswunde an seinem Hals juckte und er starrte Ella an. Sie hatte gesagt, er schulde ihr einen Biss, also könnte er vielleicht...

Wann immer du willst, hatte sie gesagt. *Wann immer du bereit bist. Wenn du auf deine Instinkte hörst, kannst du nichts falsch machen.*

Und verdammt, er fühlte sich bereit. Vollkommen bereit.

Beiße sie. Vollende das Ritual, sagte die innere Stimme. *So ist es sicherer,* fügte die Stimme hinzu.

Ein *Biss in den Hals* und *sicher* klangen nicht wie zwei Dinge, die zueinander passten. Und doch wurde sein Körper bei der Vorstellung ganz heiß.

Ella schwang ihren Kopf nach Westen herum. *Das Waldstück dort drüben ist voll von Bärenduft und auf der anderen Seite von Koa Point riechst du Tiger. Es ist schließlich ihr Zuhause. Wirst du jetzt plötzlich besitzergreifend in Bezug auf mich?*

Er drängte sich näher heran und rieb seinen Hals an ihrem. *Ich weiß nicht, ob ich etwas dagegen tun kann.*

Ein Teil in ihm rebellierte gegen diesen Gedanken. Eine Frau war kein Objekt, das man besitzen konnte – besonders eine Frau wie Ella. Aber ein anderer Teil in ihm – zweifellos der Fuchsteil – war von der Idee völlig angetan.

Sie kann für immer uns gehören. Niemand kann uns jemals auseinanderbringen.

Dieser Teil gefiel Jake. Und Ella hatte ihn gebissen, was bedeutete, dass sie mit einer *Ewigkeit* an seiner Seite einverstanden war, nicht wahr?

Ella schnippte mit dem Schwanz und sprang davon. *Wenn du mich willst, musst du mich fangen,* neckte sie und raste wieder davon.

Jake schnippte mit dem Schwanz – eine einfache Bewegung und gleichzeitig eine, auf die er lächerlich stolz war – und sprintete ihr hinterher. Dieses Mal kam sie nicht davon.

Überlass das Laufen nur mir, donnerte seine Fuchsseite.

Jake musste zugeben, dass dies sinnvoller war, als über seine eigenen Füße zu stolpern. Eines Tages würde er diese Sache auf den vier Füßen meistern. Im Moment zählte nur seine Gefährtin.

Seine Pfoten hämmerten über den Boden. Äste schlugen ihm gegen die Schultern. Ellas Schwanz wedelte wie eine Flagge vor ihm her, als sie ihn auf eine wilde Verfolgungsjagd über das Plantagengelände lockte. Zweimal kam er ihr nah genug, um zu springen. Aber sie schoss jedes Mal lachend davon.

Wer schneller den Strand erreicht. Ella sprintete in Richtung Ufer.

Jake knirschte mit den Zähnen und verkniff sich eine Antwort. Nein, sie würde ihn nicht schlagen. Nicht wenn er etwas dagegen tun könnte. Er raste weiter und schloss den Abstand zwischen ihnen, bis Ella die felsige Anhöhe erreichte, die den Strand säumte.

Jetzt! brüllte er seiner Fuchsseite zu, um seinen Sprung zu timen.

Ella wich nach rechts aus, genau wie er es erwartet hatte. Er erwischte sie im Flug. Eine Sekunde später stürzten sie zu Boden. Er lehnte über ihr und lächelte heftig.

Hab' dich!

Wir haben sie, stimmte sein Fuchs mit einem fröhlichen Kläffen ein.

Ach wirklich? sagte Ella und sah ihn kokett an. *Und wenn ich das hier tue?*

Sie wand sich ein wenig und die Luft um sie herum flimmerte. Blitzschnell nahm sie direkt unter ihm menschliche Gestalt an. Dann lehnte sie sich nackt zurück und beobachtete ihn mit Augen, die mit einem geheimen Plan funkelten.

Jake erstarrte. Er war unsicher, was er tun sollte.

Zeit, dass du die Führung übernimmst, sagte sein Fuchs. *Pass nur auf, dass du auf mich hörst, wenn es um den Biss geht.*

Die Rückverwandlung in seine menschliche Gestalt geschah so schnell, dass Jake es nicht einmal bemerkte, bis er auf Ellbogen und Knien über Ella schwebte. Er senkte sich hinunter, bis seine Brust ihre berührte. Ihre Augen strahlten mit Lust und Liebe und sie bewegte ihre Beine, um ihm mehr Platz zu geben.

„Ich habe dich", sagte er mit heiserer Stimme.

„Du hast mich." Ihre Augen funkelten nicht nur. Sie glühten. „Nicht schlecht für dein erstes Mal, McBride."

Erstes Mal deutete viele zukünftige Gelegenheiten an, bei denen er sich mit dieser Art von Spaß austoben könnte. Hätte er seinen Schwanz noch gehabt, hätte er wild damit gewedelt.

Die Palmen über ihnen wogten und warfen Schatten auf ihre Körper. Die feine Sandschicht, in der sie gelandet waren, bildete eine feste Matratze für ihre Körper und der Wind flüsterte durch die Palmwedel über ihren Köpfen.

„Ich glaube, du hast dich von mir fangen lassen, Kitt."

„Oh, so etwas würde ich niemals tun." Sie strich mit der Ferse über sein Bein und sandte Hitzestöße durch seine Venen. „Wo wären wir denn dann?"

Er lachte leise. „Wie wäre es mit nackt und allein am Strand?"

Ella neigte ihr Kinn und blickte auf ihre Körper hinab. „Hmm. Nackt und allein. Und was jetzt?"

Er grinste und verlagerte sein Gewicht, um sie die Härte seines Schwanzes spüren zu lassen. „Ich habe eine Idee."

„Und was wäre das, Soldat?" Sie streckte die Arme über den Kopf und zog fragend eine Augenbraue hoch. Ihr Duft umhüllte ihn und war völlig von Lust erfüllt.

„Ich dachte daran, dich zu küssen. Zu berühren." Er ließ seine Lippen über ihr Schlüsselbein gleiten.

„Das klingt so zahm", sagte Ella, obwohl sie ihren Körper unter ihm krümmte und ihn einlud, sie zu erkunden.

Er schob seine rechte Hand an ihrem Körper hinunter. Langsam auf dem Weg nach unten, sanft über die Rundung ihrer Brust, und heftiger auf dem Weg nach oben. Dann küsste er sie und sie erwiderte den Kuss mit Leidenschaft. Nachdem er mit der Zunge über ihre geglitten war, löste er sich lange genug von ihr, um zu lächeln: „Ich kann dir mit ziemlicher Sicherheit sagen, dass es nicht zahm werden wird."

„Gut." Sie zog ihn zu einem weiteren tiefen, gierigen Kuss zu sich heran.

Die Luft verdichtete sich mit einem klebrig-süßen Geruch, der nur Lust sein konnte, und Ellas Körper wand sich unter seinem. Sie schlang ihre Beine um seine Taille. Mit dem Daumen streichelte er über ihre Brustwarze, bis sie ganz hart wurde.

Bald, flüsterte die innere Stimme, als er über ihren Körper glitt und das Fleisch ihrer Brust mit seiner Hand anhob. Er saugte fester, bis Ella vor Begierde wimmerte.

„Ja...", murmelte sie und wühlte mit den Fingern durch sein Haar.

Sie schmeckte so gut. Fühlte sich so gut an. Klang so gut.

Meine, heulte sein Fuchs. *Sie gehört mir.*

Er schob seine Hand tiefer und näherte sich ihrer feuchten Hitze. Sein Finger glitt geradewegs durch ihre Schamlippen. Dann griff er tiefer und ließ ihn in ihr kreisen. Sie stöhnte.

„Ja..."

Noch nie zuvor hatte sich Versuchung so schnell in blinde, rasende Begierde gewandelt. Noch nie zuvor hatte er eine solche Dringlichkeit verspürt, sich zu vereinen.

Mach sie zu unserer. Für immer, schrie die Stimme in ihm.

Er knabberte an ihrer Brust und bewegte sich zu ihrem Hals zurück. Er näherte sich der Stelle, die ihn anzog.

„Ja", flüsterte Ella. „Genau dort."

Er kratzte mit den Zähnen über ihre Haut und sie streckte sich ihm entgegen.

„Tu es. Bitte. Ich vertraue dir." Sie neigte den Kopf und entblößte ihren Hals für ihn.

Jake drückte ihre Beine mit seinem Knie auseinander, positionierte sich an ihrem Eingang und ließ seine Instinkte die Kontrolle übernehmen.

Ich kriege das hin, versicherte ihm sein Fuchs. *Aber zuerst musst du…*

Er ließ die Hüfte kreisen, sank tief hinein und ließ Ella in Ekstase aufschreien.

Ja, er wusste allerdings, was zuerst kam. Heißer, stürmischer Sex mit der Frau, die er liebte.

Und ich übernehme das hier, murmelte er. Bei diesem Teil brauchte er keine Hilfe. Er zog seinen Schwanz heraus und rutschte dann sehnsüchtig wieder hinein.

Ella schnappte nach Luft, klammerte ihre Beine um ihn und ließ ihn wissen, wie gut sie sich fühlte.

Rein und raus, rein und raus. Er fand einen kaum kontrollierten Rhythmus und beobachtete Ella, ohne sie wirklich richtig anzusehen. Die Empfindungen waren so intensiv. Die Wellen, die nicht allzu weit hinter ihnen über den Sand rollten, trieben ihn genauso eindringlich an, wie Ella es mit ihren Händen und ihrer Stimme tat.

„Härter. Bitte. Härter…"

Er zog ihr Bein an seiner Seite höher und stieß noch tiefer hinein. Er wurde langsamer, um jeden heißen, engen Zentimeter zu genießen.

Dort, drängte sein Fuchs, und lenkte seine Aufmerksamkeit auf ihren Hals zurück.

Seine Sicht verengte sich zu einem Tunnel, der sich völlig auf die Vertiefung an der Seite ihres Halses konzentrierte. Er begann, an ihrer Haut zu saugen.

„Ja…", stöhnte sie und führte ihn ein wenig höher.

Sein Zahnfleisch wurde heiß und seine Eckzähne verlängerten sich. Aber irgendwie beunruhigte ihn das nicht. Tatsächlich fühlte es sich genauso gut an, wie sich sein Schwanz fühlte, wenn er durch die Enge von Ellas inneren Muskeln glitt. Als er seine Zähne ein zweites Mal über ihren Hals kratzte, bebte sein Körper mit einem Urtrieb.

Dort. Beiße tief. Markiere sie als deine, drängte ihn die innere Stimme.

„Jake. . . “, stöhnte Ella.

Jeder Muskel ihres Körpers spannte sich an, als sie einem heftigen Orgasmus entgegensteuerte. Er zog sich zurück, hielt inne, drang erneut in sie ein und gab ihr, was sie brauchte. Einmal, zweimal. . .

„Ja!“, stöhnte Ella, als ihr Körper mit einem Hochgefühl erschauderte.

In dem Moment, als Jakes eigener Orgasmus explodierte, versenkte er seine Zähne in ihrem Hals. Ein blendendes, weißes Licht verdrängte alles außer dem Gefühl ihrer angespannten Körper und dem schwachen Klopfen von Ellas Puls unter seinen Zähnen.

Warte. Halte deine Lippen verschlossen, befahl die innere Stimme.

Befehle, die Jake sehr genau befolgte, den heilige Scheiße. Tat er es wirklich?

Halte dich einfach fest. Beiße tiefer, sagte die Stimme. *Es wird sich gut anfühlen.*

Er tat, was ihm gesagt wurde, und genoss das unglaubliche Hochgefühl. Ella zuckte in Ekstase und sein Körper fühlte sich wie elektrisiert an. Lebendig von Lust.

Er hielt sich weiter fest und bemerkte kaum, wie der Höhepunkt zu einem berauschenden Nachglühen wurde. Er hielt seine Lippen, noch lange nachdem sich seine Zähne zurückgezogen hatten, fest verschlossen.

„Ja. . . “ Ella stöhnte, zuckte mit einem letzten Nachbeben der Lust zusammen und wurde dann schlaff.

Jake drückte seine Zunge über die Bissspuren und vergewisserte sich, dass sich die Wunden geschlossen hatten, bevor er losließ und keuchend auf ihre Brust fiel. Er musste Ella zerdrücken, aber es schien ihr nichts auszumachen.

Es macht mir definitiv nichts aus, murmelte sie und musste wohl seine Gedanken gelesen haben. Sie strich mit den Händen über seinen Rücken und gab ein leises, gurrendes Geräusch von sich, wie ein Vogel, der zufrieden mit seinem Nest war.

Meine, knurrte Jakes Fuchs.

„Meine“, keuchte er an ihrem Hals. Sein altes Leben schien meilenweit entfernt zu sein und eine strahlende Zukunft neckte ihn mit flüchtigen Blicken auf die Art von Leben, von der zu träumen er kaum gewagt hatte. Ein Leben, das er mit Ella zusammen verbrachte. Für immer.

„Meiner", stimmte sie zu und umarmte ihn mit Armen und Beinen. „Für immer."

Kapitel 18

„Wie sehe ich aus?", fragte Ella drei Tage später und drehte sich zu Jake um.

Er hatte diesen albernen, *Du siehst immer toll aus*-Ausdruck im Gesicht, der ihr wirklich nicht half – abgesehen davon, dass sie sich dadurch pudelwohl fühlte. Dann blitzten seine Augen auf und offenbarten seinen inneren Fuchs, der knurrte. *Du siehst aus, als gehörst du mir.*

Und du gehörst mir, schnurrte ihre Füchsin als Antwort.

Es war unglaublich, wie ein paar Tage – oder sogar nur ein paar Minuten –, das Leben einer Frau verändern konnten. Jake hatte den Kampf und die Veränderung überlebt, die ihn zu einem Gestaltwandler gemacht hatten. Er hatte sich vollständig erholt und sich schnell ans Verwandeln gewöhnt – in einen Fuchs wohlgemerkt. Natürlich hätte sie Jake unabhängig von seiner Tierart geliebt, aber dass er ein Fuchs war, war wie das Sahnehäubchen auf dem Kuchen. Sie hatte die meiste Zeit ihres Lebens unter anderen Gestaltwandlerarten gelebt. Deshalb fühlte es sich besonders an, endlich jemanden ihrer eigenen Art zu haben. Sie konnten zusammen laufen, einander spielend jagen und die Welt, die sie auf gleiche Weise wahrnahmen, gemeinsam erforschen.

„Du siehst gut aus", sagte Jake leise.

Der gute alte Jake, der sie immer besser als jeder andere verstanden hatte. Er wusste, dass sie sich mit überschwänglichen Komplimenten unwohl fühlte – oder mit Dingen wie hübschen Kleidern, wie dem, das sie jetzt trug. Das gelbe, auf das Lily in ihrem Kaufrausch bestanden hatte.

Jake trug ebenfalls die Ausbeute ihres Flitterwochenauftrags – eine lässige, sandfarbene Hose, die seinen perfekten

Hintern erahnen ließ, und ein blaues Polohemd, das sich nett über seine Brust spannte. Sie schwor, dieser Mann musste in seinem früheren Leben ein Model gewesen sein.

„Nun, du siehst auch toll aus", antwortete sie.

Jake blickte an sich selbst hinunter und ließ einen Hauch des ländlichen Jungen erahnen, als er von Fuß zu Fuß schwankte. „Gut genug für eine Hochzeit?"

„Sie sagten doch leger." Sie kicherte und trat näher, fingerte an seinem Kragen herum und flüsterte ihm ins Ohr: „Du siehst so gut aus, dass ich dich vernaschen möchte – oder dich auf der Stelle ausziehen und vögeln könnte."

Und ja, es brachte sie in Versuchung, aber sie hatte dies bereits früher an diesem Tag getan. Sich zu verpaaren hatte ihren unersättlichen Appetit auf Sex noch verstärkt und sie hatten sich langen, befriedigenden, sexuellen Ausschweifungen zu allen möglichen Tageszeiten hingegeben. Gut, dass sie nicht mehr aktiv als Wachdienst arbeiteten.

„Ich bin dabei." Jakes Stimme klang heiser, als er mit seinen Fingern über ihre Rippen strich und dabei fast ihre Brust kitzelte.

Ihre innere Füchsin jaulte. *Ich bin auch dabei.*

Ella hielt inne, bevor sie ihr Bein um Jakes schlingen konnte, und wandte sich langsam von ihm ab. „Verdammt. Wir dürfen nicht zu spät kommen."

„Oh ja, richtig." Jake blinzelte ein paarmal und drängte seine tierische Seite zurück. „Ich kann gar nicht glauben, dass Silas und Cassandra ihre Hochzeit für uns verschoben haben. Aber ich schätze, nach all der Aufregung und den Babys... "

Sie nahm seine Hand und führte ihn die Stufen des Plantagenhauses hinunter, von wo aus sie auf den gewundenen Pfad nach Koa Point zusteuerten. „So funktioniert ein Rudel." Dann lachte sie. „Oder so funktioniert ein Clan, eine Herde oder wie auch immer man es nennen will."

Jake schüttelte den Kopf. „Irgendwann werde ich mir merken, welches Wort zu welcher Spezies gehört."

Ella lachte. Das war das Schöne an Koa Point – die Mischung aus Gestaltwandlern, die sich alle gegenseitig damit aufzogen, wie ihre eklektische kleine Gruppe genannt werden sollte. „Wie auch immer man es nennt, wir stehen uns näher als die meisten Familien."

Jake nickte sofort und sie konnte die Bilder sehen, die ihm durch den Kopf gingen. Gestaltwandlerrudel hatten mit Militäreinheiten vieles gemeinsam. „Das verstehe ich", sagte er und seufzte dann. „Aber ich muss noch eine Menge lernen."

Sie schlang ihren Arm um seine Taille und schob ihre Hand in seine Gesäßtasche. „Es wird Spaß machen, es dir alles beizubringen."

Er grinste und legte seinen Arm um ihre Schulter. „Es wird Spaß machen, es zu lernen."

Es war wieder einer dieser *Zwick mich, ich träume*-Momente und Ella starrte in den Himmel. So blau. So perfekt. Perfekter, als sie es je zu träumen gewagt hatte. Sie kuschelte sich eng an ihren Schicksalsgefährten, der noch nie so unbeschwert und entspannt gewirkt hatte wie jetzt. Natürlich würde es noch eine Weile dauern, bis Jake mit allen seinen Dämonen fertigwerden würde, aber er war definitiv auf bestem Weg.

Wir sind auf unserem Weg, sagte ihre Füchsin und sie schlängelten sich den Pfad hinunter, um mit ihren engsten Freunden ein freudiges Ereignis zu feiern.

Freudig war das richtige Wort – in mehr als einer Hinsicht.

Der Klang von Babygeschrei schwebte durch die Luft, während Ella und Jake den halben Kilometer nach Koa Point zurücklegten und sich dem Gemeinschaftshaus näherten. Anscheinend war einer der Zwillinge gerade aufgewacht. Das Baby verstummte einen Augenblick später, besänftigt durch ein leises Summen.

Ella verbarg ein Lachen, als sie ins Freie traten. „Papa Boone", flüsterte sie Jake zu. „Wer hätte das gedacht?"

Sie deutete zu der Stelle, wo Boone am Rand des Gemeinschaftshauses auf und ab ging und einem winzigen rosa Bündel an seiner Schulter eine Melodie summte. Keiki folgte ihm dicht auf den Fersen und sprang am Zipfel der Babydecke hoch.

Jake lächelte. „Ich schätze, Leute ändern sich, wenn die Zeit reif ist."

Ella blickte auf ihr Kleid hinunter und dann auf ihre Hand, die immer noch in Jakes Hand lag. Vielleicht veränderten sich

Leute gar nicht so sehr, als dass sie vielmehr die verborgenen Seiten an sich durchscheinen ließen.

Nur zum Besseren, versicherte ihre Füchsin ihr.

Kai schaute auf und winkte. „Aha, ihr zwei habt euch also endlich lange genug aus dem Bett gerollt, um euch zu uns zu gesellen, was?"

Tessa schlug ihrem Gefährten spielerisch auf den Arm, bevor Ella es tat, und stemmte die Hände an ihre Hüfte. „Ich glaube, mich an einen gewissen Drachen zu erinnern, der heute Morgen im Bett gefaulenzt hat. Was hat er doch gleich gesagt? Oh ja." Tessa senkte ihre Stimme, um die von Kai nachzuahmen. „Baby, wir haben jede Menge Zeit."

„An diese Tage erinnere ich mich auch noch", erwiderte Boone und tat so, als würde er seufzen.

„Ach was. Als würdest du das Vatersein so sehr hassen", sagte Ella.

Boone grinste von Ohr zu Ohr und streckte die kleine Luna aus, damit Ella sie bewundern konnte. „Ist sie nicht wunderbar?"

Er hatte seine Zwillinge in der vergangenen Woche mit Begeisterung gewickelt, zum Rülpsen gebracht, mit ihnen gekuschelt und allen anderen kaum erlaubt, ihre neuen Rollen als Onkels und Tanten zu genießen. Selbst mitten in der Nacht aufzuwachen, schien Boone nicht zu stören.

„Sie ist wunderschön", stimmte Ella zu, obwohl sie unter dem Wickeltuch nur eine winzig kleine Nase sehen konnte. Dann ging sie zu Nina hinüber, die mit Kale, dem anderen Zwilling, auf der Couch saß. „Wie geht es dir?"

„Großartig." Nina strahlte. „Das Timing tut mir immer noch leid, aber es geht mir wirklich gut. Und diesem kleinen Kerlchen auch." Sie zog den Rand der blauen Decke zur Seite, um ihren Sohn zu zeigen.

Ellas Herz schmolz von Neuem. „So niedlich."

Als Ella ihren kleinen Finger in seine kleine Faust steckte, sah er im Vergleich zu seinem winzigen Fingerchen riesig aus.

„Schade um den Ferrari, Mann", neckte Kai. „Kein Platz für die Babys. Du bist jetzt Mr. Minivan."

Boone zuckte mit den Schultern. „Wir haben den Ferrari unter den Minivans."

Ella lachte. Boones neuer Minivan war rot, aber das war auch schon alles, was er mit dem Ferrari gemeinsam hatte.

Baby Kale fing an zu weinen und Boone trabte sofort hinüber, um seine Tochter gegen seinen Sohn zu tauschen.

„Ich schwöre, du wirst sie zu sehr verwöhnen", sagte Nina, der es nicht gelang, streng zu klingen.

„Nicht möglich", beharrte Boone. „Nicht mit meinen Babys."

„Nun, Tante Tessa plant, sie zu verwöhnen, sobald Boone mir eine Chance dazu gibt", verkündete Tessa. Sie blieb in Kais Nähe und warf ihrem Gefährten einen kurzen, heimlichen Blick zu, den Ella erhaschte. Die Art von Blick, die sagte, *Pass auf, Liebling. Wir sind die Nächsten.*

Kai strich mit der Hand über Tessas Rücken und zwinkerte ihr zu. Seine Augen leuchteten zustimmend.

Ella sah sich um. In mancher Hinsicht hatten sich ihre rauen, zähen Kameraden der Spezialeinheit kein bisschen verändert. Sie zogen einander gnadenlos auf, machten Witze und hatten ihre Momente, in denen sie ihre Brust aufblähten. Aber auf der anderen Seite waren sie erwachsen geworden – sehr erwachsen. Sie wussten ihre Gefährtinnen zu schätzen und ließen zärtliche Kommentare fallen – sogar in der Öffentlichkeit. Sie verwöhnten Keiki und wetteiferten um eine Gelegenheit, die Babys zu halten. Genau wie es die Frauen von Koa Point taten. Aber hinter ihrer subtilen Verwandlung steckte noch mehr, auch wenn sie sich schwertat, den richtigen Begriff dafür zu finden.

Sie sind sesshaft geworden. Glücklich. Ruhig, mischte sich ihre Füchsin ein. *Fast wie Zivilisten.*

Das war es. Sie hatten gelernt, ihre stets so wachsamen Soldatenseiten an- und auszuschalten und das Leben zu genießen.

Sie griff nach Jakes Hand und hielt sie fest. Auch Jake hatte einen langen Weg hinter sich. Und eines Tages... Nun, wer wusste es schon? Vielleicht würde auch er diese innere Ruhe finden.

Jake rieb seine Lippen über ihre Wange und sie hörte eine Stimme in ihrem Hinterkopf. Die Stimme des Schicksals, alt und weise.

Das werdet ihr beide.

Ich? wollte sie protestieren. Sie war schließlich nicht diejenige, die nach einer Beschäftigung oder einem Ort gesucht hatte, den sie ihr Zuhause nennen konnte.

Ihre Füchsin war anderer Meinung und sandte ihr eine Reihe von Bildern durch den Kopf. All die Nächte, in denen sie allein durch die Wüste Arizonas gestreift war. All die Male, bei denen sie Einladungen zu gesellschaftlichen Anlässen auf der Twin Moon Ranch abgelehnt und von der Veranda ihres leeren Hauses auf die Tafelberge gestarrt hatte. All das Herumwälzen im Bett, während sie versuchte, einzuschlafen.

Okay, Jake war also nicht der Einzige, der von bösen Geistern geplagt wurde. Aber jetzt, da sie ihren Gefährten hatte, schien sich die Welt auf ein angenehmeres Tempo verlangsamt zu haben, mit einer viel freundlicheren Atmosphäre.

Sie schaute hinüber und sah, wie Jake seinen Kopf nach hinten neigte und in der Meeresbrise schnupperte. Er genoss den Frieden, innen und außen. Als Jake seine Augen öffnete, lächelte er sie an – mit einem riesigen, von Herzen kommenden Lächeln – und zog sie an seine Seite. Diese besitzergreifenden Gestaltwandlerinstinkte nahmen wieder überhand und ganz ehrlich? Es störte Ella nicht im Geringsten.

Boone murmelte Kale etwas zu und wiegte ihn in seinen Armen, während er weiter auf und ab ging.

„Und ihr habt gesagt, auf und ab zu pirschen wäre schlecht", murmelte Cruz, der mit Jody ankam.

„Was du machst, hat keinen Sinn. Das hier schon. Und jetzt sei still und lass' mein Baby schlafen."

„Könnte es sein, dass Boone endlich erwachsen geworden ist?", fragte Kai.

Boone schüttelte den Kopf. „Gereift, wie ein guter Wein. Jetzt gib mir die Rassel, Dumpfbacke."

Gereift. Das war das richtige Wort, entschied Ella. Sie waren nicht viel älter und im Kern nicht viel anders. Sie waren alle nur in ihre neuen Rollen hineingewachsen.

Silas und Cassandra erschienen am Rand des Rasens und kamen Hand in Hand hinübergeschlendert. Ein weiterer Beweis dafür, wie weit die Gestaltwandler von Koa Point gekommen waren. Silas, der schon immer das Sinnbild eines zurückhaltenden, grüblerischen Drachen gewesen war, strahlte mit einem breiten Lächeln. Er sah zehn Jahre jünger und hundertmal entspannter aus, als sie ihn je zuvor gesehen hatte. Was unglaublich war, denn *Silas* und *Entspannung* waren zwei Wörter, die selten in einem Satz vorkamen. Es sei denn, jemand fragte so etwas, wie, *Hey Silas, wann wirst du dich endlich entspannen?*

Nun, *endlich* war gekommen. Ella holte tief Luft. Für sie und Jake auch.

„Was?", flüsterte Jake, als alle das glückliche Paar begrüßten.

Ella versuchte, den Kloß in ihrem Hals loszuwerden, aber er weigerte sich, zu verschwinden. „Ich kann einfach nicht glauben, dass sich alles zum Guten gewendet hat."

Jake zog sie näher an sich, legte seine Hände um ihr Gesicht und strich mit seinen groben Daumen über ihre Wangen. „Ich schon."

Sie atmete tief ein. Der gute alte Jake, der an seiner Hoffnung festgehalten, als sie längst aufgegeben hatte. Diesem Mann lag das Gestaltwandlerdasein mit seinem unerschütterlichen Glauben an die Liebe im Blut.

Schicksal, flüsterte ihre Füchsin.

Sie umarmte ihn und wandte sich dann wieder dem Trubel hinter ihr zu. Alle lachten, scherzten und sprachen zur gleichen Zeit. Hunter klopfte Silas auf den Rücken. Dawn bewunderte Cassandras Kleid. Boone hielt den kleinen Kale im Arm und Tessa richtete Kais dünne schwarze Krawatte, während Silas und Cassandra die Runde machten.

„Gut siehst du aus, McBride", sagte Silas und schüttelte warmherzig Jakes Hand.

Ellas Lächeln wurde breiter. Ja, ihr Gefährte sah allerdings gut aus.

„Ich fühle mich auch gut", sagte Jake mit seitlichem Blick auf Ella. *Dank meiner Gefährtin.*

Silas wollte Ella gerade wie üblich gegen die Schulter schlagen. Aber dann hielt er inne und murmelte: „Ach, was soll's", und gab ihr ein Küsschen auf die Wange. „Darf ich das jetzt?"

Ella lachte und der Kloß in ihrem Hals löste sich schließlich auf. „Vielleicht zu besonderen Anlässen."

Alle lachten und strahlten – Ella am meisten. Konnte es wirklich so einfach sein, sich in ihrer eigenen Haut wohlzufühlen? Ihr ganzes Leben lang hatte sie darum gekämpft, sich zu beweisen. Darauf war sie auch stolz, aber es fühlte sich gut an, einfach sie selbst zu sein und ein bisschen lockerer zu werden.

„Es tut uns leid, den großen Tag hinausgezögert zu haben", sagte Jake.

Cassandra zuckte mit den Schultern. „Ehrlich keine große Sache."

„Keine große Sache? Es ist eure Hochzeit!", stotterte Ella.

Cassandra lachte. „Unsere sehr kleine Hochzeit im Kreis von Freunden und Familie, genauso wie wir sie wollten. Man kann das Datum leicht ändern, wenn es nur wir sind."

„Wir wollten euch wirklich dabei haben", sagte Silas.

„Wie ich schon sagte", nickte Cassandra, „Freunde und Familie." Sie betonte das letzte Wort und zwinkerte Jake zu.

„Und wenn wir schon davon sprechen, euch hier haben zu wollen...", begann Silas.

Cassandra schüttelte den Kopf und rollte mit den Augen. „Und mal wieder redet er übers Geschäft."

Silas hob die Hände. „Nur zum Teil geschäftlich. Ich wollte euch beide bitten hierzubleiben. Ich meine, wirklich zu bleiben. Teil unseres Clans zu werden."

„Rudel", murmelte Boone und korrigierte Silas, so wie er es immer tat.

Silas ignorierte ihn, genau wie *er* es immer tat, und alle versammelten sich um ihn herum, um seine Worte zu hören.

„Ella war schon immer Teil unseres Clans. Und Jake passt genauso gut in unsere Gruppe. Wir würden uns sehr freuen, wenn ihr euch uns anschließen würdet. Ihr könnt im Plantagenhaus wohnen. Es vielleicht wiederherrichten. Uns weiter bei der Sicherheit helfen. Dieses Erfordernis hat sich nicht geändert.

Natürlich müsst ihr nicht mehr vorgeben, frisch verheiratet zu sein."

„Haha. Das Vorgeben hat schon vor einer ganzen Weile aufgehört." Kai lachte.

Boone grinste. „Ich muss schon sagen, das war ziemlich witzig."

Ella zeigte mit einem drohenden Finger auf den Wolf. „Ich würde dich fertigmachen, hättest du kein Baby im Arm, Hawthorne."

Natürlich scherzte sie nur. Und ehrlich gesagt, fühlte sie sich wie in ihren Flitterwochen. Sie war so von Liebe überwältigt, dass ihr schwindlig wurde.

„Hey, aber wir hatten recht damit, dass ihr beide perfekt zusammenpasst, nicht wahr?", sagte Boone.

Das musste sie ihm lassen.

„Ihr meint...", sagte Jake und schaute von Boone zu Kai und dann zu Hunter.

Sie seufzte. „Wie es scheint, haben die Jungs mehr Kuppler gespielt, als wir dachten. Ich bin mir nicht sicher, ob ich sie dafür verprügeln oder sie dieses Mal davonkommen lassen soll."

Jake überlegte einen Augenblick und zuckte dann mit den Schultern. „Vielleicht lassen wir es ihnen durchgehen – nur dieses eine Mal." Er warf den anderen einen Blick zu, der es schaffte, gleichzeitig *Danke* und *Legt euch nicht mit meiner Gefährtin an* zu sagen.

Tessa nickte eifrig. „Es wäre großartig, euch hierzuhaben."

„Ja", stimmte Jody ein. „Du kannst uns helfen, die Jungs in Schach zu halten."

Ellas Brust dehnte sich mit einem gewaltigen Seufzer aus. Gott, es fühlte sich gut an, gefragt zu werden. Ihr erster Impuls war es, die Gelegenheit zu ergreifen, aber wenn sie es wirklich durchdachte...

Sie sah Jake an, dessen Augen alles sagten. Auf Maui mit der Gruppe von Menschen zu leben, die sie am besten verstanden, wäre wirklich großartig. Aber die Wüste im Südwesten zog sie beide an.

„Das ist ein großartiges Angebot...", begann Jake.

„Ein wirklich großartiges Angebot“, beeilte sie sich hinzuzufügen.

Silas neigte den Kopf. „Aber?“

Ella biss sich auf die Lippe. Wie sollte sie es erklären? „Es
würde uns gefallen. Sehr sogar. Aber es gibt da dieses kleine
Haus am Rand einer Ranch in Arizona... Tausende Hektar
weites Land... “

Silas lachte leise. „Genug Platz für zwei frisch verpaarte
Füchse, um umherzustreifen, was?“

Sie nickte schnell. Sie liebte Koa Point, aber sie liebte die
Twin Moon Ranch ebenso. Jake würde die Ranch ebenfalls lieben. Den Frieden. Die Abgeschiedenheit. Sie hätten feste Jobs,
die riesige Ranch zu patrouillieren, und das in einer Landschaft,
die ihnen von Geburt an im Blut lag. Und sie hätten Zeit miteinander.

Ein gemeinsames Leben. Ihre Füchsin seufzte verträumt.

„Können wir euch besuchen kommen?“, fragte sie. Die Brise
hatte sich gedreht und brachte den Duft von all den Dingen mit
sich, die Koa Point so besonders machten. Blumen. Der Ozean.
Gute Freunde.

„So oft ihr möchtet.“

„Hey, ihr könntet an Pu'u Pu'eo übernachten“, sagte Kai.
„Jetzt, da wir uns entschieden haben, das Grundstück nicht
zu verkaufen, meine ich. Ich kann gar nicht glauben, dass wir
jemals auch nur darüber nachgedacht haben, es aufzugeben.“

Ella verzog das Gesicht. „Besonders nicht an jemanden wie
Goode. Ich kann immer noch nicht glauben, dass er uns zu
diesem Grundstück zurückverfolgt hat.“

Kai runzelte die Stirn. „Ich schätze, wir sind nicht die Einzigen, die Detektivarbeit geleistet haben. Wir sind bereits dabei,
die Grundstücksurkunde ändern zu lassen, damit so etwas nicht
noch mal passiert.“

„Goode“, schnaubte Jake. „Was für ein Name.“

Ella schüttelte den Kopf und fand es immer noch schwer
zu glauben. Im Laufe der letzten Woche hatten Kai und Silas
nachgeforscht, um der Sache auf den Grund zu gehen. Goode war nur einer von vielen Decknamen, die der Liger benutzt
hatte. Waffenhändler kannten ihn als Geoff LeBonn, wie Kai

herausgefunden hatte. Wie dem auch sei, er war genau der Mann, den Jakes Kumpel Hoover verdächtigt hatte. Als privater Auftragnehmer mit zwielichtigen Kontakten hatte Goode menschliches Leid in den Kriegsgebieten auf der ganzen Welt für seinen persönlichen Profit ausgenutzt. Moira hatte sich wahrscheinlich die Hände gerieben, als sie sich mit Goode, dem perfekten Mann für ihre schmutzige Arbeit, in Verbindung gesetzt hatte. Moira wollte sich an den Gestaltwandlern von Koa Point rächen, während Goode sich an Jake für das „Verbrechen" rächen wollte, unbeabsichtigt ein profitables Geschäft zum Scheitern gebracht zu haben.

Das ist der Bastard! Habt ihr ihn erwischt? hatte sie Hoover am Telefon bellen gehört, als Jake ihn vor zwei Tagen angerufen hatte.

Und wie wir ihn erwischt haben, summte ihre innere Füchsin.

Kai und Silas hatten sich darum gekümmert, ein paar ihrer Kontakte auf dem Festland darauf anzusetzen. Sie sollten dem nachgehen, was Ella erfahren hatte, um dafür zu sorgen, dass Goodes illegale Operationen gestoppt wurden – die Waffengeschäfte, die Drogenlieferungen und der Sexhandel. Die Frauen waren befreit worden und die verbliebenen Mitglieder von Jakes Einheit konnten endlich aufatmen und mit einem gewissen Frieden um ihre gefallenen Freunde trauern.

Jake nickte knapp. „Ich wünschte nur, wir hätten ihn schon früher erwischt."

Ella hätte fast gesagt, *Ich wünschte, wir hätten auch Moira erwischt.* Aber dies war weder die richtige Zeit noch der richtige Ort dafür. Es war auch nicht die Zeit, sich selbst Vorwürfe zu machen, weil sie angenommen hatte, Goode hätte etwas mit einer anderen Gruppe Katzengestaltwandler zu tun, die Silas bald treffen wollte. Stattdessen griff sie nach Jakes Hand und hielt sie fest. „Nicht zurückschauen, McBride. Nur nach vorn."

Er lächelte schwach und nickte. „Ich freue mich auf die Zukunft."

„Wenn wir schon davon sprechen... " Cassandra räusperte sich bewusst. „Ich habe auch etwas, auf das ich mich freuen kann. In sehr naher Zukunft." Sie wandte sich an Silas. „Hast

du kalte Füße bekommen oder bist du bereit, mit dieser Hochzeit zu beginnen?"

Kapitel 19

Silas lachte – ein lockeres, glückliches Geräusch, das Ella noch nie zuvor von ihm gehört hatte. „Darauf kannst du deinen Arsch verwetten."

Alle lachten und Tessa und Jody huschten mit rosa, gelben und weißen Blumenkränzen umher. Jeder bekam einen, mit einer Luxus-Version für Cassandra.

„Oh! Die sind wunderschön", rief die Braut und neigte den Kopf, damit Tessa ihr den *Lei* um den Hals schlingen und ihr eine üppige Blumenkrone auf den Kopf setzen konnte.

„Die hat Dawn gemacht", erklärte Jody. „Ich habe es auch versucht, aber es war eine Katastrophe."

„Der ist perfekt", knurrte Cruz und berührte den verworrenen Amateur-Lei, den er sich umgehängt hatte.

Jake schubste Ella an und sie nickte. „Geschenke. Ach richtig. Wir haben eins für euch."

„Keine Geschenke nötig." Silas sah Cassandra mit glänzenden Augen an. „Wir haben alles, was wir wollen. Alles, was wir brauchen."

Ella wusste, wie er sich fühlte, aber sie sprach weiter. „Nun, nennen wir es einen Bonus."

Sie schaute Jake an. Er zog den Opal aus der Tasche und hielt ihn für alle sichtbar hin.

Einen Moment lang waren alle still. Dann pfiff Kai. „Heilige..."

„... Scheiße", fiel Boone ein.

Nina stieß ihm mit dem Ellbogen in die Rippen. „Babyohren, Boone."

„Entschuldigung. Heilige Scheibe?"

Die anderen starrten staunend. Sie alle hatten von dem Stein gewusst, der Jake die Kraft gegeben hatte, gegen Goode zu kämpfen. Aber Ella hatte darauf bestanden, ihn in der Nähe ihres Gefährten zu behalten, während er sich erholte. Jetzt, da er wieder zu Kräften gekommen war, war es an der Zeit, das Richtige zu tun.

„Der Urstein", flüsterte Cassandra. „Ist er das wirklich?"

Ella brauchte nicht zu antworten – nicht bei dem pulsierenden Unterstrom von Energie, die der Opal verströmte.

„Der Stein, der den anderen ihre Kräfte gab", sagte Silas.

Der Stein, der auch Jake Kraft gegeben hatte. Und einmal mehr flüsterte Ella dem Schicksal ein stilles *Dankeschön* zu.

„Wartet", murmelte Tessa und zog eine Smaragdhalskette unter ihrer Bluse hervor. Das Grün strahlte heller – und sogar noch heller, als Nina das Baby auf ihrem Arm bewegte, um ihre Rubin-Halskette zu enthüllen.

„Wow." Der Rubin strahlte ebenso hell.

„Es ist wirklich wahr", hauchte Dawn und zog ihren Amethyst heraus.

Als Jody einen Saphir ausstreckte und Cassandra den Diamanten an ihrem Hals berührte, hielt Ella den Atem an.

„Die Seelensteine. Alle sechs", flüsterte Cassandra.

Der Diamant sandte einen Lichtstrahl aus, der quer durch die Mitte des Kreises schien, den sie gebildet hatten.

„Wow", flüsterte Kai, als ein grüner Lichtstrahl den ersten kreuzte.

Weitere Strahlen schossen heraus, als der Rest der Seelensteine zum Leben erwachte. Jeder der Edelsteine sandte einen eigenen Lichtstrahl aus, während das Farbenmosaik im Inneren des Opals funkelte und zurückstrahlte.

„Ich bin nicht die Einzige, die das spürt, nicht wahr?", flüsterte Jody.

Ella schüttelte langsam den Kopf. Sie spürte es auch. Wärme, die in ihren Körper drang. Macht. Energie.

Jake schluckte sichtlich, hielt seine Hand jedoch ruhig unter dem Opal. „Was ist das?"

„Es ist, wie die Legenden sagen...", flüsterte Silas.

Die sich kreuzenden Lichtstrahlen glühten immer heller, während die Luft von Kraft vibrierte – Kraft, die sich ausstreckte und um sie herumwirbelte. Ellas Wangen wurden heiß und sie atmete tief ein. Sie stand aufrechter, gerader. Sie streckte ihre Arme leicht aus und tauchte in dieses Gefühl der Stärke ein. Sogar die kleine Keiki schaute zu und schnurrte auf ihrem Platz auf Hunters breiter Schulter wie verrückt.

„Das ist eher, was ich erwartet hatte, wenn die Seelensteine wiedervereint werden", sagte Boone mit einer untypisch ehrfürchtigen Stimme.

Silas hob seine Hand langsam durch die Lichtstrahlen und schüttelte staunend den Kopf.

Ella schloss die Augen. Das Gefühl, das sie durchströmte, war wie eine Droge. Sie fühlte sich mächtig. Sogar unbesiegbar. Bereit, es mit jedem Feind aufzunehmen.

Ihre Füchsin peitschte ihren Schwanz von Seite zu Seite. *Lasst sie kommen. Alle und jeden. Wir können jeden Feind aufhalten. Jederzeit.*

Es war unglaublich. Berauschend. Sogar fast beängstigend, diese mystische Kraft zu spüren.

„Wow", murmelte Cassandra und schloss ihre Hand langsam um den Diamanten. Der weiße Lichtstrahl verblasste und einer nach dem anderen folgten auch die übrigen, bis nur noch ein schwaches Schwingen dieser Kraft übrig war.

„Darf ich sagen, wie froh ich bin, dass sie nicht in böse Hände gefallen sind?", murmelte Boone in der anschließenden Stille.

Jake schloss seine Hand. Er sah genauso verblüfft aus wie die anderen und reichte Silas den Opal. „Wie gesagt, ein Geschenk."

Silas starrte und Ella nickte. Ja, Jake meinte es ernst. Der Urstein sollte an Koa Point bei den anderen Seelensteinen bleiben. Sie und Jake waren sogar zu dem Stand am Straßenrand gefahren, um die Frau zu befragen, die Jake die Puzzleschachtel verkauft hatte. Aber sie war verschwunden.

Keine Ahnung, wohin sie gegangen ist, hatte der Mann im Imbisswagen gesagt. *Sie war nur diesen einen Tag hier. Nie zuvor und niemals danach.*

Schicksal, hatte Ellas Füchsin ehrfürchtig geflüstert.

Sie holte tief Luft und dachte darüber nach. Vielleicht war das Schicksal schon länger auf ihrer Seite, als sie es gedacht hatte.

„Du meinst es ernst", flüsterte Silas sprachlos.

Jake lächelte leicht und versuchte, die Situation aufzulockern. „Ich behalte die Schachtel, in der ich ihn gefunden habe."

„Aber das... ", begann Silas.

Jake sah Ella mit geneigtem Kopf an. „Ich habe alles, was ich will. Alles, was ich brauche."

Ella erwartete halb, dass Boone einen Witz machen oder Silas eine seiner üblichen, besonnenen Antworten bereithalten würde. Aber keiner von beiden sagte ein Wort. Langsam nahm Silas den Urstein entgegen und schloss ihn in seine Hände.

Alle wurden still – totenstill – und Ella konnte spüren, wie die Emotionen um sie herumwirbelten. Erleichterung darüber, dass sie gefunden hatten, wonach sie so lange gesucht hatten. Respekt für Jake und für die Macht des Opals, die Wirkung der Seelensteine zu verstärken. Und vielleicht sogar ein wenig Nervosität, denn diese Art von Macht zu besitzen, war mit einer großen Verantwortung verbunden.

Silas nickte ernst. „So viel Macht. Fast zu viel Macht." Aber dann fiel sein Blick auf Baby Kale, der friedlich an Boones Schulter schlief und auf die kleine Luna in Ninas Armen.

„Vielleicht gerade genug Macht", sagte Jake leise. „Nur für alle Fälle."

Ella folgte seinem Blick auf die Babys – so hilflos, so unschuldig. Niemand erwähnte Moira, aber Ella wusste, dass alle an die Drachendame dachten. Würde Moiras Hass für die Gestaltwandler von Koa Point jemals vergehen? Würde sie eines Tages einen weiteren Söldner anheuern oder persönlich zuschlagen? Oder würde sie schließlich aufgeben und sie in Frieden lassen?

Ella sah Jake an und er drückte sofort ihre Hand. *Wenn wir den Liger überlebt haben, können wir alles überleben.*

Sie nickte langsam. Goode war ein besonders furchterregender Feind gewesen – einer, dessen Motive sich mit denen von

Moira überschnitten hatten. Zumindest war er ein für alle Mal erledigt. Moira war immer noch auf freiem Fuß, aber die Gestaltwandler von Koa Point hatten einmal mehr gewonnen. Ella und Jake würden so lange wie nötig bleiben und selbst nachdem sie nach Arizona umgezogen waren, könnten sie jederzeit im Handumdrehen einfliegen, um zu helfen.

Sie atmete tief ein und genoss die sanft wogenden Palmen und den Kreis ihrer engsten Freunde. Das Leben war voller Schönheit, aber es gab dort draußen auch Böses. Die Gestaltwandlerwelt war voll von jahrhundertealten Konflikten und Feinden, die sich immer wieder in die Nähe dieses friedlichen Zufluchtsortes verirrt hatten. Also ja. *Für alle Fälle,* war richtig. Die Macht der vereinten Seelensteine würde die ohnehin schon mächtigen Gestaltwandler von Koa Point nahezu unangreifbar machen.

Aber nur für alle Fälle...

Sie sah erst den Urstein und dann Silas an. *Behalte ihn. Niemand kann ihn besser schützen als du und niemand kann seine Macht bei Bedarf besser nutzen.*

Silas schaute Jake an und plötzlich waren ihre Rollen vertauscht. Jake war der großzügige Alpha und Silas der Mann, der unsicher über die Zukunft war. „Bist du dir sicher?"

„Absolut sicher."

Silas holte tief Luft. „Dann denke ich, es wäre vielleicht am besten, ihn gut wegzuschließen."

Cassandra nickte energisch. „Definitiv. Und jetzt beweg' dich. Ich muss zu einer Hochzeit."

Das brach das Eis und brachte das Lächeln wieder zurück. Silas gab Jake den herzlichsten Händedruck, den Ella je gesehen hatte, und kommunizierte mit mehr als nur mit Worten. Dann gab Silas Cassandra einen Kuss und ging zu seinem Haus und der verborgenen Drachenhöhle, in der er solche Schätze aufbewahrte.

„Also Arizona?", fragte Dawn.

Jake sah Ella mit einem heimlichen Lächeln an. „Arizona ist perfekt."

Boone nickte sofort, aber Cruz murmelte: „Arizona? Dort gibt es kein Wasser, Mann."

Ella hob eine Hand und malte gedanklich eine imaginäre Kulisse. Sie ersetzte die üppigen Hänge von Maui durch die Vision einer riesigen, weitläufigen Landschaft mit roten Felsen, atemberaubenden Schluchten und majestätischen, violetten Bergen. Sie und Jake könnten sich in Tälern austoben, auf Tafelberge klettern und die Sterne zählen. Wie sollte sie all das mit Worten beschreiben?

Ganz einfach, sagte ihre Füchsin. *Zu Hause.*

„Nicht viel Wasser, aber ganz viel Platz", sagte sie und ließ es dabei bewenden.

Auch Boone starrte ein wenig verträumt vor sich hin. „Die Twin Moon Ranch ist ein ziemlich toller Ort."

Cruz schaute sie an, als ob sie verrückt geworden wären, aber Jody streckte Ella einen Daumen hoch entgegen. „Es klingt toll."

Kai seufzte. „Also sind wir wieder da, wo wir angefangen haben. Nun, nicht ganz", fügte er hinzu und warf Jake und Ella ein Grinsen zu. „Aber wir brauchen immer noch jemanden, der das Plantagenhaus repariert und uns mit der Sicherheit hier hilft."

Jake hob die Hände. „Wir bleiben solange, bis ihr jemanden gefunden habt."

„Die Frage ist, wen?"

„Die Hoving-Brüder", antwortete Boone sofort.

„Das sind nur drei." Kai sah skeptisch aus. „Wird das reichen?"

„Sie sind Gestaltwandler", sagte Boone. „Und sie sind Brüder, also werden sie sich nicht über Nacht ineinander verlieben." Er sah Ella und Jake mit einem frechen Grinsen an.

Ich habe mich schon vor langer Zeit in Jake verliebt, hätte Ella fast klargestellt. *Ich habe so lange auf meinen Gefährten gewartet.*

Sie schloss die Augen und war sich nicht sicher, ob sie die Einsamkeit und Verzweiflung aus ihren Erinnerungen löschen oder an ihnen festhalten sollte, um ihren Gefährten noch mehr zu schätzen.

Ich schätze meinen Gefährten sehr, gurrte ihre Füchsin, als Jake sie in eine Umarmung zog.

„Und schon fangen sie wieder an", seufzte Boone, bevor Nina ihm spielerisch gegen den Arm schlug. „Als wärst du besser gewesen, als wir zusammengekommen sind, Wolf."

Boone beugte sich vor, um seine Gefährtin zu küssen, und der Moment zog sich in die Länge. Tatsächlich sahen alle ein wenig verträumt aus, bis Kai zum Thema zurückkehrte.

„Die Hoving-Brüder wären perfekt. Und sie stehen kurz davor, aus dem Militärdienst entlassen zu werden, nicht wahr?"

„Wer wird bald aus dem Militärdienst entlassen?", fragte Silas, der in Rekordzeit wieder an der Seite seiner Gefährtin stand.

„Die Hoving-Brüder."

Silas stöhnte. „Habt ihr gehört, was sie letzte Woche angestellt haben?"

Ella beugte sich vor. Davon hatte sie noch nichts gehört, aber andererseits steckten die Hoving-Brüder – ein Trio junger, großspuriger Kämpfer der Gestaltwandlerwelt – immer mal wieder in Schwierigkeiten.

Kai kratzte sich den Kopf. „Vielleicht wäre es besser, sie herzuholen. Sie können ein Auge auf das Grundstück werfen und wir können sie im Auge behalten."

Silas rollte mit den Augen. „Es gibt noch jemand anderen, den ich im Sinn hatte. Ein Gestaltwandler, der perfekt für den Job wäre. Jemand, der nachdenkt, bevor er handelt."

„Wer?", fragte Kai, als alle aufblickten.

Die Meeresbrise drehte sich und blies in Cassandras Haar. Silas hatte sofort diesen abgelenkten, *Ich bin so verliebt in meine Gefährtin*-Ausdruck im Gesicht. „Das ist eine lange Geschichte – für ein anderes Mal. Jetzt muss ich erst einmal zu einer Hochzeit."

Wie aufs Stichwort knisterte die Gegensprechanlage am Eingangstor und eine freundliche Stimme ertönte.

„Hallo? Ist da jemand? Ist dieser Apparat überhaupt eingeschaltet? Huhu..."

Dawn lachte. „Lily. Sie hat dieses Ding immer noch nicht begriffen."

„Hallo?", rief Lily. „Könnt ihr mich hören?"

„Komm' doch herein", sagte Hunter und drückte auf die Fernbedienung für das Tor.

Alle drehten sich erwartungsvoll zur Einfahrt um und ein verbeulter, alter Nissan rollte in Sicht. Lily winkte wie wild vom Fahrersitz. Sobald sie das Fahrzeug geparkt hatte, sprang sie heraus und eilte los. Ihr farbenfrohes Mu'umu'u schwang um ihre üppigen Kurven.

„Bewegen Sie sich", rief Lily dem glatzköpfigen Pastor zu, der nach ihr aus dem Wagen stieg – ein Mann in einem gestärkten weißen Hemd und einem schwarzen Anzug, der aus dem Kapitel eines Geschichtsbuchs über Missionare, die ein Jahrhundert zuvor nach Maui gekommen waren, entsprungen sein könnte. „Wir haben hier eine Hochzeit, wissen Sie."

Lily staunte und schwärmte über Cassandras Kleid, küsste Dawn auf beide Wangen, knutschte Hunter dreimal – rechte Wange, linke Wange, rechte Wange – und zwinkerte ihm schließlich zu. Dann rannte sie hinüber und schloss Ella in eine warme Umarmung, so wie Georgia Mae es immer getan hatte.

„Oh, Schätzchen. Ich freue mich so für dich. Und für dich", fügte Lily hinzu und zog Jake nach unten, um ihm ein Küsschen auf die Wange zu geben. „So ein Glückspilz." Sie zwinkerte ihnen zu. „Und du auch junger Mann."

Der größte Glückspilz der Welt, stimmten Jakes Augen zu.

Ich auch, wollte Ella hinzufügen. Sie hatte mehr Glück gehabt, als sie es manchmal fassen konnte. Sie berührte die silberne Halskette, die Jake gefunden und ihr zurückgegeben hatte. Ihre Mutter und Brian hatten diesen Moment nie erlebt, aber ihre Liebe würde in ihr weiterleben.

Lily hakte sich auf einer Seite bei Cassandra und auf der anderen bei Silas ein und begann, in Richtung Strand zu marschieren. „Nun zu dieser Hochzeit. Sind Sie bereit, Ernie?"

Als der Wind den Hut des Pastors wegblies, schnappte Cruz ihn aus der Luft und erschreckte den armen Mann zu Tode. Cruz reichte ihm den Hut mit einem amüsierten Tigergrinsen zurück. Ella folgte dicht hinter ihnen und wunderte sich zum hundertsten Mal über Lily. Wie viel wusste sie über Gestaltwandler? Und könnte diese Frau möglicherweise vom hawaiianischen Königshaus abstammen? Sie hatte diese Art an sich, jede Situation in die Hand zu nehmen und dabei gute Laune zu verbreiten.

„Diese Frau ist ein Tornado", murmelte Jake, als sie alle Lily folgten.

„Das habe ich gehört, junger Mann", zwitscherte Lily. „Jetzt schuldest du mir einen Tanz – wenn deine Frau mich lässt."

Ella lachte. Lily würde sie einen Tanz mit Jake erlauben. Aber anderen Frauen – auf gar keinen Fall.

„Ach du meine Güte", rief Cassandra aus, als der Strand in Sichtweite kam.

„Wow." Ella blieb stehen. Normalerweise waren Blumen nicht ihr Ding, aber verdammt. Eine Reihe von Blumensträußen führte zu einem Hochzeitsbogen, der mit duftenden, weißen Blüten geschmückt war. Im Hintergrund glitzerte das flache, türkisfarbene Wasser und dahinter erstreckte sich das pure Blau des Himmels.

„Gefällt es dir?" Tessa klatschte aufgeregt. „Wir haben den ganzen Morgen daran gearbeitet."

„Das ist hinreißend", hauchte Cassandra.

Silas sah ebenfalls ziemlich beeindruckt aus und Lily führte die beiden unter den Bogen. Dann schob sie den Pastor in Position und nickte ihm entschlossen zu. „Fangen sie an, Ernie."

Nicht viele Gestaltwandler heirateten, denn wenn sich zwei Gestaltwandler verpaarten, war dies für immer. Und menschliche Zeremonien ... nun, nicht alle von ihnen repräsentierten solch tiefe Bindungen. Und Cassandra hatte zu Anfang gescherzt, dass der primäre Zweck dieser Hochzeit darin bestünde, hoffnungsvolle örtliche Frauen davon abzuhalten, Silas hinterherzulaufen. Aber es war offensichtlich, wie viel ihr diese Zeremonie bedeutete. Selbst Ella musste bei den Emotionen seufzen, die diese klassische Hochzeitsszene auslöste.

Denkst du, was ich denke? fragte Jake und flüsterte in ihre Gedanken. *Zweite Chance, meine ich?*

Sie lächelte. Offiziell waren sie und Jake verheiratet – sie hatten sich bei ihrer überstürzten Hochzeit auf Oahu das Ja-Wort gegeben. Natürlich war das alles nur zur Tarnung geschehen. Aber dieses Mal durften sie genießen, was es bedeutete.

Die Narben des Paarungsbisses an ihrem Hals kribbelten, als sie ihren Gefährten ansah.

Verheiratet und *verpaart. Wie viel Glück kann ein Mädchen denn haben?* antwortete sie, gerade als der Pastor die Zeremonie begann.

„Liebe Anwesende... "

Sie alle eilten an ihre Plätze und bildeten kleine Reihen. Kai und Tessa standen auf der rechten Seite, strahlten und hielten Händchen. Ella und Jake standen hinter ihnen, während Hunter und Dawn zur Linken gingen und Cruz und Jody die zweite Reihe bildeten. Nina und Boone standen weiter hinten, wiegten die Babys und sahen genauso gebannt aus wie alle anderen.

Ella sah sich um und biss sich auf die Lippe. Sie war in jeder Hinsicht Teil dieser Gruppe – nicht mehr das fünfte Rad am Wagen, sondern eine Frau, die selbstsicher neben ihrem Gefährten stand. Ihrem Ehemann. Ihrem Helden.

„Kneif mich", flüsterte sie, als der Pastor mit den Eheversprechen begann.

Jake grinste und kniff sich stattdessen selbst.

„Nehmen Sie, Silas Llewellyn... ", sprach der Pastor.

In Gedanken setzte Ella Jakes Namen ein, dann ihren eigenen, und folgte den Worten. Hin und wieder schweiften ihre Gedanken jedoch ab. Sie konnte sich auf nichts anderes wirklich konzentrieren als auf ihren Gefährten oder darauf, wie viel Glück sie gehabt hatte. Jake hatte überlebt. Er gehörte ihr. Sie gehörte ihm.

Für immer, fügte ihre Füchsin mit aufgeregter Stimme hinzu.

„Zu lieben und zu ehren... "

Jake drückte ihre Hand und sagte in ihren Gedanken so etwas wie, *Und wie ich dich lieben werde. Für den Rest meines Lebens.*

„In Reichtum und in Armut... "

Sie dachte an das alte Schmiedehaus weit draußen am Rand der Twin Moon Ranch. An die alte, quietschende Windmühle und die nach Westen ausgerichtete Veranda. Es war schön gewesen, in den letzten Monaten dort zu leben, aber mit Jake würde es noch besser werden. Die glühenden Sonnenuntergänge Arizonas zu genießen, die Ranch zu patrouillieren und ein neues Kapitel in ihren Leben zu beginnen.

„In Krankheit und Gesundheit... “

Sie drückte Jakes Hand noch fester. Den Teil mit der Krankheit hatten sie bereits überlebt und etwas sagte ihr, dass sie noch viele glückliche, gesunde Jahre vor sich hatten.

Eines der Babys gurrte und sie blickte hinüber.

Unser Gefährte würde einen tollen Vater abgeben, seufzte ihre Füchsin.

Ella holte tief Luft. Jake schon, aber verdammt. Sie würde einige Zeit brauchen, sich an diesen Gedanken zu gewöhnen. Gut, dass sie sich nicht beeilen mussten.

„Hiermit erkläre ich Sie zu... “

Ella blinzelte ein paarmal und versuchte, nichts zu überstürzen. Fast hätte sie verpasst, ihre Blumen rechtzeitig zu werfen, so versunken war sie in Jakes tiefblaue Augen.

Alle jubelten und es fühlte sich an, als jubelten sie ihr zu. Und in gewisser Weise stimmte das auch. Jedes der Paare strahlte, klatschte und umarmte sich. Sie alle feierten die Liebe, die überall zu spüren war.

„Ich liebe dich“, flüsterte Ella Jake zu.

Er umklammerte ihre Hände und zog sie zu einem tiefen, lang anhaltenden Kuss an sich.

„Ich liebe dich auch, meine Gefährtin.“ Er sagte es, als wäre er mit dem Gestaltwandlerkonzept der ewigen Liebe aufgewachsen.

„Ich behalte dich für immer“, flüsterte sie. Verstand Jake das wirklich?

Jake grinste. „Für immer ist der beste Teil daran, Kitt.“

Er küsste sie erneut und alles um sie herum verschwamm. Alles außer der Stimme ihrer Füchsin, die in ihr murmelte:

Für immer ... und ewig ... und mehr.

Sneak Peek: Drachenrebell

Kann dieser Drachenrebell lernen, sich an die Regeln zu halten, wenn das Leben seiner Schicksalsgefährtin auf dem Spiel steht?

Ab nach Maui für einen erholsamen Urlaub? Wohl kaum. Surferin Jenna Monroe ist auf der Flucht vor einem Stalker, der nach ihrem Blut lechzt. Anstatt den Strand nach verlorenen Schätzen abzusuchen, ist sie gezwungen, sich tief in die schreckliche Welt der Gestaltwandler zu begeben. Dort fällt es ihr sogar schwer, den Guten zu vertrauen – allen außer dem heißblütigen Rebell, der ihr nicht aus dem Kopf gehen will.

Connor Hoving und seine Gruppe von Gestaltwandlern einer Spezialeinheit hatten geplant, nach Maui zu ziehen, um den Ärger hinter sich zu lassen. Aber das Schicksal hat andere Pläne. Seine ganze Zukunft – und die seiner Brüder – hängt davon ab, bei seinem neuen Job als Sicherheitschef eines exklusiven Anwesens am Meer gute Arbeit zu leisten. Aber mit der verführerischen, unerreichbaren Jenna in der Nähe kann Connor seinen inneren Drachen kaum dazu bringen, sich zu konzentrieren. Kann dieser Drachenrebell lernen, sich an die Regeln zu halten, wenn das Leben seiner Schicksalsgefährtin auf dem Spiel steht?

Je näher sich Connor und Jenna kommen, desto mehr verbotene Leidenschaft brodelt zwischen ihnen. Je mehr sie dem glühenden Verlangen nachgeben, desto unmöglicher scheint die Liebe. Und je mehr Geheimnisse sie aufdecken, desto näher rücken ihre Feinde. Vampire und skrupellose Drachen lauern in den Schatten und es ist unmöglich, zu sagen, auf wessen Seite das Schicksal stehen wird. Nur eines ist sicher: Große Helden können sich ihr Schicksal nicht aussuchen – nur die

Entscheidungen, die sie treffen.

Weitere Titel von Anna Lowe

Aloha Shifters - Juwelen des Herzens

Der Ruf des Drachen (Buch 1)

Der Ruf des Wolfes (Buch 2)

Der Ruf des Bären (Buch 3)

Der Ruf des Tigers (Buch 4)

Die Verlockung des Drachen (Buch 5)

Der Ruf des Fuchses (Buch 6)

Aloha Shifters - Perlen des Verlangens

Die deutsche Ausgabe ist ab Februar 2021 bei Amazon erhältlich. Im englischen Original sind die folgenden Titel bereits verfügbar.

Drachenrebell (Buch 1)

Bärenrebell (Buch 2)

Löwenrebell (Buch 3)

Wolfsrebell (Buch 4)

Herzensrebell (Die Vorgeschichte zu Buch 5)

Alpharebell (Buch 5)

Töchter des Feuers - Billionaires & Bodyguards

Töchter des Feuers: Paris (Buch 1)

Töchter des Feuers: London (Buch 2)

Töchter des Feuers: Rom (Buch 3)

Töchter des Feuers: Portugal (Buch 4)

Töchter des Feuers: Irland (Buch 5)

Töchter des Feuers: Schottland (Buch 6)

Töchter des Feuers: Venedig (Buch 7)

Töchter des Feuers: Griechenland (Buch 8)

Töchter des Feuers: Schweiz (Buch 9)

The Wolves of Twin Moon Ranch

Im englischen Original bei Amazon erhältlich.

Desert Hunt (die Vorgeschichte)

Desert Moon (Buch 1)

Desert Blood (Buch 2)

Desert Fate (Buch 3)

Desert Heart (Buch 4)

Desert Rose (Buch 5)

Desert Roots (Buch 6)

Desert Yule (eine Kurzgeschichte)

Desert Wolf: Complete Collection (vier Kurzgeschichten)

Sasquatch Surprise (ein Ableger der Twin Moon Story)

Blue Moon Saloon

Im englischen Original bei Amazon erhältlich.

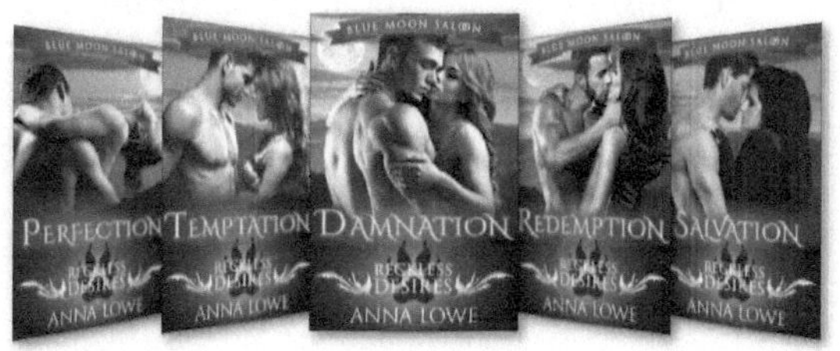

Perfection (die Vorgeschichte in Kurzform)

Damnation (Buch 1)

Temptation (Buch 2)

Redemption (Buch 3)

Salvation (Buch 4)

Deception (Buch 5)

Celebration (ein Festtagsschmaus)

Shifters in Vegas

Paranormal romance with a zany twist. Im englischen Original bei Amazon erhältlich.

Gambling on Trouble

Gambling on Her Dragon

Gambling on Her Bear

Serendipity Adventure Romance

Im englischen Original bei Amazon erhältlich.

Off the Charts

Uncharted

Entangled

Windswept

Adrift

Travel Romance

Im englischen Original bei Amazon erhältlich.

Veiled Fantasies

Island Fantasies

www.annalowebooks.com

Über Anna Lowe

USA Today und Amazon Bestseller Autorin Anna Lowe schreibt fesselnde Romane mit tatkräftigen Heldinnen und unwiderstehlichen Helden in exotischen Umgebung, mit jeder Menge Zündstoff für scharfe Romantik.

Sie liebt Hunde, Sport und Reisen, die auch die Inspiration für Ihre Bücher liefern. Wenn Anna nicht gerade in die Arbeit an ihrem nächsten Buch vertieft ist, kannst Du Sie am Wochenende beim Wandern in den Bergen antreffen. Egal wo und wie – sie wird den Tag mit einem leckeren Stück Zartbitterschokolade ausklingen lassen.

Einfach mal vorbeischauen, auf AnnaLoweBooks.com/de